《山西抗日根据地红色文化经典文献大系》
编纂委员会 编

山西抗日根据地红色新闻经典文献

晋察冀根据地卷（三）

张汉静 主编

山西出版传媒集团 山西人民出版社

山西抗日根据地红色新闻经典文献

晋察冀根据地卷（三）

卫昕怡　编撰

《抗敌报》

一九四〇
YI JIU SI LING

一九四〇

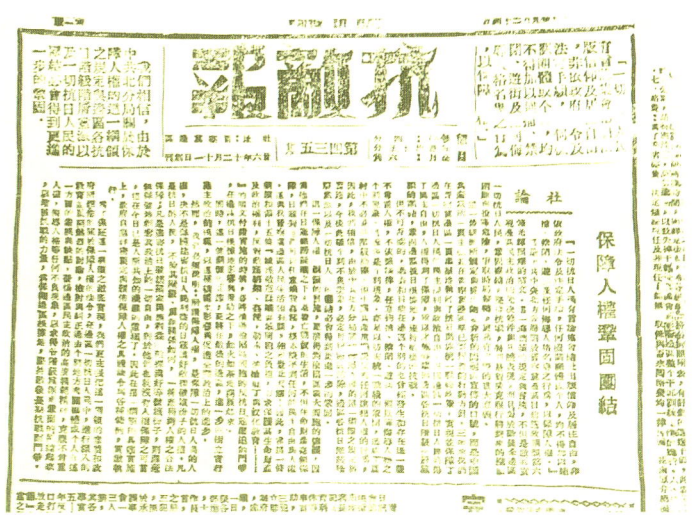

保障人权巩固团结

"一切抗日人民有言论集合结社出版信仰及居住自由，非依政府法令及法定手续，任何机关团体或个人，均不得加以逮捕、禁闭、游街及任何侮辱人格名誉之行为，以保障人权。"

这是中共中央北方分局关于晋察冀边区目前施政纲领第六条光辉照耀的□文。这一条纲领的规定与实施，不但是澈底实现边区民主政治的先决条件与具体表现，而且对于动员全边区一切抗日人民，巩固团结，坚持抗战，特别是对于克服行将到来的□□困难与投降危险，争取时局好转，更具有实际的重大意义。

这一条纲领所规定与提出的、非新的问题的宣传的口号,而是中国共产党所一贯主张并在晋察冀边区早已实行着的行动方针,三年来我们在晋察冀边区一贯忠诚地执行了抗日民族统一战线政策,实现并保障了边区一切抗日人民的民主权利与政治自由,正因边区一切抗日人民获得了民主自由,人权得到了保障,所以才能够巩固边区各抗日阶级的□□□□的□□,巩固边区抗日根据地,坚持敌后的抗战。

但不可否认的,过去和目前在边区个别的也曾经发生和存在过一些不尊重人权,不依据法律,任意拘捕、禁闭、游街、□□等侮辱人格之个别现象。这还仅是个别现象,亦足以妨害统一战线的巩固,造成了农村中不必要的阶级摩擦,但中国共产党坚决反对任何违犯人权的行为,因此,我们相信,由于中共北方分局关于保障人权的这一纲领之规定与实施,今后此种个别不良现象,必定可以澈底消除,边区各抗日阶级阶层党派以及一切抗日人民的团结必会得到更进一步的巩固。

这一保障人权的纲领的实施,更将得到沦陷区广大同胞的拥护,因为他们在日寇铁蹄蹂躏之下,过着亡国奴的生活,不但生命财产毫无保障,日寇对他们可以任意残杀奸淫,根本谈不到任何的民主自由与人权。这与我晋察冀边区人民生活相对照,相□岂止天□!因此,当这一条纲领和第十五条"减轻敌寇蹂躏区域同胞之负担,力求保护其生命财产及政治权利,反对敌寇绑架、奸淫、勒索、强征壮丁与奴化教育……"的明文付诸实施的时候,必将推动沦陷区同胞的反抗日寇压迫的斗争,在边区抗日根据地影响与帮助之下,如火如荼地开展起来。

同时,这一条纲领的实施,更将在敌后的边区,进一步的树立实行民主政治的模范,以这种模范来影响与促进全国政治上的进步。

然而,我们必须说明:所谓保障人权,是保障一切抗日人民的人权,决不是保护迫害抗日人民利益的日寇汉奸敌探破坏份子的人权。凡是抗日的人民,不论其阶级、党派关系如何,一律应得到人权之合法保障;凡是迫害抗日破坏国家民族利益的敌探汉奸等破坏份子,则应毫无保留地剥夺其政治上的一切自由，对于他们也就没有人权保障之可言，这在今日已是人所共知的浅显的道理了。因此在这一纲领的具体实施上，政府自应详密制定与颁布保障人权之具体法令与各种条例，贯澈执行。

为了保证这一纲领之澈底实现，我们还主张把这一纲领的意义和政府所颁布的关于保障人权的法令，在边区一切抗日人民中，进行深入的教育并展开热烈的讨论，检讨与纠正过去个别地方机关团体或个人在这一方面的错误与缺点，发扬边区民主政治的高度模范精神，克服不尊重人权，侮辱人格等任何不良现象，以求得各阶级党派更巩固的团结起来，以增强抗战的力量，为保□边区根据地，坚持敌后长期抗战而斗争。

（原载一九四〇年九月二十四日《抗敌报》第一版社论）

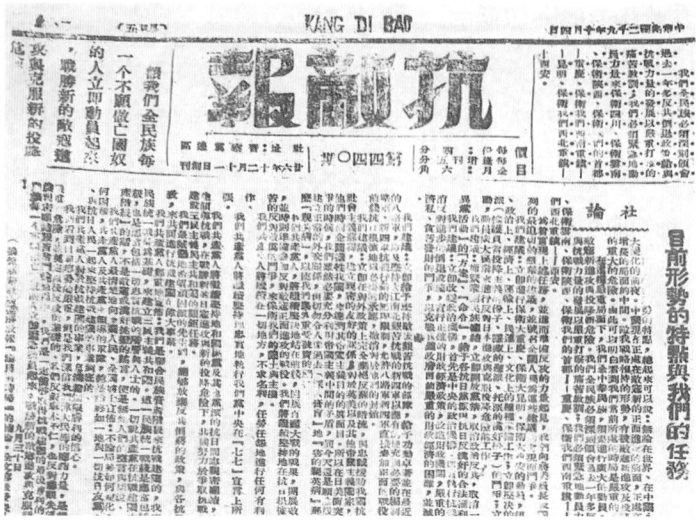

目前形势的特点与我们的任务

目前形势的特点，总起来可以说：无论在世界、在中国，我们都是处在大变化的前夜。中国现在正处在敌寇新的正面进攻的前面，正处在投降危险空前增长的局面的中间。敌我战略相持的形势，有被敌寇新进攻及投降新活动所破坏的重大的危险。由此可以明白看到我们当前所处的时局是严重的。

在这种严重局面下，我们全中华民族，须要进行广大的动员，来克服当前的敌寇新进攻与投降新危险。我们全民族必须深刻领会过去一年多反共倒退政策给与抗战力量的发展以严重打击的痛苦教训；我们必须紧急地动员力量来保卫四川、保卫云南、保卫陕西、保卫我们的重庆、保卫我们西南重镇——昆明、保卫我们西北重镇——西安。

为着实现上述任务,并进而准备反攻的力量起见,我们向国民政府提出下列的最迫切的恳挚的建议,并号召全国人民为这些建议的实现而斗争。

我们建议:立即进行保卫大重庆、保卫大昆明、保卫大西安的动员,迅速完成军事上、政治上、经济上、运输上、民运上、文化上的种种准备工作;立即坚决的进行肃清投降派(拥护并当投降主义的份子、隐藏的□派、托派的汉奸份子)的斗争;立即开放民众运动、动员广大民众来进行反对日本进攻与克服投降危险的工作。

我们建议:加紧巩固民族团结,立即开放党禁,取消政治反共,取消一切所谓"限制异党活动"的"方案""命令",给予各抗日党派□抗日反汉奸的合法权利与政治自由。

我们建议:立即改变政治机构,首先是中央的政治机构,□□执行抗战建国纲领,取消反对进步的倒退设施,实行正确的财政经济政策,改造财政机关,严重的进行反对假公济私、贪污发财的斗争,以克服我国政府目前严重的财政经济的困难,并减轻人民的痛苦。

我们建议:立即给予坚持敌后艰苦抗战的部队,给予功勋卓著并在最近开展百团大战的八路军、以及坚持大江南北艰苦抗战的新四军以应有的补充与必要的编制,取消对于八路军、新四军抗战行动的无理限制,允许八路军新四军直接参加正面的战役,给予敌后及前线抗日根据地以必要的承认,撤消对于他们的封锁。

我们建议:立即在对外政策上完全弃绝反苏的暗流,与忠诚援助我国抗战的友邦——社会主义苏联,建立亲密的友好的关系;对于英美以及其他帝国主义国家,必须深刻认识他们时刻企图牺牲我国,来达到其帝国主义目的的真面目。所以在日美冲突甚至在他们战争的时候,我们虽然必要充分利用帝国主义中间的矛盾,同今天还是愿意援助我们的国家建立正常的外交关系,但切勿令人像过去"深入膏肓"地"害的亲英病"那样,再来害什么"亲美病",以使我们民族重受被卖的祸害。

我们共产党人,将继续坚决地站在前线,开展百团大战的战果,开展敌后的艰苦抗战,并时刻准备参加反对敌寇正面进攻的战役。我们将继续坚持地在抗日根据地上,进行艰苦的反对敌伪的斗争,来保卫我们的国土与主权。

我们共产党人将继续在一切地方,不求名利,任劳任怨地进行任何有利抗战建国的工作。

我们共产党人将继续坚持地忠实地执行我们党中央在"七七"宣言上所提出的一切主张。

我们共产党人将继续坚持地和国民党及其他党派的抗日同志亲密团结,拥护蒋介石先生领导抗战,在战胜新的日寇进攻与新的投降危险下,共同努力于争取抗战最后胜利,与建设三民主义民主共和国的艰巨任务。

我们最诚恳地希望顽固派的先生们,能够放弃反共倒蒋的政策,与各抗日党派团结一致,来共同进行抗战建国的伟大事业。

我们共产党人郑重地宣布:我们是联合民族资产阶级来抗战建国的,我们主张以抗日民族统一战线为基础,来建立三民主义共和国。这一民族统一战线是应当包括民族资产阶级,也是应当包括一切忠实抗战的阶层与人士的。一切说共产党在抗战建国中要"排斥资产阶级"的话,不是敌寇或汉奸挑拨的谣言,便是无知人们的空言与胡说。

我们共产党人最清楚地向全国人民、全国将士宣布:不论局势如何变化,不论处境如何困难,共产党人及共产党所领导的军队,总是始终如一地与一切抗日友党、与抗日友军、与抗日人民一起来坚持抗战建国的事业到底的。

我们共产党人对于抗战建国的事业,充满着无限胜利的信心。

我们看到目前形势的严重,但是我们深信我们伟大民族的团结力量,是能够克服目前严重的危险,并奠定以后反攻的基础的,我们反对麻木不仁,也反对悲观失望。□我们民族亲密团结艰苦奋斗□□□中,我们是一定能够取得抗战建国的最后胜利的。让我们全民族每一个不愿当亡国奴的人立即紧急动员起来。战胜新的敌寇进攻与克服新的投降危险！

九月三十日

（摘口新华社广播解放报"论目前时局"的社论，全文容后发表——编者）

（原载一九四〇年十月四日《抗敌报》第一版社论）

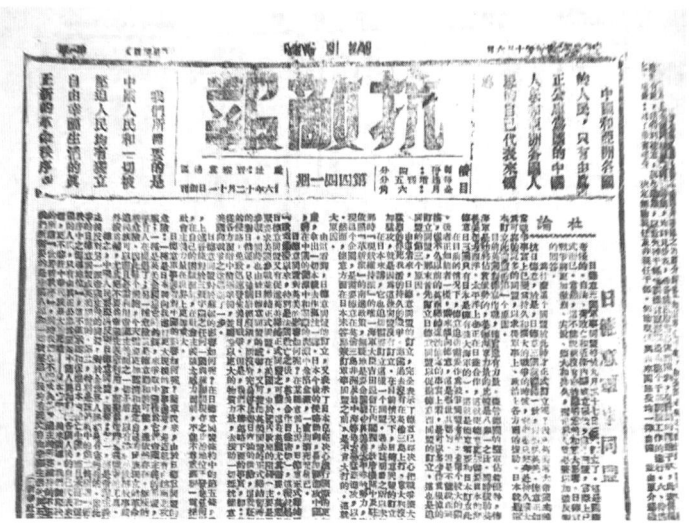

日德意军事同盟

日德意三国军事同盟终于九月二十七日□□立了。这是国际间的一件大事,但是,这并不是很奇怪的。自法、荷败亡和近卫内阁成立以后,这个同盟,实际上已经存在,目前只是加上一种法律形式而已。当然,这不能说就没有□□的□□和重大影响。日德意三国同盟的订立,表示了帝国主义战争将更加激烈、尖锐、扩大和持久,□□必将以加强反对帝国主义战争的革命运动作为切实的回答。

为什么这个同盟于此时才正式订立呢?因为英美两大帝国主义,已经日益接近和密切合作,以对抗日德意,于是,日德意三国就团结一致,以对抗英美,德意正如日本一样,是不利于持久战的。但当战争事实上已变为持久和扩大的战争的时候，它们也只好奔赴持久扩大的路上去，而这就必需寻找自己认为可靠的更多的同盟，以求得军事上、政治上各方面的援助。日本就是这样一个对象，这就是德意需要和日本订立此同盟的第一个原因。

目前英国对德意作战，确实还有力量。尽管德国的空军占着优势，德英空军是三与一之比，但是英国的海军是始终占着优势的，英德海军力量的比较是八与一之比。同时援助英国之美国的力量，尤其雄厚，并且英美在大西洋、太平洋上也正在日益合作，这就使德军更加需要日本的海军，来牵制英美在太平洋的势力（德意日三国只有日本是拥有强大海军的）。这就是德意需要和日本订立此同盟之第二个原因。

在目前的情况下，德意迫切需要作为战争同盟□的□□两个较大的国家。其一是日本，其二就是西班牙。后者正如前者一样，□来倾向德意，这是举世共认的，但是不能说西班牙在英国的威迫利诱之下，总不动摇，从不久以前的英西缔结煤油协议的事实上看，是可以多少作为根据的。所以为要争取西班牙急切的与之订立同盟，那末首先订立日德意同盟以促进德意西同盟的订立，这也是迫切的，这就是德意需要和日本订立同盟的第三个原因。

由这看来，日德意同盟的订立，完全表示了德意已经决心把战争扩大到全世界范围，已经决心进行更加猛烈的你死我活的持久的战争，德国过去没有在英伦三岛上打，意大利没有在地中海及非洲的英国属地上大加猛攻，就是因为这些同盟没有订立，在目前情况下，日德意同盟的订立，对德国是最需要的。

在日本来讲，它也迫切需要订立这样一个同盟。过去该同盟之所以未能成立，乃由于日本政府的阻碍，那时"现状维持派"的唯一海军大臣吉田还留在内阁里，政府机关中及驻外使节中的英美派还未肃清。现在依照"革新派"的南进政策，无疑地是要企图减少英美在太平洋的势力，实行夺取越南、荷印等地。但要实现这个企图，是需要德意在英伦三岛非洲及地中海等地大量猛烈进攻,以分散英美在太平洋的军力才有可能。然而,德意方面在日本未答应签订军事同盟之前,是不肯大打的,这就是日本需要和德意订立同盟之最大原因。

由这看到,日德意同盟的订立,又表示了日本已经决心进行国际的更加大规模的冒险,已经决心倾家荡产,拿出一切本钱去作孤注一掷。日本今后的侵略去向,是加紧进攻中国,又加紧南进,然而,日本的泥脚,将在中国的泥潭中和国际的泥潭中愈陷愈深,一直到溺死而□已。

日德意同盟对英美的影响如何呢?在某种意义上说,日德意正式缔结同盟,是由英美同盟合作引起的。"欧战爆发以来,特别是法国败亡之后,英美合作日益密切",这样就是说,后者促进了前者。但是,现在日德意同盟又有促进英美缔结正式同盟之可能。这在英国尤其需要。英国必将利用日德意同盟的缔结,来加紧要求美国参战并缔结正式同盟。在美国,由于国内政局的阻碍(主要是选举总统没有完毕),不容许即时参战,同时也由于日德意同盟的威胁,又可能把英美同盟的正式缔结暂时延缓下来,以回避战争,美国现在的对日禁运,只强调废铁废铜,而没有完全停止对日石油的供给,这就证明美国还是在企图缓和日本对荷印的侵略,免致迅速发生美日战争,但是,我们不能忽略下面的事实,即:英美正在日益加强合作,美国正在从各方面暗中积极准备,并愿意以更大的物质力量,去援助一切抵抗德意日本的国家。这一切形势,又迫使美国向战争之途□进了一步。

日德意同盟对于苏联的影响如何呢?在日德意同盟条约中的第五条,竟□□的确定:"德意日三国言明,上述各条对于三签字国之任何一国与苏联间现存之政治地位不发生任何影响。"这表示了日德意帝国主义,在自己的困难面前,在社会主义强大威力面前,不能不尊重苏联一贯采取的和平中立的外交政策,表示了社会主义力量在世界上更加重大。

日德意军事同盟对中国的影响如何呢?简单说来,由于日德意同盟的缔结，摆在中国人民面前的有三种危险：一种是日本将向我进行更大规模的军事进攻，最近就有向越南进攻昆明的企图，以最大的武力迫我屈服；一种是英美企图以它的钓饵，来争取中国作为它们帝国主义的同盟，所谓"英美澳中联合□的呼声，已经有人在提倡了；另一种危险就是德意劝和的可能，还依然存在。无疑的，我们需要反对这些危险和克服这些危险，因此每个同胞，今天需要更加认清和坚定自己的民族独立的革命立场。为了求得自己的解放，被压迫民族可以而且必需利用帝国主义间之一切矛盾，以有□□别民族解放事业。但是，应以自力更生为主，争取外援为辅、尤其绝不要为帝国主义所利用、而成为帝国主义战争的工具。

总之，中国人民要坚决反对日德意同盟。因为：第一，这是帝国主义战争的反革命的同盟，是一派帝国主义反对另一派帝国主义的同盟，对于全世界人民说是有害无利的。因此，我们是坚持反对扩大帝国主义战争的日德意同盟或英美同盟的。第二，特别是该条约中的第二条所谓"德意承认并尊重日本在建立大东亚新秩序中之领导地位"，这不仅承认和促进日本来灭亡中国，而且承认和促进日本□□□东亚。中国和亚洲各国的人民，只有由真正公忠为国的中国人民和□□各国人民的自己代表来领导，绝不允许任何帝国主义来领导，更不允许中华民族最大的死敌——日本帝国主义来领导。我们□坚决反对德意日法西斯主义所主张的强盗的所谓"世界新秩序"。同时我们也不□□英美帝国主义所要维持的不正确的□的所谓"世界合法秩序"。我们所需要的是中国人民和一切被压迫人民均有独立自由幸福生活的与□□的革命秩序。

（新华社广播新中华报评论）

（原载一九四〇年十月六日《抗敌报》第一版社论）

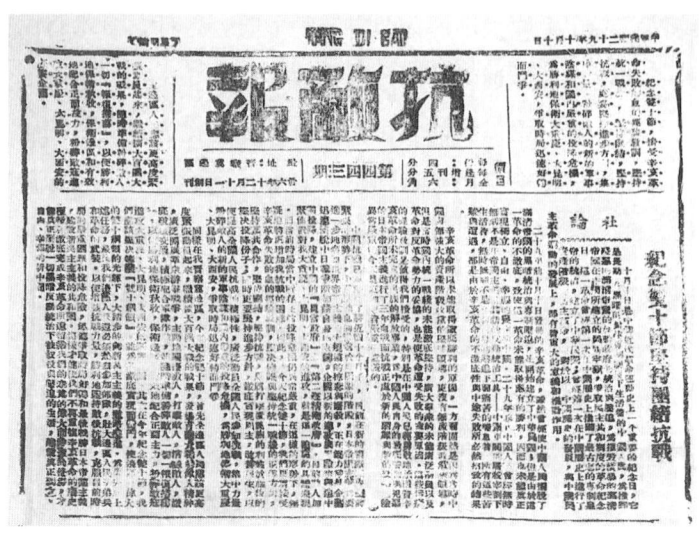

纪念双十节坚持团结抗战

十月十日是中国近代革命运动史上一个重要的纪念日，它是长期在黑暗的封建剥削制度下生活着的中国人民，为推翻残酷的□清帝国的□□政府的统治与压迫，为摧毁横暴的满清帝国在中国所建立的□□牢狱，争取民主共和制度的革命纪念日，这一革命曾经第一次在中国历史上推翻了最古老的专制皇帝的统治，建立了中华民国；曾经第一次在中国历史上进行了资产阶级的民主革命，对于以后中国历史的发展，与中国民主革命运动的发展上，都有极重大的意义和推动作用。

二十九年前十月十日发动的辛亥革命，□然曾经使中国人民摆脱了□清帝国的黑暗统治与专制压迫，并开始建立了中华民国；但是由于这一革命的不澈底，致使这一革命未能取得应有的胜利，因而也未能真正实现独立、自由、幸福的民主的中国。二十九年前的中国人，曾经无时无刻不是在帝国主义□□新的反动统治工具——中国军阀的屠杀宰割下生活着，无时无刻不是□□□□压迫下面痛苦的喘息着，所有这些苦难与遭遇，都是由于辛亥革命的不澈底性与中途失败所必然招致的结果。

辛亥革命所以未能取得澈底胜利的原因，一方面固然是因为当时中国尚无强大的资产阶级政党的坚持领导，更没有无产阶级政党来领导，但是当时国内统一战线的未能澈底坚持，广大群众的未能广泛动员以及革命对反革命势力的妥协，也是使革命遭受失败的主要原因，这些沉痛的经验教训是值得我们接受的，特别是在中国人民已经勇敢地承继着辛亥革命所未完成的民族的解放事业，为中国人民自身的澈底胜利与凶恶的日本帝国主义进行了三年血战而抗战正处于新的困难与新的□□危险异常严重的今天是更加有着严重的意义的。

中国抗战已经进行了将近四十个月了，目前在新的国际国内当前紧张的形势下，中国□□也□□处于□困难的阶段，日本帝国主义□要进一步地参加世界帝国主义的大规模的掠夺与屠杀，正在竭力□□企图迅速摆脱中日战争所加诸自身的束缚，企图以新的进攻与冒险来压迫中国投降，建立中国的"贝当政府"□"第二汪精卫政府"，目前敌人加紧布置对我大重庆、大昆明、大西安的进攻，就是这一阶段的具体表现。而当前时局当中所存在的投降危机仍异常严重，在这样的形势下，无疑地将更增加我抗战的困难。因此，在今天纪念双十节，我们更须接受辛亥革命失败的血的经验教训，坚决拥护与坚持统一战线的正确方针，坚持国共合作，坚持团结，坚持抗战，严厉打击置民族的利益于脑后的坚决投降份子；同时更要坚持进步方针，澈底实现民主，改善民生，以便提高全国人民抗战的积极性，广泛动员全国人民参加抗战，集中力量粉碎敌人的新的军事阴谋和国内严重的投降危机，为胜利地保护大重庆、大昆明、大西安，争取时局迅速好转而斗争。

同样在我晋察冀边区，今天纪念双十节，首先全边区人民应该更高度紧张动员起来，继续扩大百团大战的战果，发扬百团大战的伟大精神，广泛开展群众游击战争，主动地袭扰敌人，打击敌人，消灭敌人，澈底破坏交通，积极配合军队作战，并随时准备粉碎敌人一切"□□□□"，以便胜利地保卫秋收，保卫边区□□有效地配合正面主力，粉碎敌寇进攻大重庆、大昆明、大西安的□□□□，其实在今年纪念双十节，我们应该坚决拥护"双十纲领"，并为能澈底实现而奋斗，使边区在伟大的双十纲领的光辉下，大踏步的向新民主主义的道路迈进。为了完成上述任务，最后我们边区人民还必须热烈参加部队，壮大边区人民子弟兵和革命的武装，以便增强抗战力量，胜利地坚持敌后抗战，克服目前时局的严重困难和投降危险，迅速争取时局好转和最后战胜日本帝国主义，建设新民主主义的共和国，这样才能使我们不再重复辛亥革命的历史覆辙和澈底完成辛亥革命所遗留给我们的未竟的伟大而神圣的任务，才能真正摆脱一切黑暗反动统治下被奴役与压迫的生活，建设真正民主、自由、幸福的新中国。

（原载一九四〇年十月十日《抗敌报》第一版社论）

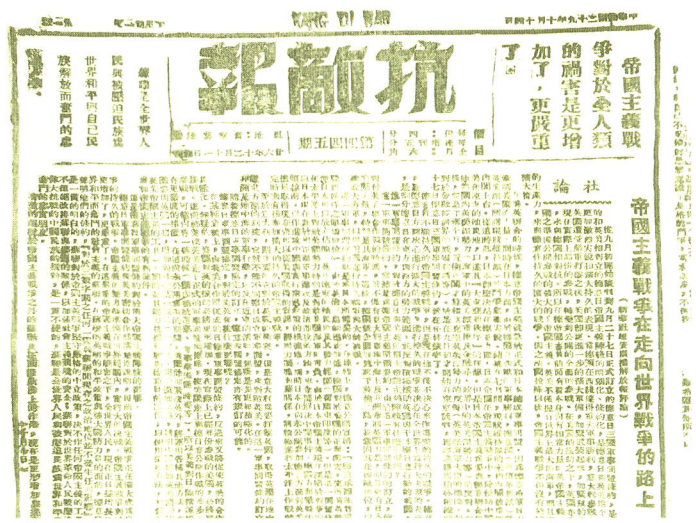

帝国主义战争在走向世界战争的路上

从九月初开始谈判到九月二十七日正式订立的德意日三国军事同盟条约，是本来业已实际形成的和英美相对立的德意日帝国主义阵线的明朗化、条约化，是德意日与英美两个帝国主义阵线斗争更加激烈尖锐和扩大持久的表现。当德国在西线获得重大军事胜利，意大利参战，法国失败投降，英国遭受严重打击之后，美国即更进一步的扩大军备，加紧武装起来，加紧帮助英国，竭力准备由现在实际上部份的参战，转变到公开的全面的参战，在美国的援助之下，英国亦重新整顿自己力量，来与德国相对抗。所以在德帝国主义前面有着本身尚有相当力量的英帝国主义，以及积极援助英国之准备公开参战的强大的美帝国主义。英美不仅握有世界上最大的海军，而且握有世界上最强大的生产力，来与德意作持久的扩大的战争。因之法国投降以后，帝国主义战争不但没有终结，而且反更往前扩大着。

在美英联合的时候，德意帝国主义就急于正式和日本结成军事同盟。因为德意希望日本能以大的海军来牵制美国的力量，同时在日本方面，由于德国在西欧的军事胜利，德意派（所谓革新派）猛烈抬头，他们与英美派（所谓现状维持派）的斗争愈益尖锐。结果在七月间，现状维持派的米内内阁被推倒，德意派的近卫内阁上台。从这时起，日本即坚决站在德意方面。日本企图在帝国主义战争中，除侵略中国外，更夺取英法美在远东的殖民地，以遂其"大东亚新秩序"的狂想。但是日本帝国主义为要与德意联合行动，还须要克服他们国内英美派势力（海军中的英美派重臣及金融界、政界中的英美派势力等）的反对。在近卫内阁上台之后，经过一两个月，近卫内阁才算相当克服英美派势力的反对（英美派海军大臣的撤换、对于重臣的胁迫、对于金融经济界的威吓利诱等）。于是在九月初才开始在东京谈判，再经过罗马柏林的继续谈判，到九月二十七日德意日三国军事同盟条约，就在柏林签字了。

德意日不愿持久的帝国主义战争，但是现在他不得不决心来作这样的持久的战争，德意日军事同盟条约，是德意日方面决心进行扩大的战争、进行持久的战争并决心在全世界上实行大决战的表示。它的直接目的，是划分德意日在东方与西方的势力范围，并反对积极援助英国与干涉德日意行动的美国。

这一军事同盟条约，对于德意日与美英的两大帝国主义阵线有什么影响呢？

这一军事同盟条约，当然是为德帝国主义所需要的，由于这一军事同盟条约的订立，德国在进攻英国及对付英美联合作战的时候，就不仅有意大利在地中海上及非洲牵制英国力量，而且更有日本在太平洋上牵制美国力量，特别是其海军。这样，德国就企图加紧攻下英伦三岛，并巩固其在西欧地位，以便他可以进一步建设大海军，以与美国进行持久战争与大的决战。

这一军事同盟条约也是为日本所需要的。在条约上，德意公开宣称："德意承认并尊重日本在建立大东亚新秩序之领导地位"，由于英伦三岛的进攻加速，德国对于美国的正面冲突，使得美英势力撤离远东，以便日本可以放心占领了英在远东的殖民地及其势力范围（□属东印度等）。但是这一同盟条约，赋与日本以在太平洋上对敌美国势力特别是对敌美国海军的重负。由于日本帝国主义现在深陷于对华的侵略战争中，所以日本现在急于用正面军事进攻及政治进攻的方法，来企图解决中国事件。德国方面牺牲法国，赞成日本占领越南，以作进攻中国与实行南进政策的根据地，同时日本在尚未公开参加德意方面对英美作战的期间，将尽量取得现在尚可以从美国取得的资源，将用力调整对苏关系，将积极进行太平洋上作战的准备，以便到一定时机直接参加扩大的持久的帝国主义战争。

至于意大利，则主要的□对于英国的冲突，但是意大利为要打击英国，取得英国在地中海上及非洲以至近东方面的利益，它就不能不同德日成立军事同盟，来对敌英美，在这一军事同盟条约订立之后，意大利在非洲及地中海的军事行动，以及在近东的活动，无疑是要更加积极化的。

随着德意日军事同盟协议的订立，德意西同盟协议亦有签订的可能。

德意日军事同盟协议，对于美英有些什么影响呢？

在某种意义上，由英美合作所促成的日德意军事同盟条约，反过来又将促使英美的合作更加□□和更加具体化。无疑的，美国对英的援助必将更形增加，现在实际上已经部份参战的美国，必将更加积极准备公开参战。这样终要使英美走上正式的军事同盟的道路，使美国走上与德日意公开作战的地步。自然，美国公开参战，可能尚有一些时候（国内总统选举、军事准备需时等等）。所以美国对日除禁运废铁废铜外，尚未有更严厉的措置，在这尚未公开参战的期间，美国除加紧援英外，将运用各种其他方法，来对付德意日。美国要与英国一起，增加对华的某些援助（□□□、开放滇缅路等，诱引中国参加英美澳联防，□使中国成为英美帝国主义的工具）。同时并且竭力挑拨苏联与德意日的关系，以便用这些方法，来为美国自己争取公开参加帝国主义战争的有利条件。

这是德意日军事同盟条约对于两大帝国主义阵线的影响。

德意日军事同盟条约与英美密切合作都清楚地说明，目前帝国主义战争正在扩大成为世界的帝国主义战争的持久的战争。帝国主义的双方都准备在世界范围内，实行大的决战。帝国主义战争对于全人类的祸害是更增加了，更严重了。在这严重的帝国主义战争祸害之下，全世界人民，现在正日益增长地围绕着坚决为世界和平而奋斗的社会主义的苏联，在苏联的英明的和平政策与强大国防力量的面前，德意日三国不能不公开声明他们的条约，"对于三签字国之任何一国与苏联间现存之政治地位并不发生任何影响"。苏联的和平政策是一贯的明白的，苏联对于帝国主义战争坚守严格的中立政策，决不作任何帝国主义的工具，同时当然亦并不拒绝改善苏联与邻国的关系，以加强社会主义国境的安全；苏联对于世界革命人民被压迫民族特别是进行伟大抗战的中国□□的援助，是一贯不变的，苏联是全世界人民与被压迫民族为世界和平与自己民族解放而奋斗的忠实朋友。

有效的超脱于帝国主义战争之外的苏联，在国际□□上的作战，现在是更形增加与进步了。

（原载一九四〇年十月十四日《抗敌报》第一版社论）

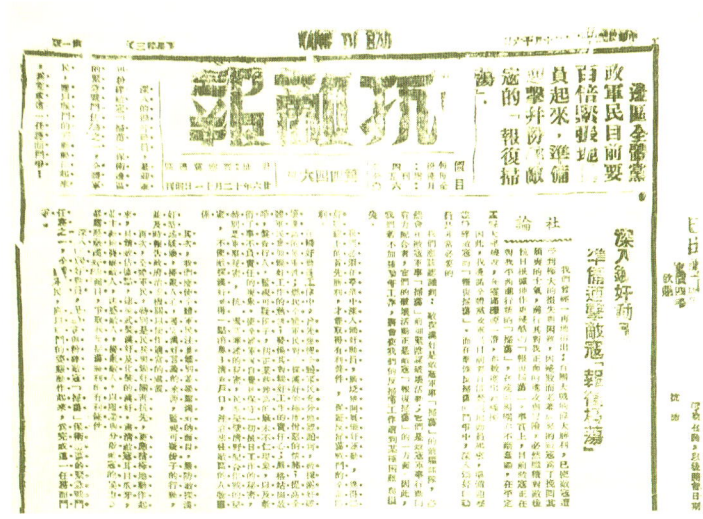

深入除奸动员准备迎击敌寇"报复'扫荡'"

我们曾经一再地指出：百团大战的伟大胜利，已使敌寇遭受到极大的损失与困难，因残败而老羞成怒的敌寇为了挽回其颓丧的士气，进行其对我正面的进攻与冒险，必然继续对敌后抗日根据地作更残酷的"报复'扫荡'"。事实上，目前敌寇正在对我平西进行新的"扫荡"，在边区周围亦不断蠢动，在平定盂县大肆烧杀，在灵丘涞源一带，亦数度出动骚扰。

因此，我边区全体党政军民目前要百倍紧张地动员起来，准备迎接并粉碎敌寇的"报复'扫荡'"。而在准备反"扫荡"的斗争中，深入锄奸的动员是非常必要的。

我们应该认识到：敌探汉奸是敌寇军事"扫荡"的前

驱部队，必然会在敌寇军事"扫荡"前加紧阴谋破坏活动；它们是敌寇军事行动的有力配合者，它们的破坏活动正是敌寇"报复'扫荡'"的一方面，因此，我们若不加强锄奸工作，将会使我们的反"扫荡"工作遭到某种困难与损失。

我们必须在群众中深入锄奸动员，广泛地开展锄奸运动，获得锄奸战线上的首先胜利，才能取得有利条件，保证反"扫荡"战斗的全面胜利。

在锄奸动员工作中，首先应使全体军民充分地认识到，敌探汉奸破坏边区的严重性；燃起全体军民对敌探汉奸的极度憎恶的情绪；提高全体军民参加锄奸工作的热情；发扬其对锄奸工作的责任心；严格站岗放哨，盘查行人，监视可疑份子，纠正某些地区的麻木不仁现象，以及敷衍了事不负责任的现象，使全体军民自觉地保守一切抗日工作的秘密，特别是军事秘密、抗日机关团体的秘密、民众坚壁清野配合作战的秘密，不使敌探汉奸获得一点消息；清查户口，注意来往敌区的人物关系。

其次，我们应使全体军民注意鉴别并暴露汉奸的面目，严防敌探汉奸造谣破坏，扰乱人心，寻究汉奸议论的来源，监视可疑份子的行动，并及时报告政府治安机关以便作适当的处置。

再次，全体军民，特别是民兵与锄奸团青抗先，更应积极地动作起来，封锁敌占据点，逮捕武装汉奸及化装的汉奸，肃清敌寇耳目爪牙，并主动地袭击敌人，迷惑敌人，扰乱敌人，以阻滞与分散敌寇的□力，暴露隐蔽汉奸的面目，争取我反"扫荡"胜利的有利条件。

深入的锄奸动员，是□击与粉碎敌寇"扫荡"保卫边区的紧急战斗任务之一，全体军民，应以战斗的姿态动作起来，为完成这一任务而斗争。

（原载一九四〇年十月十六日《抗敌报》第一版社论）

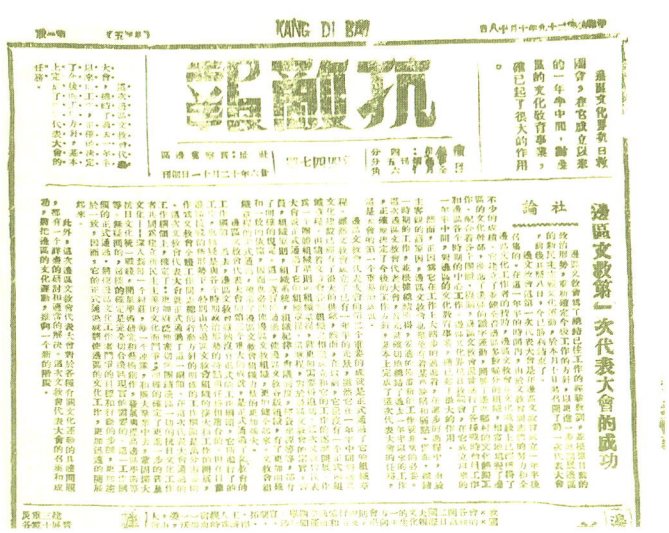

边区文救第一次代表大会的成功

边区文救会为了总结已往工作的经验教训,并根据目前的政治形势,重新确定今后工作的方针,以更进一步地开展边区的新民主主义文化运动,于本月十日起召开了第一次代表大会,前后共历八日,今已胜利结束了。

边区文救会这第一次代表大会是在边区文救会成立一年半后召集的。在这一年半的时间内,由于文救会同志们的努力和全边区文化工作者的赞助,边区文救会在文化战线上已经获得了不少的成绩。它建立了并健全着边区多数县分的组织,相当地培养了边区的文化干部,推进了边区的识字运动,开展了边区乡村的文化娱乐工作。配合着各个团体、机关,边区文救会还曾进行了各种战时动员工作和边区各个时期的中心工作,边区文化界抗日救国会,在它成立以来的一年半中间,对边区的文化教育事业,确已起了很大的作用。

然而,正因为它在工作上大踏步的迈进着,在进步的过程中,由于主客观的诸原因,边区文救会也难免有着某些缺陷和弱点,从而,总结一时期的工作,并根据总结所得,妥适的布置新的工作就非常的必要。这次边区文救会代表大会,首先就确切地总结了过去一年半以来的工作,正确地决定了今后的工作方针,基本上完成了这次代表大会的任务,这是大会的第一个重要的成就。

边区文救会代表大会的第二个重要的成就是正式通过了它的组织章程。虽然文救会成立了已有一年的光景,虽然它在一年半中间对边区文化建设已经有了很大的供献,然而,在以前,它还没有一个正式的组织章程。但随着文救会各县组织之相继成立和它的工作的逐渐开展,作为一个团体组织准则的组织章程,就更加需要得迫切,这次文救会代表大会就正式通过了它的组织章程。这章程,对于边区文救会的宗旨,会员,组织原则,组织系统,组织纪律,会议制度,经费来源等等,都有了明确的规定。这一章程的通过,使边区文救各级组织,有了更加明确和一致的依据,因而也必然使边区文救组织,更加健全起来。文救会组织章程的正式通过,预示了边区文救会组织力量的更加强大。

边区文救会代表大会的第三个重大的成就,是正式通过了文救会的工作纲领。过去,边区文救会虽然没有正式的工作纲领,它所进行了的工作,也无疑是与各个时期政治形势的特点与任务相□合的。但在目前边区抗战的新形势下,特别由于边区文救会组织的扩大和工作的开展,作为文救会全体工作同志总的行动方针的明确的工作纲领是万分需要的。这次文救会代表大会就正式通过了这一纲领,在这次代表大会通过的工作纲领上,确定了:更加广泛地密切的团结边区一切的抗日文化工作者共同为建立新民主主义的文化而斗争;明确的确定了更进一步的普及文化——深入到每一个村庄、每一个连队和广大群众中去,巩固扩大抗日文化统一战线,开展学术研究和艺术创作、发展与提高边区学术等等。无疑问的,这样的确定是完全切合边区现实的需要的。这一工作纲领的正式通过,将使边区文化工作者斗争的目标和行动的步调,更加趋于一致,因而,它的正式通过就将使边区的文化工作,更加迅速的开展起来。

此外,这次边区文救会代表大会对于各种有关文化运动的具体问题,都有一个详尽的研讨和适当的解决。这次文救会代表大会的召集和成功,将把边区的文化运动,推向一个新的阶段。

(原载一九四〇年十月十八日《抗敌报》第一版社论)

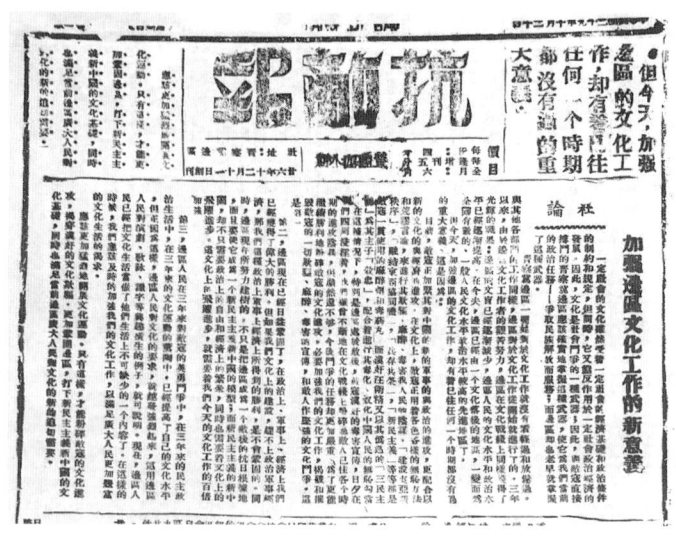

加强边区文化工作的新意义

　　一定社会的文化虽然受着一定社会的经济基础和政治条件的制约和规定，但同时，它又能反作用于一定社会政治经济的发展，因此，文化是社会斗争的一种武器；因此，与敌寇直接搏斗的晋察冀边区应该确实地掌握这种武器，使它为我们当前的政治任务——争取民族解放而服务；而边区却也老早就掌握了这种武器

　　晋察冀边区一开始对于文化工作就没有看轻过和放松过。其他各部门的工作同样，边区对于文化工作从开始就进行了的。三年以来，由于边区文化工作者的艰苦努力，边区在文化战线上同样获得了光辉的战果：边区的文盲已经逐渐减少，边区人民的文化水平和政治水平已经逐渐提

高。在今天，边区已经由一个文化落后的地区，一变而为全国有数的，一般人民文化水平政治水平较高的先进地区了。

但今天，加强边区的文化工作，却有着已往任何一个时期都没有过的重大意义，这是因为：

目前，敌寇正加紧其对中国的新的军事的与政治的进攻，更配合以新的文化的与经济的进攻，在文化上，敌寇正用着各色各样的无耻方法和荒谬言论，来进行其欺骗、麻醉、毒害我人民的阴谋。"建设东亚新秩序"，"融结东西协同体"，"共存共荣"，"新民主义"等等都是敌寇一贯使用的麻醉剂和毒药丸，而汉奸汪精卫又以其伪造的"三民主义"为其主子"效忠"，配合着进行其毒化、奴化中国人民的无耻勾当，在这种情况下，特别是边区处于敌后，敌寇汉奸的毒害宣传，日夕在我们四周浸淫着，我们虽曾不断地在文化战线上粉碎过敌人已往各个时期的进攻阴谋，但显然还不够，今后斗争的任务却更加严重，为了更能继续胜利地粉碎敌寇的文化进攻，必要加强我们的文化工作，揭破和摧毁敌寇的一切欺骗、麻醉、毒害的宣传，和敌人作坚强的文化斗争。这是第一。

第二，边区现在已经日益巩固了，在政治上、军事上、经济上我们已经获得了伟大的胜利。但如果我们文化上的建设，赶不上政治军事经济，那我们这种政治上军事上经济上所得到的胜利，是不会巩固的。同时，边区现在所努力建树的，不只是把边区成为一个敌后的抗日根据地，而且要使它成为一个新民主主义新中国的模型；而新民主主义的新中国，却不只需要政治上的自由和经济上的繁荣，同时也需要着文化上的飞跃进步。这文化上的飞跃进步，就需要着我们今天的文化工作的百倍加强。

第三，边区人民在三年来对敌寇的英勇斗争中，在三年来的民主政治生活中，在三年来的文化运动的熏陶中，已经提高了自己的文化水平，但正因为这样，边区人民对文化的要求，就越发强烈起来，这用边区人民对演剧、歌咏、识字等兴趣横生的例子，就可说明。现在，边区人民已经把文化生活当做了他们生活上不可缺少的一个内容了。在这样的时机，我们应该及时的加强我们的文化工作，以满足广大人民更加丰富的文化生活的渴求。

应该更加猛烈地开展文化运动。只有这样，才能粉碎敌寇的文化进攻，揭穿汉奸的文化欺骗，更加巩固边区，打下新民主主义新中国的文化基础，同时也满足当前边区广大人民对文化的新的迫切需要。

（原载一九四〇年十月二十日《抗敌报》第一版社论）

中国面临着重大的新危机

两大帝国主义阵线在世界上的更加尖锐化和扩大化的斗争，同时这就是两大帝国主义阵线在远东争霸的斗争也更加尖锐化和扩大化。帝国主义间在远东争霸斗争的更加尖锐化和扩大化，这就特别深刻地迫切地影响到中国问题的斗争上。一方面是日本帝国主义对华军事新进攻和政治新阴谋的危险，另一方面是英美帝国主义企图利用中国为其自己工具的危险，这两方面的交错，使中国目前处在一种复杂的局面，使中国目前临着重大的新危机。

日本帝国主义是我们主要的敌人，日帝国主义新进攻的危险，是目前时局主要的迫切的危险，日帝国主义目前对中国的政策，大体上之于去年近卫十月四日的谈话，他说：

日本与"□京政府"的谈判已不成问题,日本建立"□京政府□□□□"新政权,乃处理"中国事件"之先决条件;现在解决"中国事件"应以武力为主,经济为本,但两者必须同时进行。解决"中国事件",当然有各种手段,此次归结德、意、日军事问题之□□,□在于解决"中国事件",所谓"以武力为主",在今天看来,它的方向当是着重于进攻大昆明、大重庆;所谓"经济为本"则□是加紧□沦陷区的经济掠夺。如果看轻了敌寇在德、意、日军事同盟后对华军事新进攻的可能,这是很危险的;同样,在这时如果忽视日寇将在沦陷区加紧掠夺和压迫的政策,也是危险的。

日本帝国主义的"南进政策"和它的所谓解决"中国事件"的政策是双关的政策,它着急南进,但为着使得南进能够得手、能够顺利、能够有把握和英美作战,却不能不着急企图解决"中国事件",反之,它着急于"解决中国事件",却又需要同时经过各种方法,实行南进,以取得它所谓解决"中国事件"的便利地位。这种双关的政策,日寇正在巧妙地利用着,而在今天看来,对于这种双关政策的运用,日本帝国主义可能先着重用武力解决"中国事件",而同时用较软或半软半硬的方法,实行南进。日寇在越南问题上就是用较软的或半软半硬的方法得到的,这是它南进政策的收获。一方面使得日寇获得了对华军事进攻的重要战略地位;另一方面,又使得日寇获得了实行大规模南进以及对英美作战的重要战略地位。这个战略地位的取得,使得日寇可东可西可以随时根据一定的条件来决定进兵的方向。它为什么到今天还没有实现更大的动作呢?那当然因为日寇在那里结集兵力还没有达到一定程度;同时事情还要取决于两大帝国主义战线斗争的各种条件,但无论如何,日寇对华军事新进攻的危险,因此更大大地增加了。

由于中国政治上没有更大的进步,而且□□□□失守之后,英、美、法的"东方慕尼黑"政策还刺激了国内大资产阶级大地主份子,进行国内反共产党、国外反苏的活动,在政治上开倒车,削弱了国力,这就使得中国不但没有真实准备反攻的力量,而且可能给日寇在军事上获得新战略进攻的机会，以破坏战略上业已到来的相持阶段。不顾中国共产党不断的忠告，现在这种危险，真正临在面前了。英美帝国主义的"东方慕尼黑"的政策，业已可耻地破产；为了对抗日本的争霸，英美转而争取利用中国的政策。英美这政策，已从它的借款和开放滇缅路的事实表现出来。在利用帝国主义间的矛盾这点上，英美目前□□行动，对□□□□□□"东方慕尼黑"政策和今天的利用中国的政策，都是这样的，今天英美□□中国的抗战，□□□□□的抗战，改变性质，使中国不是为自己民族独立而战，而是为英美帝国主义利益而战。英美帝国主义企图经过中国内部英美派大资产阶级某些代表的活动，来达到它的目的，本来，国内英美派大资产阶级，不把希望寄托在中国自力更生上，而是把希望寄托在英美帝国主义的身上，英美这样一来，显然的使得国内英美派大资产阶级的某些代表们已在昏头昏脑起来。他们一方面想：德意日同盟以后，日本加紧南进政策，就不会再向中国进攻了；另一方面想：既然英美帝国主义积极起来做他们的靠山，那么国内团结就不必要了，老百姓更可以撇开了，亲苏的政策就没有用处了，反共的分裂政策、反进步的高压政策、反苏的外交政策就更可以施行了。这是在日寇新进攻面前，从另一方面所来的一种危险，这一种危险的发展，正是促进和帮助了日寇新进攻的危险的，为什么呢？因为大资产阶级依靠英美不依靠民众的政策，反苏、反共、高压人民的政策，在日寇面前，正可能引导中国走到不幸的失败和凄惨的毁灭，这个可能是很可怕的；可是，大资产阶级的代表们，显然反不愿意理会历史的教训，而且是在企图新的错误的尝试。

中国共产党的路线，是民族独立自主的路线，这路线，是中国人民的路线，是真正民族的路线，我们反对德意日同盟，因为这是帝国主义战争的同盟；这是帝国主义阵线的一方面用以重新瓜分世界的同盟；这是德意合谋让日本帝国主义绞杀中国民族和东方其他弱小民族的同盟。我们反对德意日同盟，因为我们反对帝国主义战争及其统治，因为我们主张各民族自决，因为我们为中华民族独立解放而流血斗争。德意日同盟条约中第一条所谓"日本承认并尊重德意在建立欧洲新秩序中之领导地位"以及第二条所谓"德意承认并尊重日本在建立东亚新秩序中之领导地位"，这都是奴役人类侮辱其他民族的条文，而抗战的中国，就是要粉碎日寇的所谓"东亚新秩序"。中国人民绝不承认日本帝国主义领导（即吞并）中国，而是主张中国由中国人民领导，日本由日本人民领导，我们对世界上一切民族，也都是这一样的主张。

我们反对德意日同盟，当然不等于赞成英美帝国主义同盟，反对日德意帝国主义的统治，而又不赞成英美帝国主义的统治，这是中国人民所要采取的政策，当然，为造成我们抗战的便利条件，为达到我们抗战的目的，我们主张利用帝国主义的矛盾，而对于今天英美日本的矛盾，我们必须尽量的利用，否认利用帝国主义的矛盾，这是一种愚蠢。可是，这点又必须和某些份子关于把英美帝国主义当成主人的想法和做法清楚的分别出来，借口利用帝国主义而实际上是把英美帝国主义当成主人，这又是一种更大最大的愚蠢。

我们只承认中国的人民是中国的主人，而且只有在承认中国的人民在中国的主人这个基础上，才能正确的利用帝国主义的矛盾，反之，就有被帝国主义利用的危险。我们号召中国人民团结起来，在反对□□这个主要危险的行动上，为自力更生和独立自主的政策而斗争。这个自力更生和独立自主的□□□□□□□。而是中国□□的□□。国内有了这样坚定的政策，对外才能有"联合世界上以平等待我之民族□□□□□□□能正确的利用帝国主义的矛盾。又只有自力更生独立自主的政策，才能更生力量，才能□清时局争取好转□□□□□与保卫大西南和保卫大西安□□，才能挽救民族目前的新危机，才能挽救民族被毁灭的危险。

（原载一九四〇年十月三十日《抗敌报》第一版社论）

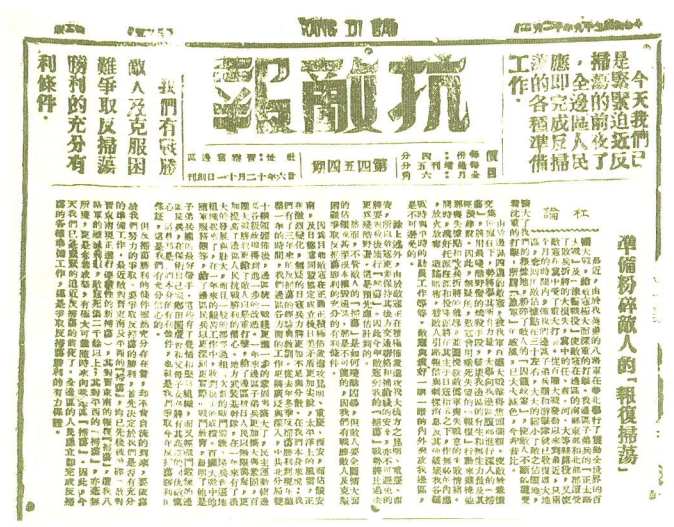

准备粉碎敌人的"报复'扫荡'"

最近，由于我英勇的八路军在华北举行了震动全世界的百团大战，给敌寇极大而深重的打击，我边区子弟兵的"正太路大战"及"涞灵战役"使敌寇在边区的南部东部和北部都遭受了败兵折将的大损失，冀中的任、肃、河、大等县诸役，又使敌寇在冀中受了重大打击。从百团大战发动以来到最近，只两个月的时间内，仅我们边区子弟兵团和游击队就已收复广大地区，夺回的敌占据点在三十左右，大大的缩小了敌之占领地，扩大了我们的根据地，粉碎了敌人的"囚笼政策"，使敌人不断的遭受着沉重的打击，所谓"皇军"的威风，已大大减色，今非昔比。

由于边区四周的敌寇，被我军百团大战击得焦头烂额，使敌于羞愤交集的疯狂下，势将举其所有力量，大举向我边区腹部进行深入的"扫荡"，将用最残酷野蛮的烧杀手段，破坏我边区的有生和无生力量及其经济建设。因此，无疑的，敌寇会用垂死失望的"报复"行动来遮掩他那丧失据点和败兵折将的羞辱，并图挽救敌伪军丧失战意的失败情绪。同时，汉奸托派汪派和投降派将在其主子日寇指示之下，作无耻的内应，放火放毒，造谣暗害，替敌人引路报信与刺探消息及其他破坏我各种战时与平时的动员工作等等。敌寇与汉奸一明一暗的内外夹攻我边区，是不可避免的。

除上述外，由于敌寇正在积极布置进攻我大后方之昆明、重庆、西安，所以敌寇更要保持其后方交通联络和补给线的安全，亦不可避免的将要对敌后施行"扫荡"。因此今年敌寇对我的"扫荡"战势将比过去更为残酷野蛮，这是预先应估计到的。

然而，不管敌人的"扫荡"是如何残酷凶暴，但敌人要企图扩大面的占领或甚至根本摧毁边区，那是不可能的，因我们有战胜敌人及克服困难争取反"扫荡"胜利的充分的有利条件。

因为目前敌寇在正面正积极布置进攻昆明、重庆、西安，而占领安南，及日德意同盟协议成立后日美矛盾更加尖锐，太平洋上的风云，正在激烈变化，无疑的日寇兵力将更加不足与分散，在我们本身来说：我们有了三年来的反"扫荡"的经验与教训。从去年冬季反"扫荡"胜利到现在整整一年的时间，我们边区各方面的工作更将广泛与深入，中共北分局双十纲领颁布后，边区统一战线更进一步的巩固与扩大了，民主运动使边区各级政权得到进一步的改造。一年来边区子弟兵更加扩大与巩固，百团大战胜利更给了敌人以严重打击，给了边区抗日人民以无限兴奋，更加提高了边区人民抗战胜利的信心。地方武装基干队，在一年来有了很大的发展与壮大，而且一般的都经过相当次数的战斗锻炼，民兵普遍地组织起来了，在一年来的艰苦工作中，收到很大的成绩。百团大战中的随军服务团等，给了边区民兵以更深刻更实际的战斗教育，证明了他是子弟兵团的最好帮手，这些有了觉悟和坚□组织，而又经战斗锻炼的边区民兵，在保卫自己家乡田园庐舍和父母子女必将有其高度的同仇敌忾心，这些都是我们本身的有利条件，也就是我们争取今年反"扫荡"胜利的保证，这是我们有充分信心的。

　　但反"扫荡"胜利的条件虽然充分存在着，却不会自流的到来，要依靠于我们努力的争取，要争取反"扫荡"的胜利，首先决定于我们是否有充分的准备工作。最近敌对晋东南及平西的"扫荡"，均已先后被粉碎（敌对晋东南现在进行连续性的新"扫荡"），其对晋东南的报复"扫荡"，遭我八路军的歼灭迎击，敌寇死伤二千余以上；其对平西的"扫荡"，亦毫无所获，更是老羞成怒，有极大可能随时来向我边区"扫荡"，因此，今天我们已是紧紧的迫近反"扫荡"的前夜了。全边区的人民应立即完成反"扫荡"的各种准备工作，这是争取反"扫荡"胜利的有力保证。

（原载一九四〇年十一月一日《抗敌报》第一版社论）

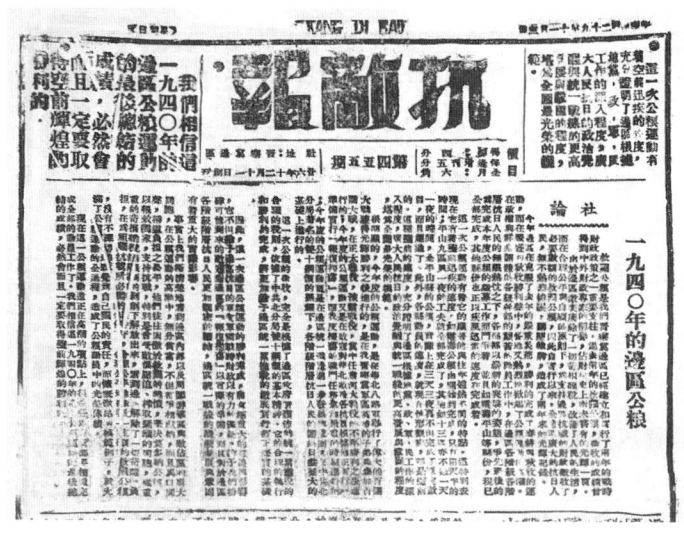

一九四〇年的边区公粮

救国公粮是我们晋察冀边区已经建立和实行了两年的战时财政政策之一重要支柱。过去两年的救国公粮，征收的成绩曾得到中外财政专家的称誉，占财政史上所未尝有的光辉一页。

由于边区澈底废除了一切苛捐杂税，改善了人民的生活，而在合理公平与自愿的原则下，为支持边区抗战的财政征收了必要数额的救国公粮，因此自实行以来，全边区广大的抗日人民，无不热烈拥护，□□□□，造成了两年来的光辉纪录。

今年边区在克服了去年的严重灾荒，胜利的完成了春耕与秋收的运动，而在丰盛的秋收胜利声中，各地又热烈地掀起了公粮运动的高潮。在政权与群众团体的各级干部的艰苦的动员工作中，在边区各阶级各阶层抗日人民的无限热忱之下，各县都以崭新的突击的姿态，争先恐后的为完成本年度公粮的征募工作而斗争着，并且如灵寿平山等县份，现已全部完成，其他县份也正以疾风迅雷的速度在完成着。

这一次公粮运动有着它的显著的与往年迥然不同的特点。这特别表现在它有着空前迅疾的速度，如灵寿公粮由开始到完成，只有两天半的时间；平山九区只一夜的工夫就全部完成了，其他如十三区亦不过一天一夜的时间，全平山县的公粮，实际上在三天三夜里不但完成了原定数目，而且超过了。此外，各县动员的速度，就现在情形观察，都是空前的。这种空前的速度，充分证明了边区根据地党、政、军、民工作的深入程度，广大人民抗日的政治觉醒与统一战线的更高发展与巩固的程度，堪为全国最光荣的模范。

很明显的，今年度的公粮运动，是在华北八路军举行了伟大的百团大战获得光辉胜利之后进行的，是在我晋察冀军区英雄的子弟兵参加百团大战，在正太战役，涞灵战役，冀中任肃河大战役的不断胜利之后进行的；今年度的公粮运动又是在敌寇对华北敌后各抗日根据地正□□的准备实行"报复'扫荡'"，而我反"扫荡"的战斗任务愈加严重的时期进行的；今年度的公粮运动更是在边区统一战线进一步发展与巩固，在中共北分局著名的双十纲领的照耀下，各阶级阶层抗日人民的团结日益强大的基础上进行的。

这一次公粮的征收，完全是根据了边区政府所颁布的统一累进税的合理的税则，依据了中共北分局双十纲领的基本精神，它的合理的执行和胜利的完成，将更加给予边区统一累进税的澈底实行打下坚实的基础。

因此，这一次边区公粮运动的胜利完成，会有极重大的意义与影响，它不但给予边区抗日的军□军需战时财政以有力的保证。给予我们粉碎可能到来的敌寇对边区的"报复'扫荡'"以实际的准备，而且对于边区各阶级阶层抗日人民更加亲密的团结，边区统一战线的继续发展与巩固有着重大的实际影响。

事实上我们极清楚地看到边区内部以及周围游击区与敌占区的广大同胞，在公粮运动的高潮中，无分贫富，不但都争相献纳，而且异口同声，称道负担之公平，他们往往因激于救国的义愤，坚决要多纳公粮，以报效国家，支持抗战，特别是曾受敌伪压迫、榨取蹂躏的同胞，从重重的苛捐杂税无限制的剥削下解放出来，看到边区解除了一切苛杂和负担，在为祖国抗战所必需的条件下，合理公平地征收一定额的救国公粮，没有不深切地感觉到自己国民的责任，而慷慨激昂的模范例子，就充满了公粮运动的全过程，造成了公粮动员中的光荣伟绩。

现在这一公粮运动还正在高潮的顶点上，很□□□都要相继完成全部的动员工作了，我们相信这一九四〇年的□□□□□的最后总结的成绩，必然会而且一定要取得空前辉煌的胜利的。

（原载一九四〇年十一月三日《抗敌报》第一版社论）

在双十纲领的伟大感召下

本报早在四三四期的社论中指出过，自从中共北方分局的双十纲领公布以后，已经引起全边区人的的狂热拥护，并且正在处于敌寇铁蹄蹂躏下的同胞中散布着绝大的政治影响，特别在锄奸问题上，由于纲领对于锄奸工作的积极性建设性的发扬，将消灭一切对锄奸工作的认识不足，将消灭一切对锄奸工作的误解与曲解；将极度缩小敌探汉奸利用我抗战营垒中某些罅隙的可能，将予敌探汉奸特务奸细破坏边区统一战线、破坏抗战团结以有力的打击；更将无比地提高广大抗日群众的抗日热情，团结最广大的群众，开展锄奸运动，保证边区民主政治的澈底实现。

纲领第十五条曾明确规定：凡因被迫或一时触犯汉奸

□□□□□之份子，准其自新；对死心塌地的汉奸，严予惩处。这在今天事实上已经在除奸工作中收到了伟大的效果，无数被敌伪汪派托派欺骗麻醉误入迷途的份子，纷纷悔过自首。最近行唐、阜平、曲阳等地一百数十人为敌伪汉奸所迷惑欺蒙而受其利用者，或觉醒自动向政府当局申请自新，或在边区当局的启导与训诲之下，翻然醒悟而自首，无不充分证明了双十纲领的伟大感召力与边区正确的除奸政策执行的光辉成绩。这一百数十名的自首事实有力地粉碎了敌探汉奸对于双十纲领及边区除奸政策与法令的造谣污蔑与破坏；有力地说明了边区执行的正确的除奸政策，是真正为了巩固与发展抗日民族统一战线，保障广大抗日人民的民主权利，保护与巩固边区抗日根据地，坚持敌后抗战，保证抗战最后胜利之一有力杠杆与武器，它是充满与贯澈着积极的建设的精神。

边区以往的锄奸工作，已经获得过伟大的成绩，而今天和今后在双十纲领的伟大精神的感召之下，更已经和要继续得到更加伟大的成绩的。过去在边区已经有过许多触犯汉奸治罪条例的份子悔过自新了，今天在伟大的双十纲领的感召下，更有了大批自动觉醒与翻然悔悟和自首的，今后更将会有不断的大批的误入迷途的份子从敌寇汉奸汪派托派的欺骗麻醉与奴役的驱使下解放出来，重新投浸在边区与祖国的温暖怀抱里来。

今天敌寇在其对华最后冒险的战争中，穷途末路，正以□□阴谋手段，加紧其"以华制华"的毒策，诱骗迷惑与利用我国内部少数落后组织与落后份子为出卖祖国的勾当，以售其奸，但是在我晋察冀边区伟大根据地人民的民族觉醒与炽热的抗战烈火的燃烧中，在伟大的中共北分局双十纲领为抗日民族统一战线的崇高精神的感召之下，使少数为敌寇欺骗迷弄的份子，悔过自新脱离敌寇汉奸的奴役驱使，重新站在祖国的立场上，向民族的敌人作悔恨的决绝的咒诅，这无疑是给予敌寇汉奸以重大的刺心的打击，这是严重地警告了日本帝国主义强盗的□□关及其傀儡走狗：中华儿女，无论谁也不能再受愚弄了，为保卫自己的祖国与乡土，为拯救自己的生存，我们只有齐心一致以抗战。

今天全边区人民更要警告敌寇汉奸汪派托派一切无耻的匪徒：晋察冀边区是更加壮大了，更加不可摧毁了，全边区及其周围的广大人民，在伟大的双十纲领的感召下，更加团结得坚固了，不管□□□污蔑，一切无耻进攻的阴谋都将澈底的失败，边区已经成为任何敌人所不可战胜的敌后抗日民主的坚强的家园与对敌反攻的最有力的前进阵地，它今天已经是一个不可摧毁的抗日统一战线的巩固的堡垒，它更要成为新三民主义共和国的一块无比雄厚的基石。

（原载一九四〇年十一月五日《抗敌报》第一版社论）

《晋察冀日报》

一九四〇

YI JIU SI LING

一九四〇

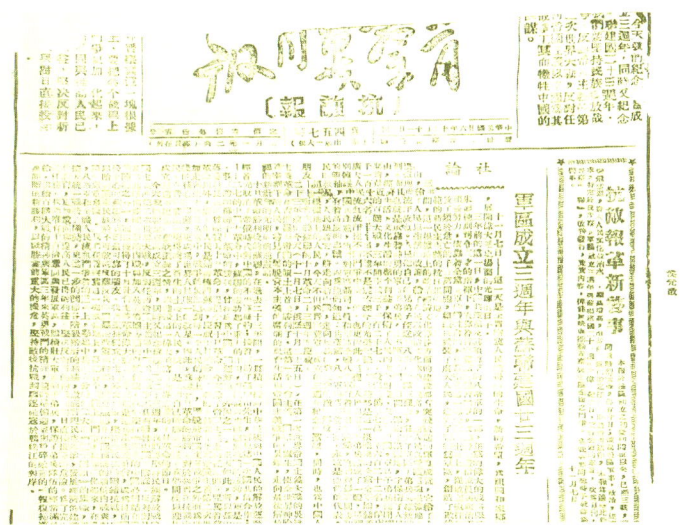

军区成立三周年与苏联建国二十三周年

十一月七日——这一天是全晋察冀人民获得新的生命，新的希望，为祖国和家乡而英勇战斗，展开伟大历史场面的光辉的日子。

三年前的这一日，中国共产党及其领导下的八路军的一部，在党的伟大的战略眼光的指引和朱彭总副司令天才的指挥下，依靠着晋察冀党的艰苦斗争，依靠着全体指战员与政治工作干部的顽强努力，依靠着全党全军的牺牲奋斗，在晋察冀这一块受难的土地上，从敌寇疯狂的铁蹄下拯救了濒于危亡的千百万同胞，组织与武装了广大人民，建立了晋察冀军区，创造了敌后第一个模范的新民主主义的抗日根据地。

三年间，这一根据地上的政治经济文化等各方面的建设都有突飞猛进的辉煌成就，它给了人民以民主自由，给了人民以生活的改善，给了人民以政治文化水平的提高，进而人民也爱护这块根据地，为保卫这根据地而流汗流血。人民把自己的兄弟子侄送到八路军的队伍里去，扩大了军区子弟兵英雄无敌的铁的行列。而且也就是依靠着神勇的军区子弟兵，□不断的战斗□□□，保卫了根据地，才保卫了人民的政治自由，经济生活，文化生活的整个利益，保卫了人民的生命财产、家乡与祖国。军区子弟兵从开辟根据地时期到最近的百团大战，三年间□战三千三百二十七次，杀伤敌伪军七万□千六百二十二名，俘虏敌伪军九千一百十六名……这不能不是震古铄今的光荣纪录。而这些都是这一根据地的全党全军团结千五百余万广大人民流血流汗从不断斗争中□□的，也更因此，这里的人民与军区子弟兵结成了一体，这里的人民特别拥护中国共产党，他们对军区聂司令员和军区全体八路军有着无限的热爱，他们对彭真同志和无数群众的领袖，有着高度的忠诚，因为他们知道：共产党，八路军与晋察冀军区，永远是他们的代表，永远是人民的救星，人民跟着它，将走向新中国，走向民族的与社会的澈底解放。

这一根据地上的人民，今天不但为晋察冀军区成立的三周年纪念而欢跃，同时，也为中国人民伟大的朋友——社会主义苏联的十月革命二十三周年而庆祝。

（原载一九四〇年十一月七日《晋察冀日报》第一版社论）

论关于"中日媾和的谣言"

当帝国主义战争正在扩大成为世界帝国主义范围内持久的战争，两大对立的帝国主义阵线，都正准备在世界范围内实行大的决战，帝国主义两大阵线双方的斗争更加尖锐化与扩大化的时候，两大帝国主义阵线在远东争霸的斗争，显然也已经更加尖锐化与扩大化了起来，而这就特别急迫并深刻影响到"中国问题"上来，使中国成为帝国主义两大阵线斗争中共同争取的对象：一方面英美帝国主义为对付德意日同盟，站在以英美帝国主义自己利益为根据的政策的基础上，改变了其"东方慕尼黑"的步骤为增加对华的某些"援助"，诱引中国参加"英美澳联防"，图使中国成为英美帝国主义的战争工具；另一方面德意日同盟成立之后，德意积极合谋让日本帝国主义来绞杀中华民族，解决"中国问题"，图使中国成为其对英美战争中的牺牲品。

今天，日德意集团与英美集团争取中国的斗争，事实上正是在积极进行之中，正当此时，上海日文报纸"每日新闻"发出"德意法三国驻渝大使，曾向中国政府建议与日本媾和"的消息（见本报□期所载重庆电讯），我们希望这个消息果如外交部发言人之所云，仅仅是"日人造谣惯技，毫无根据"，而我国□正全国上下一致地"具最大决心，抗战到底"，但目前亲日派阴谋家投降活动的蛛丝马迹于此中无可寻，因而我们却不能不高度警惕日人这个"造谣"所显示的当前时局的重大的新的危机——即亲日派阴谋家与内战挑拨者鼓动新的内战，进行对日直接投降已成为目前的主要危险。

显然的，自日本米内内阁倒台，近卫内阁上台以后，敌寇一方面策动正面新的军事进攻，另一方面"更加紧□□政治诱降阴谋，企图利用我国困难来分化我国内部的民族团结，勾引某些动摇份子投降，因之，日本的德意派成为现在策动中国投降危险的主要外来力量，因之，我们现在是处在敌寇新的正面军事进攻与新的政治诱降阴谋的面前"。在这样情形下，"投降派的活动较前增长，有些份子甚至公开赞成法国贝当的投降主义，欲在日军新进攻面前，在中国发动贝当式的投降卖国的勾当"（延安解放报论目前时局）。这样就造成了当前时局中新的投降危机与新的内战危机。如果说过去一个时期的"反共""反八路军""反新四军"破坏团结抗战是为了准备投降，那末，最近如江苏韩德勤以两个师和一个独立旅的大军，进攻江南新四军陈部的事件及如此□□企图掀起新的"反共""反八路军""反新四军"破坏团结抗战的内战阴谋，使这是对日直接投降的实际准备。

虽然，目前一部份人被英国的开放滇缅路、美国的对华借□弄昏了脑袋，兴高采烈地宣传加入英美集团，但是尽管英美也积极拉拢中国加入其集团，而英国处于危急状态，还正自顾不暇；美国由于军事上的准备还不够，在相当的一个时期内其实尚无发动对日作战的决心，因此，英美之所谓"对华援助"实际上也是极为有限的，而且如果日本积极南进，占领南洋各地，则英美之"援助"更将断绝，这是极明显的。所以目前虽然参加英美集团的宣传也甚嚣尘上，但就在这被宣传的问题的本身上，究竟能否满足宣传自己的要求，连宣传者自己也是怀疑的，倒是就与这种宣传同时，亲日派阴谋家与内战挑拨者正制造新的反共高潮、新的内战、准备对日直接投降，这却是事实。

因此，我们对于今天日人报纸所发出的"中日媾和的谣言"必须严重注意它所显示的我国当前时局中所存在着的主要的严重危险，而提起高度的民族的政治警惕性。我们要坚决反对对日直接投降的严重危险，反对反华、反共、反民众、反进步的新高潮，坚决反对新的内战、反对进攻坚持华中、华北抗战的八路军与新四军。这也就是说：反投降、反内战、反对反共已成为我们当前的严重任务。今天一切反苏、反进步、反民众、反共内战的阴谋罪行，都是对日直接投降的准备，都是替日本帝国主义灭亡中国扫清道路，而只有坚持团结抗战，真正如外交部发言人所说的"具最大决心抗战到底"，才是中华民族的唯一生路。

（原载一九四〇年十一月九日《晋察冀日报》第一版社论）

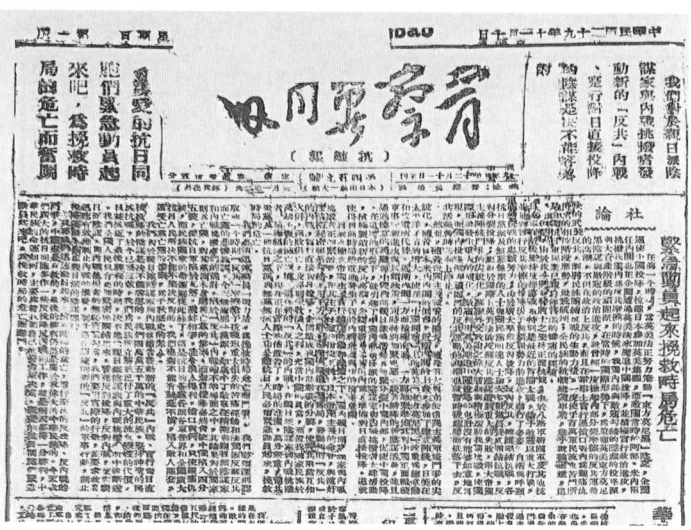

紧急动员起来挽救时局危亡

在前一个时期，当英美法正努力策动"东方莫尼黑"阴谋，企图逼使中国投降，拉拢日本参加英美集团，而敌国当时的阿部、米内两任内阁也正企图通过英美法来压迫中国投降，并积极实行政治进攻，挑拨我国内部反共摩擦的时候，我国内部与敌寇勾结的隐藏的投降派与大资产阶级的顽固派，在当时的国际形势下，为策应英美"东方莫尼黑"阴谋与敌寇的政治进攻，就曾经一度掀起内部分裂摩擦的反共运动的高潮，不但在政治上反共，而且在军事上实行过枪口对内为新痛仇快的武装反共，削弱民族团结抗战的生动力量，一度使千百万军民流血苦斗所得来的相持阶段形势，几致破坏；全民族的抗战建国事业，几乎就被断送，这是全国抗日军民业已亲自经尝过的惨痛的经验。

但是，由于我全国□线将士之坚持正面抗战，由于八路军新四军及其他抗日友军在敌后坚持反"扫荡"战，特别是最近的百团大战，给予敌寇以重大打击，并□对实行反□摩擦的投降份子与顽固势力的进攻，进行了必要的自卫与呼吁□□抗战的忠诚努力；由于广大群众反对投降，反对反共，拥护团结抗战，各抗日党派及无党无派的人士与国民党明达人士和大多数党员赞成团结抗战，反对分裂投降；更由于国际上英美法的反苏反共阴谋遭到重大的失败，两大帝国主义阵线斗争的尖锐化，苏联外交政策之伟大胜利与积极援助我国抗战，使国际形势发生重大的变化，敌寇利用英美压迫中国投降的鬼计没有能够如意地实现，而国内投降派和顽固派的反共运动的高潮也就暂时被镇压而低落下去，反共活动暂时基本上停止了。

然而，随着日本米内内阁的倒台，近卫内阁的上台，参加了德意阵线，日美在太平洋矛盾的增大，使□"中国问题"上的英美"东方莫尼黑"政策为德意劝和政策所代替。近卫内阁一方面积极南进，一方面加紧准备其对中国正面继续军事的新进攻与封锁政策，同时特别加紧凶恶的政治诱降的新阴谋活动，并且通过德意的运动与中国内部亲日派的活动□加紧分裂中国内部，促使中国投降。在这样的形势下，就引起了中国内部抗日派的阴谋家与内战挑拨者大肆活动，积极制造新的反共高潮，企图重新□□□□内战，准备对日直接投降。这就使得目前时局严重地发生了新的内战危机与新的投降危机。

目前在德意帝国主义实行积极的□□政策之下，国内亲日派阴谋家与内战挑拨者正加紧活动，在其主子日寇的指使下执行日本帝国主义的命令，与汉奸汪精卫秘密联系勾结，用□方□□□□□□□□进我国当局，发动新的"反共"的内战，实行直接对日投降，企图造成我国内部严重的分裂，使国共两党互相火拼，两败俱亡，□□则坐收渔人之利，充当中国的贝当，而置我国家民族于万劫不复的灭亡绝境。这种新的"反共"的内战，在亲日派阴谋家与内战挑拨者的积极组织之下，现在正在实际的布置着了，时局的危机，万分严重，国共两党及一切抗日党派与无党无派人士和全国抗日人民必须紧急动员起来，挽救时局的危亡。

我们必须迅速动员一切力量，为挽救时局危亡而斗争，我们必须深刻认取前一个时期"反共"摩擦给予抗战以重大损失的苦痛经验和法国因反苏反共而亡国的悲惨教训。今天无论那一党派，如果中了敌寇汪精卫与亲日派阴谋家和内战挑拨者们的诡计，陷于"反共"内战的不幸局面之中，其结果对于国家则为亡国，对其党派本身则为亡党的惨祸，而对日投降必然会使中国陷入四分五裂，使抗日军陷于瓦解。鹬蚌相争，徒令渔人得利，枪口对内，只使亲痛仇快，而民族国家的命运则从此终了，这是抗日的各党各派各军各界和全国广大抗日人民所决不能不坚决反对的。我们绝对不能有丝毫不慎，陷入敌人圈套，遭受亡党亡国的惨祸，为千秋历史的罪人。

我们对于亲日派阴谋家与内战挑拨者发动新的"反共"内战、实行对日直接投降的阴谋是决不能容忍的。我们四万万五千万的中华民族，坚持神圣的民族抗战，于今已经三载，我们为民族独立解放已付了重大的流血牺牲的代价，日益接近了最后胜利的时期，决不能为亲日派阴谋家与内战挑拨者所中途断送。我们全国人民只有更加紧密地团结起来，誓死反对投降，反对内战，反对亲日派阴谋家与内战挑拨者的无耻卖国勾当，我们要用实际的行动，并要求政府迅速有效地制止内战的爆发，制止迫在眉睫的新的"反共"的军事行动，制止投降运动，制止亲日派的阴谋罪行。

只要我们迅速动员起来，抢救时局的危亡，进行坚决的反投降、反内战的斗争，中国还是有救的，最后的胜利仍然是属于我伟大的中华民族的。今天我们广大的抗日同胞多作一些反投降反内战的工作，就是明天多得一分胜利，中华民族的命运如何，主要靠着我们自己的努力来决定，亲爱的抗日同胞们紧急动员起来吧，为挽救时局的危亡而奋斗。

（原载一九四〇年十一月十日《晋察冀日报》第一版社论）

粉碎敌寇对边区的"冬季'扫荡'"

敌寇对我晋察冀边区本年的"冬季'扫荡'"已经开始，我边区党政军民英勇的反"扫荡"战也已展开了。连日我边区子弟兵正与各线进犯之敌流□激战，获得许多的大小胜利，现在战斗还在激烈的开展，更残酷的"扫荡"与反"扫荡"战正要继续到来，全边区的党政军急需继续百倍紧张起来，为坚决迎接并澈底粉碎敌寇的"扫荡"而斗争。

这一次敌寇对边区的"扫荡"是有着与往日不同的新的特点。首先，它是在我华北八路军空前的百团大战伟大□□，边区子弟兵在百团大战中，发挥了无比的英勇精神，以连续的正太战役、涞灵战役、冀中□□□大战役等大规模的出袭，严重地打击了敌人，得到了举世震惊的伟大胜利，敌军士气衰颓，伪军纷纷瓦解，敌寇受严重损失，而老羞成怒，急图□□，以掩盖其损兵折将更失据点的羞辱，挽回其颓丧不张的士气，镇□伪军汉奸，□反正，因此，它是具有疯狂的报复性的"扫荡"；其次，它特别是在敌寇对我国加紧□□诱降，唆使我国内部亲日阴谋家与内战挑拨者，积极鼓动新的"反共"内战，图使我国四分五裂，迫□□局投降，□成新的内战危机与投降危险空前严重的时候发生的，因此，它是□□对亲日派阴谋家与内战挑拨者的凶恶阴谋□重大策应性的"扫荡"；再其次，它是在敌寇经济危机，特别是粮食恐慌异常严重，而又值我边区经济建设特别是本年春耕秋收取得伟大胜利，一般丰收后举行的，因此，它是具有对我边区的经济建设特别是粮食丰收的残酷的掠夺性与破坏性的"扫荡"，这是我们必须深刻认识的。

今天摆在我们全边区党政军民广大同胞面前有着最严重的澈底粉碎敌寇对边区"冬季'扫荡'"的战斗任务。我们要足够估计敌寇□一"扫荡"的老羞疯狂的报复性，对□□投降阴谋的策应性、残酷的掠夺性与破坏性。我们要坚决反抗敌寇及其所急切配合着的亲日派阴谋家与内战挑拨者进攻八路军、新四军的阴谋暴行；坚决抗击敌寇破坏我边区有生□□力量与经济建设特别是毁掠边区粮食的野蛮凶恶的烧杀手段；坚决反对与镇压汉奸托派汪派亲日派投降派为敌寇内应放火放毒造谣暗害等一切无耻的的内奸勾当，争取反"扫荡"斗争的澈底胜利。我们要普遍紧张动员一切力量，动员一切人力物力，一切为了战争，一切为了前线的胜利，澈底防止与纠正一切动员工作中所曾经个别发生和可能继续发生的弱点与缺点，保证战斗部队的任何困难得到及时有效的解决；加强基干游击队与民兵的积极的行动□指挥与领导，广泛发挥□□游击战争的伟大作用，配合子弟兵团的英勇作战，争取反"扫荡"战斗的完全胜利。我们□澈底实行空舍清野，绝对保证使敌人找不到一根草、一粒粮食，以困□敌人，并切实普遍利用一切可能取得和使用的武器如刀、矛、土枪、土炮、手榴弹等，积极地不断袭扰行进中的和驻止着的敌人，使它们完全得不到空暇去进行烧杀、劫掠，以粉碎敌寇狂暴的烧杀掠夺的政策，保护我们的粮食和房屋，保护我们的生活材料，保卫我们的公私经济。这样，使敌人的狂妄企图在我们的面前再一次完全失败下去。

（原载一九四〇年十一月十一日《晋察冀日报》第一版社论）

加强地方武装在反"扫荡"中的活动

我们晋察冀边区的地方武装，在过去三年间对敌反"扫荡"的斗争中，特别在最近百团大战中，曾经起了伟大的作用，获得过重大的成绩，它们曾经表现了其为边区人民子弟兵的八路军之强有力的帮手。在过去的斗争中，事实证明了，边区地方武装中的基干游击队是开展群众游击战争的骨干；由青抗先与模范队所形成的民兵则是开展群众游击战争的广大生力军，而警卫队除其保卫政民机关，担任除奸工作的基本任务外，也是推动与引导群众游击战争的武装力量。当前的紧张而残酷的反"扫荡"斗争已经展开了，这就更需要这些地方武装更加发挥它们对于群众游击战争的伟大力量。

针对着敌人此次对我边区"扫荡"的残酷性与深入性，为了普遍地给予疯狂烧杀的敌人以严重的打击，必须百倍认真地广泛开展群众的游击战争，动员所有地方武装到处配合主力，袭击、困扰与迷惑敌人，严厉镇压与肃清汉奸，使敌行坐不安，寝食不宁，烧杀不得其暇，便利我主力军致命地打击与消灭敌人。

但是为了达成这一任务，必须百倍加强对地方群众武装的战时领导，加强地方武装的战斗指挥，以加强地方武装在反"扫荡"中的战斗活动。

首先基干游击队要切实发扬其为群众游击战争的骨干作用，各地基干队当敌人分路深入各该地区时，必须立即分散活动，到处成为群众游击战的推动机，成为团结广大民众开展群众游击战争的核心。估计到敌人将进入某一地区可能有分股烧杀等情形时，基干队即须预先分散并率领民兵，积极对敌不断实行或大或小的袭扰的动作。我们坚决反对把基干队集中去单纯的保卫政民机关等，而要求基干队纵横穿插于敌人前后左右，领导成千成万民兵，坚决对敌作顽强的斗争。基干队的干部要认真执行此任务。

其次，人民武装委员会应立即加强对青抗先与模范队等民兵的战时的组织领导，挑选民兵中有作战力、政治坚定、组织精干者，强化其武器配备，临时编成若干中心队伍，在敌进攻路上，一点不放松地主动的抓住有利时机，依具体情况，昼夜不停地积极袭扰行动中与住止着的敌人。这些民兵的中心队伍，必须配备坚强的干部去领导。我们坚决反对这些民兵临阵脱逃的可耻现象，严肃民兵的战时纪律，发挥民兵的战斗力与光荣传统。

最后，警卫队除了保卫政民机关，清除汉奸，执行其基本任务之外，更要相机进行游击战争，以推动与引导群众的游击战。

我们要加强这些地方武装在反"扫荡"中的积极的活动，才能更有保证地争取反"扫荡"的伟大胜利。

（原载一九四〇年十一月十七日《晋察冀日报》第一版社论）

全国同胞起来！制止当前严重危机

当前时局的严重危机是对日投降与对内战争的危险空前紧迫！日寇在德意日三国同盟之后，为对付英美和实行南进，急欲从中国泥潭中拔出泥足；一方面加紧自己诱降阴谋，另一方面唆使德意实行劝和活动，以求得在奴役中国条件下，结束所谓"中国事件"。我国内亲日派阴谋份子，在日寇唆使之下，正在积极活动包围与压迫中国当局发动反共内战，以便造成不能继续抗战而实行直接投降的局势。南宁、龙州的撤退，德使陶德□致电的劝和，是日寇诱降阴谋的公开暴露；是国内亲日派阴谋家的积极发动反共内战，是日寇逼使中国当局投降的秘密内应。日寇与亲日派阴谋家，深知中国抗战的力源在于全民族的团结，而全民族团结的基础在于国共两党的合作。因此，只要大规模的反共内战爆发，则国共关系便由合作而到分裂；只要国共关系破裂，则全民族便由团结到分崩离析；只要民族力量分崩离析，则中国力量将忙于内斗忙于对（内），虽欲抗日既不可能亦不可得，于是中国虽欲不降既不可能亦不可免。因此，直接对日投降，是当前时局的严重危险；而发动反共内战，是造成投降形势的直接手段！

因此，全国各党各派各界各军关心民族命运的人士，对目前全国弥漫的反共高潮，不能视若无睹；对皖豫一带二十九师大军实行对大江南北新四军、八路军进逼包围，对陕甘宁边区周围的二十万大军包围和五道堡垒线封锁，对全国许多地方共产党员及进步人士和进步青年的逮捕杀害，对反共份子污蔑共产党、八路军、新四军的各种无耻造谣，不能不加严重的注意，不能不发出正义的抗议！盖当前流行的反共行为和积极策动的反共战争，绝非仅国共两党的摩擦，实有关整个民族命运的大事；日寇与亲日派企图用挑拨中国内战的方法，达到中国投降的目的，其心至险，其计至毒。盖剿共必会闹到投降，投降必使中国四分五裂，投降必使抗日军队瓦解，投降必使抗战统帅身败名裂，投降必使亡党亡国，投降必使中国人陷入牛马奴隶的境地。而能从投降中得利的，只是愿作□仪式的伪皇帝或贝当式的降将军的少数别具心肝的人。

因此，全国各党各派各界各军先进人士，必须认清时局当前危险，必须制止亲日派阴谋家和内战挑拨者的滔天罪行，号召一切军民，不做我为鹬蚌敌为渔人的妄举，呼吁全国同胞不作枪口对内亲痛仇快的狂行。响亮的高呼出反对投降反对内战的口号，诚恳的提出全国同胞团结起来制止投降制止内战的要求，坚决的发出驱逐亲日奸徒汪逆余孽的号召，英勇的挺身出来做团结全民捍卫民族的先驱，使得有一触即发的可能的内战停止，使摆在眼前的直接投降危险克服，则不仅尽了我们应有的天□职责，而且挽救了我们后世子孙的奴隶命运！因此，为制止投降与制止内战而奋斗，成为全国人民和中国共产党的当前紧急任务!

因此,不管日本帝国主义者如何挑拨离间,不管亲日派阴谋家和内战挑拨者如何造谣污蔑,不管剿共军如何活动,不管剿共战争如何紧迫,我们中国共产党全体党员郑重宣称:我们始终爱护国民党,爱护一切抗日党派,团体和个人,爱护一切抗日国军,爱护全体爱国同胞;我们除人民利益外无利益,除人民要求外无要求,我们今日所要求的,只有坚持抗战、坚持团结!我们今日所努力要求的,只是不投降、不分裂、不内战!我们八路军新四军绝不向任何友军进攻,只在被人进攻时才被迫自卫;我们共产党人绝不在我政府统治的任何区域实行武装暴动或武装骚动;我们坚决申斥奸人匪徒对我们在后方暴动的无耻造谣;我们明白指出:一切关于八路军新四军破坏抗战破坏团结的谣言,一切关于共产党在我后方暴动的情报,都不过是亲日派阴谋挑动内战和准备投降而故意制造的借口!我们坚决实行我党中央今年"七七宣言"的一切宣示及历来抗日民族统一战线方针,我们诚恳愿与国民党及各党各派各界各军团结到底,抗战到底,求得民族解放胜利和建国事业成功!

因此,我们希望每个中国政治军事人物当时局紧张之际,作明察兼听之谋,不上敌人圈套,不中亲日派奸计;不听敌人造谣,不信特务情报,不作感情冲动,不以意气用事。否则因小失大,必致国亡党灭,身败名裂,则不仅自己将追悔莫及,而且将使人爱莫能助。

同时,我们中国共产党全体党员一致宣称:为民族国家的生存利益,我们共产党八路军新四军与全国同胞一样对于亲日派与内战挑拨者及其卖国殃民的阴谋是不能容忍的;我们要无情的揭露他们的任何鬼□伎俩,我们要坚决的抵抗他们的任何政治军事进攻,我们要澈底的揭破他们的阴谋诡计,我们要完全把他们驱逐出中华同胞的范围以外。

我们深信:在反对日寇及其走狗的正义斗争中,全国人民都是与我们并肩携手共同奋斗的,不管目前时局如何危险,不管日寇和亲日派的活动如何积极，只要全国同胞一致紧急的动员起来，进行坚决恰当的斗争，制止投降与制止内战的危险还是可能的，还是来得及的，还有这种时间的。现在为制止投降制止内战而奋斗的，不仅有我党数十万党员，不仅有八路军新四军五十万大军，而且有全国广大人民，有全国抗日的友军，有国民党及各抗日党派团体的先进人士。而与我们坚持抗战坚持团结事业有利的还有各种外部的条件：有强大苏联的同情我们，有世界各国革命力量的发育滋长，有空前紧张的帝国主义矛盾可供利用，有敌寇内部的各种困难。因此，任何严重危险终于能克服的，任何黑暗局面终于能战胜的，因此，制止投降制止内战斗争的胜利，坚持抗战坚持团结政策的成功是没有疑义的，与反革命势力斗争的最后胜利，一定是属于坚固团结和英勇奋斗的革命政党和革命人民的！

（原载一九四〇年十一月二十日《晋察冀日报》第一版社论）

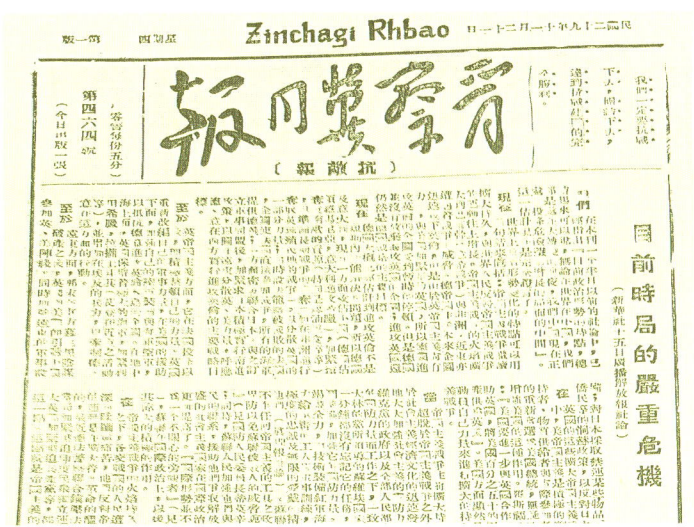

目前时局的严重危机

我们在本刊一个半月以前的社论中,已经指出"目前政治形势的特点,总结起来可以说,无论在世界在中国,我们都是处在大转变的前夜,我们中国现在正处在投降危险空前增长的局面的中间"。这一估计现在是完全证实了。

现在世界上严重形势变化的特点可以用两句话来概括:帝国主义战争继续扩大持久,与世界人民反对帝国主义战争的运动往上增长。帝国主义战争的火焰扩大到巴尔干(意希战争)与非洲,近东亦遭遇着战争的威胁。德帝国主义本来企图迅速攻下英伦,但是由于英帝国主义尚有力量,与美国加紧帮助英国,所以德国进攻英伦的企图受到暂时的停顿。但是德国并没有放弃进攻英国的企图;进攻英国还仍然是德国战略的主要目标。

现在德国大概已经估计到进攻英伦不是短期内可能解决的问题，所以德国及意大利，现在一方面攻占小国（德国占领罗马尼亚，意大利进攻希腊），加紧抢夺东南欧的资源（特别是煤油粮食等等），以准备长期战争的□夺（如在非洲进行夺取英国殖民地的战争），以分散英国的一部分力量；同时设法笼络被战败的法国，企图使法国直接参加战争，所有的海军提供德意；一方面密切联合日本，与之订立军事同盟后，加紧求日本积极实行南进政策，以图在远东分散英、美力量，呼应德、意在西方实行进攻英伦的主要战略目标。

至于英帝国主义方面，它在法国投降以后，即积极整顿自己的力量。英国重新改编自己的军事力量，在美国的援助下面，加强自己的陆军装备与海军空军，以抵抗德意进攻英伦本岛的企图。在地中海上面，英国保留着极大的海军，加紧利用希腊，拉拢土耳其（艾登在近东之活动等），并增加在埃及的兵力，以牵制德、意在这方面的行动。

至于远东方面，那末在东方慕尼黑阴谋破产之后，英国和美国"即引诱中国参加英、美阵线。同时加强远东的军事设备；对日本采取禁运某些物品，撤退某些侨民等的恫吓政策，以反对日本"。

在英国的这些扩大帝国主义战争的行动中，美帝国主义是积极的援助者、支持者、物质供给者与实际参加者。罗斯福的重新当选为美国总统，无疑地，将更加增强美国的这种作用。罗斯福已公开声明："美国要进一步与英国合作，更多的帮助英国，将美国百分之五十的军事工业生产供给英国"。美国方面显然是正在积极动员自己力量来进行扩大的持久的帝国主义战争。

当帝国主义战争往前扩大持久的时候，超脱于帝国主义战争之外的苏联，由于社会主义经济文化的迅速发展，进一步地大大加强社会主义的国防力量，布尔塞维克党的政府以及全部人民都在加强苏联的国防力量而工作之下，一致地为列宁斯大林的党所领导的苏维埃国家过去与现在一分钟都没有忘记它的任务，作积极的战斗准备，加强它的国防力量。苏维埃国家竭尽全力，用技术装备红军海军；竭尽全力给年轻的工人以军事训练，使对国家有极度的忠诚及无限的爱戴的精神，以教育他们（真理报社论）。苏联一方面坚持不作任何帝国主义的工具之政策；"永远提防以免苏联被敌人的威胁诡计卷入战争"（见国防人民委员长蒂莫辛哥的演辞）；同时，苏联人民加强他们与他国革命人民的联系，援助他们争取解放的斗争。强盛的社会主义国家在国际政治上的地位是更加提高了。"国际形势并不允许苏联作为一个不关心的旁观者"（见加里宁演辞），苏联在国际政治上，以后必然将更起其伟大的积极的作用。

在帝国主义战争的火焰持久蔓延的形势之下，各交战国的人民遭受着日益加深的蹂躏与痛苦，他们反对帝国主义战争的运动是在扩大着。革命的酝酿是要发展的，最近德法警察联合镇压法国人民，英当局加紧压迫印度民众独立运动，在加拿大英国加紧压迫共产党等，都清楚地证明这一点。这点就是帝国主义的统治者也不能不承认了。所以帝国主义两大阵线的战争，正在走向世界帝国主义大战的道路；而反对帝国主义战争的力量现正在往前发展起来。

国际形势的变化与帝国主义战争的扩大，不能不影响到远东形势的紧张与我们中国国内形势上变化，这种变化的主要表现，就是两大帝国主义集团争夺中国的斗争的剧烈化与我国国内亲日派的阴谋活动的积极化。我们在上面已经说过：德意帝国主义为着应付英国以及国际上已经部份参战的并将要全部参战的美国，尚在与日本订立三国军事同盟之后，要求日本迅速实行南进政策，对□美直接作战。但是由于日本帝国主义陷于侵华的侵略战争中，不能大力来实行南进，所以诱使中日战争结束，以便它们的同盟者——日本可以抽身出来，对付英美。

中共中央在今年七月七日发表的"为抗战三周年纪念对时局宣言"中，

曾这样指明了："国际方面袭来的阴谋，则有由德、意劝和政策代替英、美、法东方慕尼黑政策的可能"。现在这种可能已经成为实际的危险。德国驻华大使陶德曼企图在日本某些"让步"的条件下，引诱中国停止抗日战争，向日本屈膝投降。日本帝国主义方面，则由于其对中国的一贯不变的基本政策是要灭亡全中国，在各个时期，日本帝国主义的策略虽有所变化，但其基本政策是没有变的。在经过了三年多的战争之后，日本帝国主义已了解到坚持团结抗战的伟大中华民族是不能被战胜的！三年多中间，由于我国正面抗战的坚持，敌后抗日游击战争的发展，使日本帝国主义并没有能够达到摧毁我国抗战力量巩固占领区的目的。日本帝国主义本来要在直接参加帝国主义战争以前，再来一次对华的大规模的正面军事进攻，但是由于帝国主义战争迅速往前扩大，德意要求日本加速参战；更由于日本军队在中国遇到中国军队，特别是敌后抗战军队以及广大人民的扩大的抵抗；由于日本国内财政经济困难的增加；由于日本国内反对侵华战争的运动的增长，所以日本帝国主义现在也急于要以某些"让步"来分化中国团结抗战的力量，中止中国的抗战，以便它可以用□□□□□去实行对于南太平洋的军事冒险，掠夺南洋群岛的丰富资源；□时在中国□□来"扫荡"其占领区后方的抗日游击战争，以便它可以大肆掠夺□□占领区域的资源财富，且对于转移日本国内人民的视线，对于往后更进一步灭亡全中国，有很大的便利性。所以日本帝国主义现在也急于□在掌握□□□本掠夺物资条件下，来暂时"结束"□日事变，日本帝国主义政府已经讨论了□□且在积极进行着诱降中国的阴毒活动。所以现在德、意劝降，日本诱降的阴谋，就大大地进行着了。

至于英美方面，那末它们也是不赞成中国的真正独立抗战，来争取民族解放的，但是它们现在要中国为英、美帝国主义利益拖住日本的脚，所以它们以各种方法，借款，开放滇缅路等来诱引中国参加英、美集团，□使中国抗战成为它们帝国主义战争的附属品，因之，拉拢中国参加英美帝国主义集团的活动，亦甚活跃，而且也为英、美派大资产阶级的代表们所要求。

在德、意向中国劝降，日本向中国诱降，英、美拉拢中国参加英、美集团的形势下，我国大资产阶级的主要代表，目前就提出了这样的问题：对日投降呢？参加英、美集团呢？是按照全民族要求继续进行独立的抗战呢？由于他们对于自力更生争取抗战胜利缺乏信心，所以他们就发生了重大的动摇。他们今天对上面的这个问题，虽然还没有作出确定的答案，但其动摇性已无疑义。在这个时候，国内亲日派阴谋家则大肆活动。这群亲日派的阴谋打算是这样的：为要使中国停止抗战，对日投降，就要破坏民族团结抗战的力量，而破坏民族团结抗战力量的中心方法，就是挑动中国内战，引起国共分裂，以造成全国四分五裂的局面；中国一起内战，一经分裂，即全国抗战自然不能继续，投降阴谋就能立即实现，那时他们就可以在日本帝国主义帮助之下登台，来作中国的贝当，而使中国成为日德意集团的工具。这种阴谋，正是帝国主义侵略中国的老方法，而亲日派则已是秉承日本的意志来实现这一方法，以图使中国陷于毁灭。

这种亲日资产阶级代表，目前正盘据政府的某些要职，掌握着一部份军权，并且正在包围着抗战统帅诱胁他下反共内战的命令，以便拉他下水，使他进入内战的泥坑，投入投降的陷阱，以便往后进一步把他踢开，自己取而代之。这种阴谋是万分毒辣的，万分凶恶的。由此可以明白的知道，反共内战、挑拨国共分裂，乃是亲日派的阴谋宣传。我国某些当局的反共行动，以图挑起大的反共战争，进行新的反共战争，进行新的反共高潮，于是从二月到十月间曾经往下低落的反共逆流，现在又在上涨了。这种新的反共高潮、它的来源，则是亲日派阴谋家响应日本诱降、德、意劝降而利用某□□局反共家所挑拨起来的准备投降的阴谋行动，于是反共内战的危机现在已是直接威胁到民族的头上了！

目前有数十万军队，由河南向八路军新四军前进，意图进攻在苏、鲁、浙各地艰苦抗战的新四军、八路军；同时在陕甘宁边区周围，则设立绵亘数省的五道封锁线，并增加军队至二十余万人之多；政治方面，亲日派努力散布立即反共产党的谣言，企图在舆论方面，造成反共、分裂、投降的空气，因此在日德意的劝降诱降之下，在亲日派阴谋家的挑拨离间之下，反共内战的危险，抗战阵营分裂的危险，是直接地摆在我们民族面前了！这种新的反共高潮的主要来源乃是亲日派和日本诱降的阴谋，利用反共来准备直接对日投降的毒辣阴谋。所以在今天，严重的投降危险是摆在我们民族面前。这种投降会要使我国政治、经济、文化等等，完全为日寇所统治，会要使中国变为日寇的完全的殖民地，会要使我□民的生命完全为日寇的奴隶，会要使孙中山先生的革命事业完全为日寇摧毁，会要使我抗战统帅完全身败名裂，会要使国民党抗日同志遭受日寇魔爪的宰割，会要使全国各党各派无党无派的一切抗日人士遭受日寇铁蹄的蹂躏，会要使我抗日部队沦为日寇任意枪杀的羔羊，会要使我□□人民沦为日寇所奴役的牛马。投降是我们民族的死路，是我抗日军队与全国人民的死路，是各党各派无党无派抗日人士的死路，也是抗战统帅、国民党、国民政府的死路！

当我们民族三年来以无数热血头颅所进行的神圣抗战现在有被亲日派破坏出卖的重大危险之际，我们全民族必须一致起来，应对这一危险，克服这一危险。我们一定要坚持抗战下去，反对屈膝投降；我们一定要坚持团结下去，反对反共分裂，反对新的内战；我们反对德意帝国主义的劝降阴谋，反对日寇的诱降阴谋，反对亲日派的罪恶投降活动，我们一定要坚持团结抗战到最后胜利。

我们共产党人向全国郑重声明：我们是爱护蒋先生，拥护蒋先生领导抗战到底的。我们热烈地希望蒋先生，坚决排除包围左右挑拨内战、阴谋投降的亲日派，镇压亲日派的罪恶活动。能如此，我民族抗战事业，才不至为亲日派所破坏。我们诚恳地希望蒋先生警惕到亲日派阴谋家与帝国主义者把蒋先生当作中国的勒白伦来利用，企图使蒋先生负担身败名裂的重大危害的阴谋。我们诚挚地希望蒋先生坚决抗战，严禁祸害民族国家、祸害国民党、祸害蒋先生自己的亲日派阴谋家。

我们共产党人向国民党抗日同志郑重声明：我们认为国民党内许多明达人士及多数党员是愿意坚持抗战的。在目前，当直接投降的危险已在面前之时，我们愿意和国民党同志更加紧密团结，来共同克服这一危险。我们相信：真实的孙中山先生的信徒，是会起来与我们一同去克服劝降诱降的阴谋，去制止亲日派的阴谋，去制止亲日派的罪行的。我们共产党人，无论如何总是要和愿意坚持抗战的国民党同志在一起，同舟共济，共同为我中华民族的独立解放而斗争。

我们共产党人热烈希望全国抗日的其他各党各派与无党无派的人士，以亲密的团结与积极的工作，共同起来制止亲日派阴谋家的罪恶活动。

我们八路军新四军五十万将士，始终愿意和全国抗日友军一起，共同抗日。抗战以来，全国抗日军队，大部份曾经与八路军新四军携手并肩地在一起作战，在一起牺牲，大家的鲜血洒在祖国的原野上，交流在一起。我们相信：英勇抗日的爱国军队，无论如何，不会被亲日派阴谋家所利用，来进行自相残杀的内战，以造成我国四分五裂为日寇所灭亡的惨局的。真正爱国军人，是应把枪口对准日寇，而不应把枪口向着自己人，拿中国人的枪杀中国人的。我们八路军新四军对于抗日友军是始终坚持团结，始终是患难相扶，抗日统一战线原则始终不改。我们已经履行"不在□□友军中发展共产党组织"的诺言，对于曾经被迫参加进攻八路军新四军的友军，我们是不咎既往，对于不幸袭来的进攻，始终是本着我们毛泽东同志的"人不犯我，我不犯人"的指示，我们八路军新四军无论如何要和坚持抗战的友军团结在一起，共同去反对日寇与亲日派。

全国人民一致起来，反对投降危险，反对反共内战。反共、分裂、屈膝投降是我民族的悲惨的死路，只有团结抗战才是我民族唯一的生路。今天帝国主义战争是更加尖锐化和扩大化，无论英、美，无论德意日，都要进行更加扩大的帝国主义战争；而社会主义苏联却独立于帝国主义战争之外，日益兴盛，日益强大。这种国际形势是有利于我们民族团结抗战的，只要我们全国人民、抗日军队、抗日各党各派，无党无派的抗日人士，能够亲密团结起来，动员起来，我们就能有力量去冲破重重困难，我们就能够有力量去克复空前的投降危险，就能够有力量去克复分裂危险，就能够有力量粉碎日德意的与亲日派的新的阴谋。我们一定要抗战下去，团结下去，达到抗战建国的完全胜利。我们全民族要万分提高自己的巩固的警觉性，我们全民族对于抗战胜利应有充分的高度的信心，当此存亡危急之时，需要我们民族的每一个人紧急动员起来，亲密团结起来，揭破日寇诱降德意劝降的阴谋，揭破亲日派准备投降的罪恶阴谋，坚决反对投降，坚决反对内战，共同驱逐亲日派阴谋家与内战挑拨者，共同克复对日投降的空前危险，以挽救目前时局的严重危机。

（原载一九四〇年十一月二十一日《晋察冀日报》第一版社论）

反"扫荡"与反投降

我们已经指出过：敌寇此次对我边区的"扫荡"是有着与往日不同的新的特点，首先它是具有疯狂的报复性的"扫荡"；其次它是具有对我国内亲日派阴谋家与内战挑拨者的凶恶阴谋的重大策应性的"扫荡"；再次它是具有对我边区的经济建设特别是粮食丰收的残酷的掠夺性与破坏性的"扫荡"（见本报四六〇号社论）。事实完全这样地表现着：敌寇此次对华北敌后各抗日根据地的"扫荡"，穷凶极恶，到处狂肆焚杀抢劫，尽其残酷破坏之能事，在其对晋东南三次"扫荡"战役中如此，在其对晋西北"扫荡"中如此，在其对我边区目前"扫荡"战役中亦复如此，这就是敌寇所谓"毁灭的'扫荡'"，也就是它的"扫荡"

的最疯狂的报复性与最残酷的掠夺性与破坏性的表现。同时敌寇又正是以这样的所谓"毁灭的'扫荡'",配合其对我国最狠毒的政治诱降的阴谋,企图达到它策应我国内部亲日派阴谋家与内战挑拨者反共投降的活动,达成其诱降中国、灭亡中国的目的。

目前敌寇对边区十三路的"扫荡",虽然已经遭受了严重的挫败,我边区子弟兵在伟大的百团大战的第三阶段中,与敌寇进行不断的激烈的战斗,已经取得了一九四〇年伟大的反"扫荡"战的初步胜利,但是由于敌寇这一"扫荡"的目的,是对我抗日根据地的疯狂的报复,残酷的掠夺与破坏,更重要的是与它的政治诱降阴谋相配合,与国内"反共"投降运动相策应,因此我们更要特别严重地估计到这一"扫荡"战役的反复性、连续性、拖延性与残酷性,更要特别估计到我们反"扫荡"斗争的长期性与艰苦性;我们必要估计到敌寇目前对我抗日根据地的"扫荡",与国内亲日派正在积极进行着的对八路军新四军新的大举进攻的一触即发的严重的内战危机是紧密联系着,因此,更不可不特别估计到我们当前反"扫荡"斗争与广大人民当前反投降反内战的斗争有极重要的不可分的联系。

这就是说:我们必须把对□反"扫荡"的斗争和争取这一斗争的胜利,与广泛的反投降反内战的严重的斗争和争取这一斗争的胜利,作为我们中华民族热血儿女挽救祖国危亡、保卫统一战线的抗日根据地、坚持敌后抗战、坚持全国团结抗战、粉碎敌寇政治诱降阴谋、粉碎亲日派阴谋家与内战挑拨者的反共投降阴谋、克服时局严重危机,争取抗战建国最后胜利的□前具体的紧急任务。显然,我们如果胜利地澈底粉碎了敌寇这一残暴狠毒狡计阴谋的"扫荡",给予敌寇以完全失败的打击,也就是给予那些亲日派阴谋家、内战挑拨者们无耻的奸计一个重大的打击,也就大有裨益于反投降反内战的斗争;我们如果争取到当前反"扫荡"的澈底胜利,也就更要便利于我们争取反投降反内战的斗争的胜利。

我们敌后的广大军民,我们全晋察冀边区的党政军民三年来的流血斗争,所望所求者唯在团结抗战、建国成功,我们誓死不能坐视投降亡国之惨祸临于我四万万五千万同胞与后代子孙之身,我们决不能容忍亲日派阴谋家与内战挑拨者"反共"投降卖国的罪恶行为,我们必定要坚决反对内战,反对投降,战胜外敌与内奸,拯救民族于危亡;而目前对敌寇"毁灭'扫荡'"的企图,必当首先用我边区党政军民团结抗战的铁拳,予以澈底的粉碎。我们相信:在我边区党政军民伟大团结抗战的力量面前,克服一切可能发生的在政治上的悲观失望与动摇情绪,澈底克服在残酷的反"扫荡"斗争中的太平观念与惊慌失措,我们一定能够完全取得一九四○年的伟大反"扫荡"斗争的澈底胜利。由于这一胜利,配合着政治上的和各方面的斗争,我们将更能巩固的保卫与坚持边区抗日统一战线的根据地,更能有力的坚持敌后的抗战,坚持全面的团结抗战;也将更能有力的粉碎敌寇政治诱降的阴谋与亲日派阴谋家、内战挑拨者的"反共"投降阴谋,而挽救与制止当前时局的严重危机,争取抗战建国事业的最后胜利。

(原载一九四○年十一月二十四日《晋察冀日报》第一版社论)

日本战时经济的严重危机

一九四零年行将结束,日本帝国主义的财政经济,更处处暴露出空前的严重危机,三年来的侵华战争,是危机的主要根源。

贫困的敌国,在一九三零年的预算,不及二十亿圆,嗣后因侵华作战,支出倍增及我坚持抗战,第三年的今天,日寇支出竟达百零六亿圆,其中不事生产的军事费,占百分之七八十。总计三年来敌寇耗于侵华战费,已达一百□□亿元以上。

揭开敌国的经济内□便可以看得到日本的战时经济,已趋于危境。用增税和增发公债以为备□□办法,已宣告绝望,几月来军队耗费引导起□横征暴敛日甚,罗掘俱穷,赤字预算为数已达三百零九亿之巨。至于公费消耗，亦超过平时五倍。民穷财尽的敌国，更感筹措无术，最后只能走上通货膨胀的道路。

敌国以通货膨胀，以苛捐杂税等办法，吸尽日本人民的血汗，招致生产额的急剧衰退，物价飞涨，人民购买力大为减弱，工业和农业危机相互结合，相互影响，更摇动了脆弱的日本经济基础。这不仅使敌国预算不能实行，国际贸易大量减退，而且使日本人民生活陷于极端困苦与死亡比比的现象。因之，造成了社会极度不安，增长了日本人民反战情绪与革命怒潮。

在危机面前的敌国军阀政客，只好加紧对其殖民地的榨取和加紧对我东北及沦陷区经济的抢掠搜刮，提出了"以战养战""日满支经济合作"的毒计阴谋。但在我抗日军民在全国特别是在敌后，予以坚强打击之下，已无丝毫活动余地。

生活于极端苦境与残酷军事压迫下的日本人民，已渐次开始揭穿了日本军阀的骗人狂语，认清了自己真正的敌人。因此，在日本国内正酝酿着一个广大的人民革命运动，所谓"不稳"思想，正在群众中广泛的传播着。人民阵线运动在日本共产党的推动下，正在组织和扩大中。因此，敌阀也加强对国内"反战份子"的弹压，加紧"思想检举"，大批监禁，逮捕进步教授和革命青年，和极度压迫正在蓬勃发展的日本人民革命运动。但是日本人民革命的火山，未因之停息，而正酝酿着一次猛烈的爆发。日本一般人民深感自己痛苦万分，而工人阶级的生活，更形恶化，物价不断升高，工资低减，失业者激增，造成了普遍困境。挣扎于饥饿死亡线上的日本工人更受着日本军阀的压迫和剥削，因此，日本国内的罢工运动，正如雨后春笋一样的兴起。虽然日本统治阶级封锁了一切关于工人失业者及罢工次数的消息，但是根据去年十一月的统计，参加罢工的日本工人兄弟，就有九万人，遍及全国各地。

如上所述，很明显的，日本经济已趋危境，敌国反动统治已走向崩溃道路。正因如此，日阀不能不作最后挣扎。在日、德、意同盟之后，日本为急于跳出中国抗战泥潭，实行南进，对付英美，一方面以挽救自己危机，另方面以遂行"独霸东亚"之野心，于是加紧对我国直接诱降，并使德意进行劝和活动，更指使亲日派阴谋份子及内战挑拨者作积极活动，挑拨我全民族团结，破坏国共合作，发动反共内战，以造成不能继续抗战而实行直接投降的局势，以达其灭亡中国之阴谋。狼子野心，路人皆知。

因此，我举国同胞，应明察敌人奸计，不中其恶毒阴谋，无情的揭穿日寇经济日趋崩溃的危机，澈底暴露日寇诱降、德意劝和的毒计，更要坚决打击那些出卖民族国家破坏抗战事业的亲日份子和汪逆余孽。如此，只要我国坚持抗战，坚持团结，日本的阴谋诡计，必然失败；全中国人民抗战最后胜利必然到来。

（原载一九四〇年十一月二十五日《晋察冀日报》第一版社论）

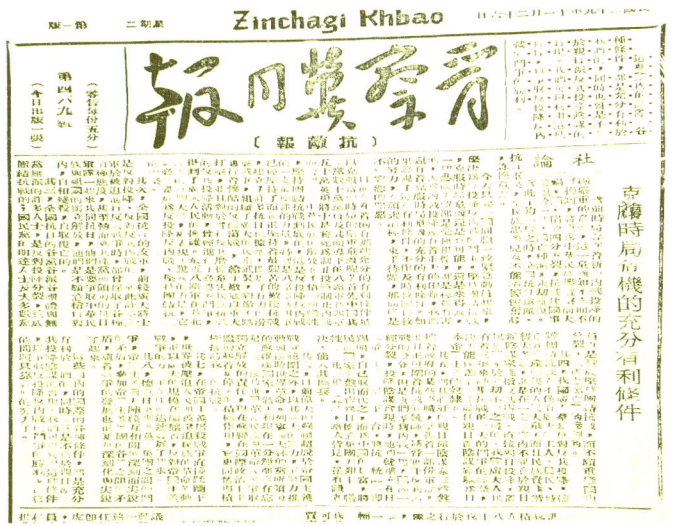

克复时局危机的充分有利条件

当前时局存在着新的内战投降的极严重的危机，这一危机如不幸而不可挽回，将使我中华民族惨遭空前大祸，国家陷于四分五裂，抗战建国事业毁于一旦，国亡种灭，永劫难复。当此千钧一发之时，全国抗日党派、抗日军民，全民族忠义儿女不能不警惕奋起，急挽危亡。

今天只要全国同胞一致紧急动员起来，坚决为反投降反内战的斗争，坚持团结抗战，克服时局危机还是有可能，还是来得及的，一切悲观失望都是毫无根据，都是极端有害的，因为内战投降还有着重大的困难，我们还有着克服时局危机的充分的有利条件。如果忽视了这些有利条件，不作及时救国自救的努力，而颓丧消极，束手待毙，那同样是不可容恕的罪恶。

目前存在着的有那些充分的有利条件足以克服当前时局的严重危机呢？首先中国共产党数十万党员及其领导下的八路军新四军五十万英勇将士是誓死为制止投降制止内战而奋斗□□中华民族的解放而不惜一切牺牲，坚持团结抗战到底的，这是反投降反内战的一支最坚强的力量，特别是八路军新四军已经坚持了而还正坚持着最艰苦的敌后抗战，建立了许多抗日根据地，开展了有力的游击战争，组织了广大的民众武装，对敌不断进行着惨酷的反"扫荡"战，给予敌寇以重大打击，并且对于实行反共摩擦危害民族抗战的反共投降活动，曾经进行了必要的斗争，得到了广大人民的拥护。最近八路军在华北伟大的百团大战，更表现了惊人的力量，它更必然要成为反投降反内战、坚持团结抗战的中坚。

其次，全国抗日的友军，前线广大将士是反对投降、反对反共内战的，因此许多国军于被迫进行反共战争时，都曾采取了各种消极态度，甚至转而与共产党所领导的抗日军队一起来共同抗日，他们是要争取中华民族与祖国的独立解放，他们是不愿意枪口对内，自相残杀，自取覆亡的。

其三，全国抗日的各党各派各团体与无党无派的许多人士，是反对投降分裂，赞成团结抗战的；国民党的明达人士及大多数党员也是赞成坚持团结抗战，而不愿重肇国内分裂，□成亡党亡国的惨剧的。

其四，我国广大群众反对反共投降，拥护团结抗战者不仅有广大的工人、农民、城市小资产阶级的人民大众，而且民族资产阶级大多数，也是在一定程度内不同意于亲日派阴谋家挑拨反共内战，直接对日投降，陷民族国家于万劫不复之境的。我国广大人民有着三年来神圣抗战的伟大的斗争的经历，决不能像羔羊一样听任亲日派阴谋家骗为日本帝国主义的奴隶的。

其五，别具心肝的亲日派阴谋家虽然盘据着政府的某些要职，掌握着一部份军权，并且正包围着抗战的统帅，诱胁他下反共内战的命令，但是他们等到内战一起，国内一经分裂，投降阴谋实现时，他们就准备在日本帝国主义□□下□台，将抗日统□一脚踢开，自己取而代之，而为中国的贝当，将民族国家全盘出卖为日德意集团刀俎的牺牲□此□狼□诡计，路人皆见，稍有识者决不能入其圈套。

其六，目前伟大的苏联超脱于帝国主义战争范围之外，以其强大的国力，正努力推动与援助世界革命。列宁斯大林的党所领导的苏维埃国家，过去和现在一分钟都没有忘记，援助他国革命民族与革命人民争取独立解放的责任，现在苏联在国际政治上正继续起着更伟大的积极作用，它更同情与积极援助我国的抗战。

其七，在帝国主义屠杀战争直接蹂躏下，世界被压迫人民与被压迫民族的革命运动，正以广大的规模在酝酿着，反对帝国主义战争的力量正在□□迅速发展了起来。

其八，德意日集团与英美集团之间的斗争，帝国主义两大阵线互相间的深刻而尖锐的矛盾，参加帝国主义集团的各国之间的矛盾，随着战争的发展也正更加深刻化与尖锐了起来。

这些国内的国际的各种条件，都是充分有利于我们的，同时也就是不利于亲日派反共投降阴谋的实现，我们可以利用这些条件，以争取反投降反内战的斗争的胜利，最后的问题只靠我们的努力了。

（原载一九四〇年十一月二十六日《晋察冀日报》第一版社论）

中共晋察冀边区党委发表澈底粉碎敌寇"冬季'扫荡'"的宣传大纲

一、敌寇对晋察冀边区本年冬季"扫荡"的特点：

甲、敌寇冬季"扫荡"已经大举的开始了。这次"扫荡"，是与其对中国的政治诱降，德意劝和，亲日派的阴谋家与内战挑拨者进行对日直接投降与反共、反八路军新四军的内战直接配合的。在其"扫荡"晋察冀边区前夜，日寇即让出晋西南某些地区与县城予山西投降派，更直接的配合此次敌寇冬季"扫荡"。这就形成敌寇冬季"扫荡"的特殊严重性。

乙、敌寇冬季"扫荡"是有相当长期准备的，这与历次"扫荡"是比较复杂的、长期的；同时敌寇接收了过去多次"扫荡"失败及我八路军百团大战的深重打击的经验教训,可能抽调较多的兵力,集中在某些地区反复"扫荡",并实行陆空军作战的密切连系,企图在边区内部建立点线,割断边区内部联络,但敌人兵力不足与兵力分散的弱点,仍是无法克服与无可挽救的,只能进行分区"扫荡"与前进后退首尾不能相顾的战斗,我们可以利用敌人的弱点尽量发挥党政军民反"扫荡"的光辉战绩,随时随地都可以打击和消灭进攻边区的敌人,形成"扫荡"与反"扫荡"战争的特殊复杂性与长期性。

丙、敌寇冬季"扫荡",是在我八路军百团大战给以深重打击以后开始的,是在晋东南、平西及晋西北"扫荡"失败以后开始的,羞愤交集,更图报复,深入腹地的奸淫掳掠壮丁抢劫搜索,烧杀破坏边区的各种经济建设,企图从经济的破坏方面和有生力量的摧毁方面来增加我们的困难,形成敌寇此次冬季"扫荡"的更加深入性、残酷性和野蛮性。

丁、敌寇冬季"扫荡",不仅利用汉奸、汪派、托派、特务奸细份子进行各种活动,从边区内部进行破坏,并利用国内亲日派阴谋家与内战挑拨者、山西投降派的各种活动,进行欺骗宣传与挑拨离间,企图分裂我边区内部的团结,甚至强迫与鼓励邻近地区的群众,抢掠财物,引起群众相互间的冲突。我们必须从政治上澈底揭发这一切的阴谋诡计,粉碎敌寇汉奸亲日派投降反共份子的欺骗宣传,挑拨离间与奴化思想,进一步的巩固边区内部的团结,积极的迎接反"扫荡"战争的胜利到来。

二、我们有澈底粉碎敌寇冬季"扫荡"的充分条件:

甲、边区党政军民三年多坚持敌后抗战的丰富经验与英勇奋斗,特别是去年冬季反"扫荡"战争的胜利与今年百团大战中的正太战役、涞灵战役等几次空前伟大的胜利,奠定了广大人民抗战胜利的信心,锻炼出了边区铁的人民子弟兵——八路军成为不可被战胜的力量,特别是中共北方分局双十纲领的颁布。边区各级政权民主建设的空前胜利,百团大战胜利的战果不断的扩大,所有这些,不但巩固了边区内部的团结,而且百倍的提高了一切抗日人民的抗战积极性，动摇了敌伪政权与敌伪军心，缩小了敌寇占领地，扩大了边区，这都是陷敌寇于不利的地位，造成彻底粉碎敌寇"扫荡"的优越条件。

乙、此次反"扫荡"是与全国反投降与反内战直接配合的，是与边区以外的各抗日根据地互相连系互相配合的，特别是在一年来反"扫荡"与反投降斗争中，已将华北华中各抗日根据地打成了一片，我则有相互应援，而敌则顾彼失此，这就造成此次反"扫荡"更多与更加顺利的取得胜利的条件。

丙、敌寇兵力不足与兵力分散仍是致命的弱点，又更加以军心动摇与战斗力的削弱，我们可利用敌人的各种空隙和矛盾，给以更深重的打击，以取得反"扫荡"战争彻底的胜利。

三、全边区人民的紧急战斗任务：

甲、紧张的战斗的动员起来，积极配合战斗，广泛动员民兵和一切人民武装，开展普遍的群众游击战争，彻底破坏敌人交通，到处袭击敌人，困扰敌人、疲惫敌人、迷惑敌人、消耗敌人，使敌人顾此失彼，无法休息，展开有利于我不利于敌的争夺一村一岭的争夺战。

乙、到处积极进行彻底的空舍清野，使敌寇烧不到一根草，抢不到一颗粮，毁坏不到一点东西，找不到一个带敌探消息的人，把门窗都堵塞起来，使敌寇饥不得食，渴不得饮，行不得其道，居住不得其所，烧杀不得其暇。

丙、积极的广泛的开展群众除奸工作，正确的执行除奸政策，坚决镇压敌探汉奸，使敌寇精神上丧失耳目，把敌寇从政治上军事上完全孤立起来。

丁、在战斗中彻底完成公粮，保证部队的给养，加紧侦查警戒，通讯带路，救援和运输伤员的工作，保证我军有粮、有柴、有草、有料、有担架、有人夫。

戊、在战斗中完成新兵动员工作，动员优秀男儿到八路军去，壮大边区铁的人民子弟兵，保卫家乡、保卫边区、保卫全民族。

己、彻底粉碎敌寇汉奸亲日派投降份子投降、反共、反八路军的欺骗麻醉的宣传，坚决反对投降与内战，把反"扫荡"与反投降反内战密切的结合起来。

四、反"扫荡"的中心口号：

全边区人民战斗的动员起来，为澈底粉碎敌寇冬季"扫荡"而斗争！

广泛的开展群众游击战争！

全边区人民进一步的团结起来！用反"扫荡"的完全胜利，制止投降！制止内战！制止亲日派的一切阴谋活动！

反共□是投降的实际步骤，投降就会亡党亡国！

坚持独立自主自力更生的抗日战争！

反"扫荡"的胜利，就是有力的反投降反内战！大家百倍的紧张起来，迎接冬季伟大的反"扫荡"的胜利！

使气势汹汹杀来的敌人、阴沉凄惨的搬运着他们的尸灰和脑袋回去！

把敌寇完全从边区驱逐出去！

巩固与发展边区！为保卫边区而血战到底！

好男儿上前线，参加保卫边区的铁的人民子弟兵！

党政军民密切的配备起来，一切为了反"扫荡"战争的胜利而斗争！

反"扫荡"战争澈底的胜利万岁！

一九四〇年十一月十日

（原载一九四〇年十一月二十九日《晋察冀日报》第一版社论）

苏北事件何以善后

（新华社延安二十九日广播新中华报社论）

十月四日，江苏省主席韩德勤氏亲率数万大军，向坚持江北抗战之新四军陈毅支队大举围攻。陈毅支队以大敌当前，彼此应以国家民族为先，团结抗战为重。自己内部不应再事相残，重演箕豆相煎之惨祸，以免动摇国基，遗笑万邦，乃饬令所部，节节退让；而韩氏竟谓"陈毅贼胆心寒，急击勿伺"，而大举包围进攻，陈部为自卫计，乃被迫应战，忍痛还击。黄桥战斗即此发生，至今双方军事行动，虽已停止，但据闻豫皖一带，今又调集大军，准备对新四军进行更大规模之新进攻，令人闻之动魄惊心！因而苏北事件，究竟何以善后，实为我全国各党、各派、各界、各军关心民族命运之人十□严重注意。

苏北事件之所以发生，乃由于韩德勤之一贯反共政策所致。韩氏身为政府之员，而不执行政府抗战之国策，不以抗战为重，狭自身反共之成见，以共产党为其唯一劲敌；认新四军、八路军为苏北心腹大患，终日密令所部，严行防止"异党"之活动，到处散发文件，进行反共、内战之宣传；其军队政治工作，以煽动军民"反共"为宗旨；部队战时训练以"反共"、"剿共"之蓝本为教材，因而反共内战之空气弥漫，"攘外必先安内"之邪说，高唱入云，致苏北民众，抗敌情绪顿挫，士兵战斗意志锐灭。更甚于此者，韩氏竟与敌寇采用同一口吻，污蔑抗战最力之新四军八路军为"匪军"，煽动军队谓："剿共"与"杀敌""同样重要、同样有功"。其居心若何，实令人莫解，彼身负前线抗战将领、地方行政长官之荣膺，而竟在大敌当前之际，策动反共内战，我全国各党、各派、各界、各军关心民族存亡之人士，对韩氏此种分裂团结、挑拨内战之行动，应予严正之批判。

苏北事件发生之另一原因，系出于亲日派阴谋家之从中挑拨，企图直接对日投降，造成时局之严重危险，而发动反共内战，是造成投降卖国的直接手段。因此我党曾一再指出，抗战以来，共产党反其所领导之新四军八路军始终一贯消弭国内纷争之心，采取互□互让之态度，与各友党友军开诚商谈，借以根绝摩擦，杜绝纠纷，加强团结，以利抗战，而窝据于抗日阵营中之亲日派份子，□鬼魅魍魉，暗中挑拨国共两党之分裂反造成各友军与八路军新四军之对立。因亲日派阴谋家深□□求得对日投降，必先分裂"内部之团结，而发动反共之内战，则会使抗战力量分崩离析，欲抗不能，势必走上对日投降之道途。"

当今敌寇多方诱降而亲日派份子从中挑拨内战之时，国内反共新高潮之再起，各地对共产党与八路军新四军及广大进步人士之围攻残杀，实乃出于亲日派阴谋家之从中策动，以便使国共两党军队之局部冲突扩大为全面反共之内战，其居心之毒辣，阴谋之险恶，亦应为我全国各党各派各界各军关心民族命运之人士所深深警惕。因此，我们希望韩德勤氏能悬崖勒马，捐弃前嫌，莫固执成见，一误再误，免中亲日派挑拨内战，引到投降之毒计。为了求得苏北事件能得到迅速合理之解决，我们希望我最高当局，应立即下令停止豫、皖一带各种对苏北新四军进行围攻之军事部署，并应以公正无私之态度，团结抗战之立场，明察兼听，俯顺舆情，使此不幸事件，不致再行扩大，以达国人团结抗战之衷愿。至于苏北问题根本解决之办法，则应以苏北耆绅韩国钧先生及各县民众代表发起之"苏北抗敌和平会议"（因省方代表未到，改为谈话会）决定之办法，为基本方针。（一）临时办法四项：一、双方军队就原地停止，不得再有互相冲突。二、省韩立即表示对八路军新四军的抗战团结与友好立场。三、不得再使战事范围扩大，以利全国抗战。四、照所□基本改造苏局办法实施。

（二）基本改造苏局办法：一、实行三民主义，改造苏局。二、国共两党，用联席会议方式，解决一切问题。三、召开省参议会，以民选为原则。四、军事。五、×政（电码不明）。六、改善民生，清匪除毒。七、统一指挥，分区抗日。八、保障抗日民权。虽然，此次会议因省韩贸然翻计，拒派代表出席，但所有到会代表，均慷慨激昂，共同表示热望平息内争，团结抗敌。陈毅司令在大会上，亦一再声称：为顾全大局，力求和平，在各方承认新四军、八路军在苏北政治地位之条件下，愿与各方合作。我们希望韩德勤氏亦采取如此光明磊落顾全大局之态度，勿再作鹬蚌之争，而重演箕豆相煎之祸，与各方代表开诚谈判，协思共议，以求得不幸之苏北事件，迅速和平解决。今后与新四军八路军携手合作，并肩共撑苏北的危局，以保卫祖国土地，从敌手拯救苏北千百万同胞，使免遭敌寇铁蹄之践踏。

总之，苏北事件之按情解决，非□苏北军民之幸，实乃全民族抗战形势转机□□，望变我最高政府与苏省当局，能一□团结抗战之宗旨，求得苏北事件之公正解决。同时我全国各党、各派、各界、各军关心民族命运之人士，亦应对苏北事件之善后问题，予以严重注意。

（原载一九四〇年十一月三十日《晋察冀日报》第一版社论）

论敌汪条约的签订

汉奸汪精卫自公开叛国投敌以来，竭起无耻媚敌之能事，演尽出卖民族、出卖国家、出卖祖先与后代子孙之丑剧，最近在日寇急图□进，对华加紧其政治诱降，并通过汪逆伪组织与我国亲日派配合活动，挑拨新的反共内战，以图达到其造成直接投降的恶毒阴谋下，汪逆遂复以其无耻的投降卖国的粉墨丑相，于十一月二十九日正式就任其伪"国民政府主席"之职，并于三十日在伪都南京与敌之所谓"驻华全权大使"阿部信行正式签订了所谓"中日调整国交条约"。先期且由汪逆发出其"致蒋介石先生电"，请求对日"和平停战"，其奉行敌寇意旨，加紧诱降投降、卖国亡国之丑剧，实已扮演至眉目毕露的顶点了。

此次敌汪所签订的条约内容，与前番被揭发的敌汪密约内容并无二致，而且亦如前番密约公布时汪逆党羽陶希圣、高宗武之流所自供的一样，这一条约□叫"祖宗在坟墓里叹息，子孙在肚子里已失去了自由"，因为它实际上是要把祖国的一草一木都卖的干干净净，这原是汪逆汉奸投降卖国，实现日寇灭亡中国方针的全套内容，毫无足怪的。这是全国人民早已估计到的投降卖国者必然的花样。

然而，全中国广大抗日军民坚持抗战的怒火，终要把敌汪这一纸亡华与卖国的"条约"烧成灰烬的，这一"条约"只能表示敌寇汪逆等辈的主观的希望与幻想而已。尽管汪逆叫唤"和平停战"，但是正如蒋委员长在此次发表的谈话中重述他在本年一月二十四日"告友邦人士书"中所云："日本之泥足，已深陷于中国抗战泥潭之中，中国现正竭其全力，以摧毁此太平洋上之唯一公敌与世界人类之共同祸首"。中国人民的抗战，必定要摧毁一切投降卖国者与日寇及其阴谋，使其同归于澈底破灭。

今天我全国抗日军民正一致坚持团结抗战，反对投降，反对亲日派阴谋家"反共"内战卖国亡国的鬼□伎俩，我们更坚决反对汪逆伪政府，坚决反对与粉碎敌汪条约。我们所坚决拥护的只有领导全国抗战的国民政府与抗战统帅，只有全国抗日的军队与抗日的党派，只有全国团结抗战的国策。我们要澈底粉碎敌寇汪逆汉奸及一切卖国投降份子，亲日派阴谋家与内战挑拨者和所有企图断送中国神圣抗战的阴谋罪行，我们必定要坚持中华民族正义的为独立解放的自卫战争到最后的胜利。

（原载一九四〇年十二月四日《晋察冀日报》第一版社论）

美国对华信用贷款

正当目前两条帝国主义阵线各施其阴谋伎俩，积极争取中国的时候，当德意日阵线对中国诱降劝降的步骤仍在加紧进行，而日本帝国主义为欲实现其南进政策，准备与英美作战，急图迅速解决"中日问题"，与其傀儡汪精卫伪政权正式签订了所谓"中日调整国交条约"的时候，美国对华信用贷款一万万六千万美元宣布成立了。

这一事件，近日在外间舆论上，特别是在英美新闻机关及大后方某些新闻机关所发表的消息中，引起了很大的兴奋与扩大的宣传。

当然，我们站在为民族解放的抗战的立场上，站在独立自主和自力更生的基本的立场上，不但丝毫不反对一切可能的外援，而且主张尽量争取一切可能的外援；我们不但不反对，而且是极端欢迎其他国家有利于我国抗战的一切援助。

伟大的社会主义的苏联，从来积极援助中国的革命，三年来，更积极援助中国的抗战，他不但给予我国抗战的实际的物力财力上的援助早已超过了四十万万元之巨，而且在精神上、道义上与国际外交上也给了我国重大的援助，在苏联伟大的影响下，世界各国被压迫的劳动大众与革命的正义人士以及被压迫的民族更以他们的实际的斗争援助着我中华民族的神圣的抗日战争，这些固然是广大中国人民所引为最可靠的外援，是我们最忠诚的朋友；然而，就是如今天的美国的对华援助，尽管其与苏联等对我的援助不但有程度上的不同，而且有本质的意义上的不同，但是，由于它对于我国今日的抗战多少总还是有利的，因此我们也不但不反对，而且同样表示忠心的欢迎。

但是我们不能不记住：在两条帝国主义阵线争夺□国的斗争中，中国早已成为帝国主义阵线双方的争夺物，而其中"英美方面，由于两条帝国主义阵线斗争的更加尖锐，改变了过去的态度，转而有条件的赞助中国抵抗日本，予中国以某些便利，企图把中国拉入英美集团，使中日战争变质成为帝国主义战争的一部分。它们这样做，一方面固然由于希望中国能够牵制日本的南进；另一方面也由于英美愿意中国成为他们的附属，不愿意中国走上真正解放的道路"；"英美恐怕中国走向德意日阵线，同时也恐怕中国依靠自己人民的力量和苏联的帮助走上真正民族解放自由独立的道路。因此，挑拨中国大地主、大资产阶级反苏、反共和引中国走向英美帝国主义集团，使中国民族解放战争变成为帝国主义战争的一部份，以便把日寇打败之后，使中国成为英美帝国主义的殖民地。"（彭德怀）因而，今天美国对华贷款与前者英国之重新开放滇缅路一样显然又是争夺中国之一具体事实表现。

试观路透社华盛顿三十日电讯所述："最近恰当日本加入轴心国时，

美国即宣布对华贷款。此次援助之宣布，又正当：（一）美国在太平洋增防；（二）英、美、澳关于新加坡及其他太平洋区域与苏进行磋商；（三）英海军在地中海地区益形巩固，邱吉尔宣称：英国力量可以及于地球远处之时"，在这样的时会，美国决定其对华借款，则在美帝国主义自身利害的关系上说，其意义□至为明显。况且此次所谓一万万六千万美元之贷款，其中五千万元乃指定为一般用途；五千万元乃为巩固中美汇兑之用；另六千万元乃为订购军需原料之费。这亦如路透社电讯所云："此次新援助之大部，总数五千万元，并非贷款乃系美国预付购买中国货物之价款，以示美国意图与中国维持两国商务关系；并依靠中国之军需原料，以为增强美国防务之用"。而美国联络贷款局局长致罗斯福总统电亦称："关于依照美国国防计划购贷重要军需原料事，复兴公司之附属机关金属准备公司，正与中国资源委员会协商采购办法。此次贷款总数共六千万美元，分由此后数年内交货"。这些都充分说明了此次贷款之主要特点是基于美帝国主义自身利益与要求之上的。

然而，只要我们明了帝国主义的实质，认清有利方面与有害方面，善用其有利方面，避免其有害方面，站稳独立自主的立场，正确利用帝国主义的矛盾，慎勿为帝国主义所利用，那么，像这样的贷款，我们不但不应该反对与拒绝，而且应该欢迎接受的。

（原载一九四〇年十二月六日《晋察冀日报》第一版社论）

检讨此次反"扫荡"中新的经验教训

边区伟大的一九四零年的冬季反"扫荡"战役,已经胜利地告一段落了。经历了三年来的艰苦斗争,坚强不拔的边区的党政军民,在这一战役中,更加表现了不可战胜的伟大的力量,证明了久经锻炼的边区各种组织及其工作足以粉碎敌人任何残暴的进攻。但是,我们在战役业已胜利地结束了的今天,急需迅速检讨与总结我们在这一次反"扫荡"中各方面工作的新的经验与教训。这对于我们今后继续对敌反"扫荡",粉碎敌寇对我根据地更加残酷的连续反复的"扫荡"进攻,以备在任何情况下坚持根据地的各种工作,是有着非常重大的意义的。同时这样的检讨与总结,对于我们边区党政军民的各种组织本来是一种经常的当然的制度，更是轻而易举的。

然而，我们对于这一次反"扫荡"战役中各种工作的检讨总结上，除了一般的为大家所熟识的诸要项之外，我们觉得还必须特别注意抓住今年反"扫荡"斗争中新的特征的东西。我们不但要能完全揭出敌寇汉奸对边区此次"扫荡"进攻中的新的活动方式，它的新花样与新规律，综合搜集与反映我边区各界英勇的人民抗击与粉碎敌寇汉奸各种阴谋暴行的具体事迹，而求得其宝贵的经验教训；特别重要的更要检讨在反"扫荡"中我们边区统一战线的各种新的发展，在对敌残酷的斗争中来考察统一战线的巩固的程度，考察边区各种建设的坚韧性与战斗性的具体特点，寻求各种经常的建设工作与动员工作在反"扫荡"中的各样的丰富的方法与技巧，考查各种机构的健全的程度。

这种考察与检讨总结的工作，要立刻从党政军民各机关各团体的各部门中去进行。我们相信此次反"扫荡"的检讨与总结，必定会给我们更丰富的新的宝贵的经验，足为今后反"扫荡"斗争与根据地长久建设的借鉴，同时也是敌后其他根据地的很好的参考，就和我们晋察冀边区从来的各种工作的经验检讨不断成为边区本身与其他边区□经验的基础一样。

（原载一九四〇年十二月七日《晋察冀日报》第一版社论）

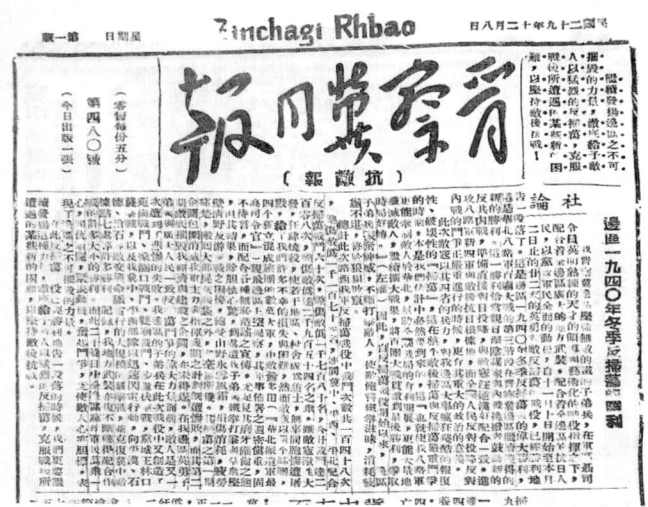

边区一九四〇年冬季反"扫荡"的胜利

　　我晋察冀边区坚强无敌的铁的子弟兵，在军区聂司令员英明熟练的天才的领导与艺术化的战役指挥之下，配合着全边区广大的地方武装，配合着全边区的抗日人民，以党政军民全面的动员，自十一月十日开始至本月二日止的二十二天的英勇对敌反"扫荡"的战役，已经胜利地告一段落了。这是边区一九四零年冬季反"扫荡"战的伟大胜利，这是华北八路军百团大战的第三阶段在晋察冀边区继续获得的新的胜利。这一胜利恰当亲日派阴谋家与内战挑拨者鼓动新的反共内战，准备直接对日投降，与敌寇汪逆汉奸配合一致，进攻八路军新四军与敌后抗日根据地，而全国人民反对投降反对内战的斗争正严重进行的时候，更有其重大的政治的意义。

此次敌寇以其四省的兵力，对我边区大举疯狂残酷的报复性、破坏性的"扫荡"，这在整个敌后"扫荡"与反"扫荡"严重斗争的时期，本是我们估计中必然要到来的，这"也就使我八路军更能牵制敌人于华北，帮助全国战局的有利开展，更能大量地歼灭敌人，继续扩大战果，将百团大战贯澈到最后胜利，争取时局好转"。（左权）因此，自反"扫荡"战役开始以来，边区子弟兵振奋神武，不断打击敌人，使敌饱尝铁拳滋味，消耗疲倦不堪，终于狼狈败窜。

总计此次路西我军反"扫荡"战役中战斗次数共一百四十八次，毙伤敌伪一千一百七十四名，连同冀中、平西、平北配合反"扫荡"战斗六十次，毙伤敌伪一千七百八十名，合计战斗达二百零八次，毙伤敌伪达二千九百五十四名之众。虽敌寇兽性大发，狂肆烧杀，若干地区、村舍成为焦土，无辜同胞惨遭屠戮，给了我们许多不幸的损失与困难，然而敌寇以两个师团，四个独立混成旅团的数万大军，由敌酋多田（"华北派遣军最高司令官"）亲飞边区上空视察，其军事部署之周密慎重，固不待言，而配合各种无耻造谣之宣传，尤足见其磨牙□齿之态，但其结果，除胆怯心惊，到处遭我子弟兵铁拳打击与群众坚壁清野及游击战之困扰，饱受山野水雪风霜，损伤消耗，疲劳痛楚，搬回大部尸灰脑袋之外，□毫无所获。其"扫荡"之第一期企图包围消灭我军主力与指挥机关之计划既遭惨败，而其第二期澈底摧毁我经济与建设之企图，亦未得逞。在我边区英勇子弟兵与广大人民一致反"扫荡"斗争的伟大力量面前，敌人是又一次遭到了悲惨的失败。我边区的子弟兵在此次战役中又创造了苑岗战斗、桑围口战斗、双庙战斗、沙崖伏击战、党城王林口袭击战，以及我冀中、平西部队以迅速闪电行动，向平汉、石德、沧石各敌交通命脉实行大规模的破击战，并克复冀中敌点七处等许多胜利□记录，我地方武装亦复不断获得配合作战的许多大小的胜利。而此二十余日中全边区党政军民万众一心，同仇敌忾，紧张动员，奋起斗争，尤使敌人心寒胆颤，表现了边区之不可摧毁的力量。

在此反"扫荡"战役已经胜利地告一段落的时候，我们更要继续发扬这种力量，澈底给予敌人以猛烈的反"扫荡"，克服战后所遭遇的某些新的困难，以坚持敌后抗战。

（原载一九四〇年十二月八日《晋察冀日报》第一版社论）

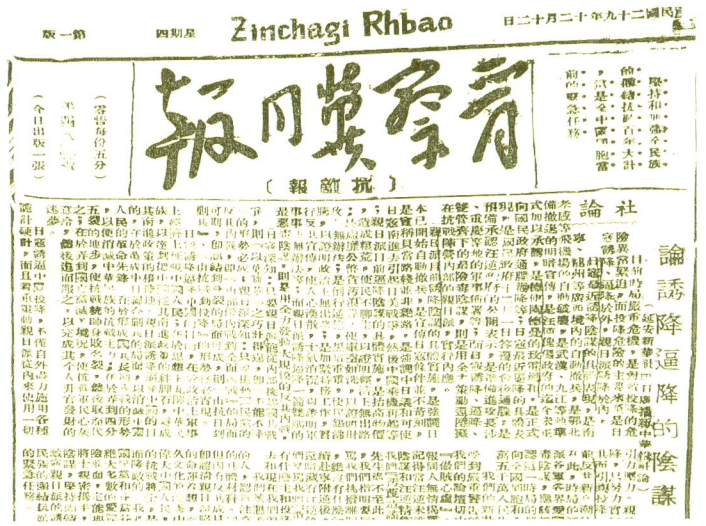

论诱降逼降的阴谋

目前时局的严重危机，是对敌投降的危险异常紧迫；而投降危险的主要来源，是日寇诱降逼降于外，亲日派诱降于内！

日寇最近诱降阴谋的具体表现，是南宁龙州等广西境内的自动撤兵，是鄂北孝感等飞机场的自动破坏，是武汉九江等地准备撤退的明暗宣传，是汪逆傀儡政府的迄今未正式加以承认，是德使陶德曼的致电劝和，是正式向国民政府通牒劝降等。日寇最近逼降的具体表现，是国民政府十二月一日答覆的会后通牒，是预备承认汪逆政府的公开表示，是准备进攻长沙重庆等地的军事布置等，而日寇诱降逼降双管齐下的最险毒阴谋，则是用全力策动还隐藏在抗战阵营内部的亲日派实行内应！

亲日派目前诱降阴谋的具体实施，是强调日本已开始自动撤兵，是宣传日寇条件并不苛刻，是宣传贝当路线并非绝路，是强调中日议和可使日寇南进去引起日美战争，然后中国趁机再起等。亲日派目前逼降阴谋的具体实施，是抬高物价，造成粮荒，使民不聊生，以证明经济上无出路；是虚縻公币，贪污浪费，使库空如洗，以证明财政上无办法；是倒行逆施，黑暗重重，使民怨沸腾，以证明政治上无出路；以加紧特务工作，实行反共宣传，使人心涣散，士气消沉，以证明军事上无办法等。而亲日派诱降逼降一箭双雕的最恶毒阴谋，则是用全力发动大规模的反共内战！

日寇深知：只要亲日派能从内部挑起国共战争，即"以华制华"之巧计得逞，则"不能不降"的形势必成。亲日派深知：只要挑动国民党的反共内战，即"由部份内战到全面内战"的局面可期，即团结到分裂的局面可成，则"由抗日到剿共""由抗战到投降"的形势终必实现。

日寇诱降逼降中国的目的，在于政治上军事上经济上征服中国人民，在于思想上瓦解中华民族，以达到把中国从其南进政策的绊脚石，变成为其南进政策的根据地。亲日派诱降逼降中国的目的，在于造成中日联合剿共的局面，以消灭中国人民的革命先锋；在于形成国共长期内战的形势，以便消灭中华民族的抗战主力；在于弄到四分五裂的地步，使抗战统帅身败名裂，然后取而代之；在于弄到国亡党灭的境况，使抗战军民心灰意冷，然后迫而服之；以完成其个人升官发财的迷梦。

日寇诱逼中国投降，不仅自外尽力施用各种软计硬计；而且着重策动亲日派从内来使用一切引力压力！亲日派诱逼中国投降，不公开说出投降，只努力实行反共，为投降而策动剿共，从剿共而引到投降！外敌内奸的阴谋恶毒在此！

目前反共新高潮的主要来源在此！时局的中心关键在此！时局的深重危机在此！全国同胞和各党各派各军各界的爱国忧时人士，应该洞悉敌奸这一险毒阴谋，应该把握这一时局的中心关键，应该确认这一时局的严重危机！

吾人的天然职责，就是向全国同胞和全世界人士明白道列这一有关四万万五千万人民生死和命运的真理。

我们的《新华日报》，已因指出敌奸诱降阴谋而受到严重警告的"处分"；但这只能一方面反证我们的论坛切中时弊，另方面也反证有些人们的"做贼心虚"。同时这也只能提高和增加本报同人无情揭露外敌内奸诱逼投降阴谋的责任。

记得当汪逆未逃走投敌前，我们揭露日寇有诱降阴谋和汪逆精卫有主和投降奸计时，有些人曾骂我们诬蔑造谣，曾说"日寇并无诱降计划，汪先生决不至此！"

记得当汪逆公开私奔投敌后，我们指明要反对汪逆党羽的"汪派"时，有些人们骂我们挑拨离间，曾说"投敌的只有汪精卫一人，绝没有什么汪派！"

记得当汪逆一部份党羽陆续赴宁附逆后，我们曾提醒须严防抗战营垒内还暗藏有汪逆余孽的亲日派分子作祟时，有些人们又骂我们"造谣生事"，曾说"抗战内部绝对再没有什么主和投降分子！"

但是，事实胜于雄辩，过去和现在，我们对敌奸的历次阴谋，均不幸而言中！

我们诚恳希望那些对敌奸种种险谋还未洞悉的人，认真注意研究最近内外各种政治事变发展的具体材料。同时我们衷心劝告那些不愿投降但因有反共成见而被人利用作反共工具的人，立即认清亲日派陷害阴谋，为民族国家和后世子孙的命运着想而翻然变计。

我们深信有五千年悠久文化的优秀中华民族，有四万万五千万人口的伟大中国人民，有三年以上英勇血战的光荣历史的抗战将士，是既不愿受诱而降敌，也不能受逼而降敌的。

我们深信全国绝大多数的友军将士，国民党和各党各派的绝大多数的领袖党员，全国绝大多数的爱国同胞，在敌奸内外夹攻的阴谋危险前面，定能与我们共产党人和八路军、新四军将士亲密携手，共同奋斗，坚持抗战，打破敌寇阴谋，坚持团结，摧毁亲日派诡计。暴露和打破敌寇亲日派的诱降逼降无耻阴谋，坚持和加强全民族的团结抗敌百年大计，这是全中国同胞当前的紧急任务！

（原载一九四〇年十二月十二日《晋察冀日报》第一版社论）

热烈救济被难同胞

此次敌寇对我边区大举疯狂"扫荡",经我边区子弟兵展开英勇机动的游击战,配合广大地方武装积极之活动,敌寇"毁灭"我边区、"肃清"我山岳地带之企图已归于失败,我边区一九四零年冬季反"扫荡"的战役业已胜利地告一段落。

但是敌寇此次所经之处,大肆残酷的报复破坏之烧毁,致有若干地区,如阜平西南、五台东南、灵丘东南各村镇,庐舍为墟,几无人烟,敌寇见房则烧房、见人则杀人,暴虐兽行,无以复加,致如上述之若干地区,许多同胞,惨遭灾难,或无家可归,或生活无继,痛苦之情,非言可喻。

对于这些被难同胞,我们全边区的党政军民,都不容不急谋办法，积极予以有效的救济。盖我□□同胞，三年来在这一根据地中，亲密团结，甘苦相共，生死同之，彼此如同一体，人人皆知互爱，对于被难同胞，骨肉之关切尤深，自不能目视疮痍，安然无睹，我们必定要发动边区全体同胞，以党政军民各界之力，协同救济，掀起热烈的运动，切实解除被难同胞的痛苦。

我们对于被难同胞，首应表示我们无限的同情慰问，我们深信我被难同胞必定不会因为目前的困难而伤心颓丧或悲观动摇，因为敌寇的残酷烧杀，原是我们意料中的事情。我全体同胞亦无不深知：敌寇之狂暴野蛮的烧杀愈甚，正是说明敌寇穷途末路的妄愚挣扎。它愈是无法战胜我抗日的广大军民团结的力量，愈是无法统治与奴役我广大人民，则必愈加疯狂进行其失望绝望的烧杀。且敌寇烧杀的结果，实毫无所得，反而不得不付出它的消耗伤亡损失的重大代价，我们虽暂时遭受了某些困难，然我们保卫了无限生动的人力物力的源泉与广阔的能够生产的土地，不沦为暴敌的牛马奴隶，仍为自由快乐的主人。因此，我被难同胞必澈底了解自己的牺牲与损失是有重大的代价的，从而更加坚定决心与信心，为澈底战胜暴敌，争取解放光明而继续顽强奋斗。

我们希望我边区政府能够统筹方策，仿照以前救灾办法，拨出一定数额的款项，切实对灾区被难同胞施予实际的救济。同时我全边区广大同胞更应发扬互助的高度友爱精神，慷慨输将，慷慨出力，以金钱劳力等互相救济，使被难同胞在民族友爱的热情的援助下，渡过当前的苦难，而我边区英勇善战的子弟兵，在其战斗生活的可能情况下，亦必对被难的自己的父母骨肉给以最大的同情与援助，使当前若干地区被敌寇烧杀蹂躏的同胞，得到热烈而实际的救济，巩固边区内部的团结，继续坚持敌后与边区的抗战。

（原载一九四〇年十二月十五日《晋察冀日报》第一版社论）

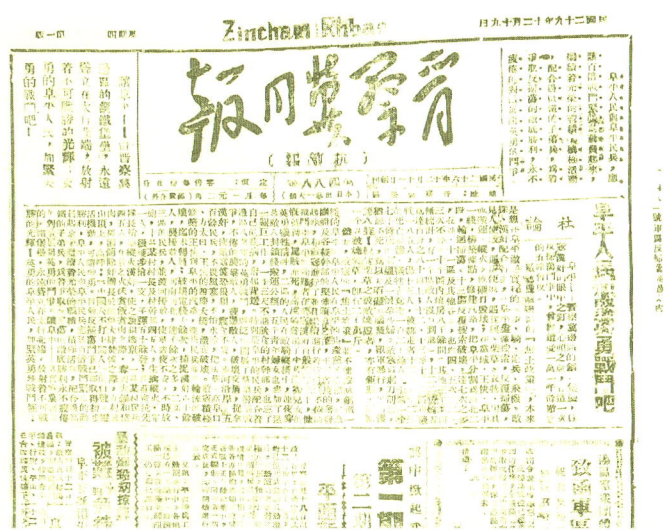

阜平人民加紧英勇战斗吧

　　阜平——晋察冀边区的钢铁堡垒，日寇汉奸的眼中之钉，心头之刺，在这一次反"扫荡"斗争中，曾经遭受一万一千余敌寇的五路会攻。

　　敌寇毁灭边区的"焦土政策"，本来是想在阜平澈底实行的。步、骑、炮兵、飞机、敌探、汉奸配合行动，在阜平盘据搜索，反复"扫荡"，见人便杀，遇房便烧，遇食粮、柴草、衣物、用具或搬运、纵火，或砸打毁坏；在党城、王快、阜平一线，构筑据点，修建汽路，把阜平分割为南北二段，轮回"扫荡"。十三区反复搜索破坏，达七次之多，五区、十一区及其他各区，也均四、五次或二、三次不等。十个区内烧房八千余间（其他三个区尚无统计,有一个区敌人没有到过),十二□□烧者竟达百分之八十以上;十二、十三等十二□□共牺牲一百八十五人,伤十五人,被绑走者十二人,□□二□的死亡最惨,牺牲者竟达一百二十余人。十区一个七十余岁的老媪及一怀孕少妇,敌寇以刺刀剖腹,犹恐不死,竟以大石砸出脑浆,兽军暴行,可谓惨绝人寰!粮食柴草之被敌烧毁者,亦有巨数,五区一个区被烧柴草,即有二十万斤。

然而,敌寇的"焦土政策"并不能毁灭钢铁一样的阜平。阜平人民在阜平的共产党的政权,群众团体及各级干部的坚强领导之下,正在高度的奋发起来,和敌寇进行了并且继续进行着英勇的不倦的战斗;阜平的殉难者在敌寇汉奸百般□□之下,慷慨就义,骂贼而死,高度的发扬了中华优秀儿女的英勇牺牲精神,二区的人民在敌骑纵横中,连夜穿过敌人封锁线搬运公粮,五个青年妇女也参加了这一艰巨工作,一个三天不进饮食的村干部,也忘了自己的疾病,奋起背送。特别是阜平的民兵配合着边区八路军的英勇战斗,广泛的开展了群众游击战争,不倦的袭击敌人,疲倦敌人,破坏交通,捉拿汉奸,使敌寇惶恐狼狈,寝食不安。沙河沿岸五百余民兵,不畏风寒,不怕水冷,把法华、高阜口、方太口、王快的四座大桥,澈底破坏。敌寇积极修筑的王快到阜平的汽路,经我民兵每□轮流的破坏,迄未畅通;破坏电线十余次,捕捉汉奸六十余人,袭扰敌人,河南河北,达十余次之多,二区、三区的民兵,并渡河扰敌,使敌昼夜不安,不时放炮,十区某村村长及村干部四五人,生擒纵火敌军一人,缴获步枪一支,子弹五十余发;西庄青抗先队长枪击纵火汉奸,使之狼狈逃窜,一区某村民兵四五人,在敌之火夫煮饭煮肉之际,夺回大锅和猪肉,栗园铺除奸团长于敌伪大肆焚烧之际,在村后山顶上,高呼:"中国人不打中国人"的口号。灵活机动,可谓神勇。目前反"扫荡"斗争已经取得初步胜利,阜平人民与阜平民兵应该百倍战斗紧张的动员起来,继续着光荣的战绩,积极活动,配合边区铁的子弟兵，为着争取反"扫荡"的澈底胜利永不疲倦的对敌展开英勇的斗争。让阜平——这晋察冀边区的钢铁堡垒，永远耸立在太行北端，放射着不可战胜的光辉！英勇的阜平人民，加紧英勇地战斗吧！

（原载一九四〇年十二月十九日《晋察冀日报》第一版社论）

抗议停发八路军经费

十一月十九日军需局已告八路军西安办事处谓：奉军政部长何应钦命令，从本日起停止发给八路军经费，即十月份欠发之二十万元亦一律停发，为此，朱彭总副司令特呼吁全国主持公论，仗义执言，取消此一惨无人道之乱命。正当日寇诱降逼降于外民族危机日益深重的时候，正当八路军、新四军驰奔华北华中与数十万敌寇浴血搏斗捷报频传的时候，这一事件的发生无疑地引起全国同胞的义愤。

八路军新四军四年以来，深入敌后，坚持苦撑，作战达一万数千次，牵制全国百分之四十至五十的敌人，夺回广大失地，摧毁敌伪政权，恢复我之行政组织，建立抗日根据地区，真正实行三民主义和抗战建国纲领。最近数月来，更展开百团大战和大规模的反"扫荡"战，消灭敌伪盈千累万，缩小敌占区扩大我占区，人心振奋，举国称庆，所有这些伟大的成绩，均为国人所见，举世同钦，所有这些丰功伟业，不是轻易得来的，而是五十万八路军新四军将士英勇牺牲艰苦奋斗用献血热汗换来的。

然而，八路军新四军虽为抗战最力建功最大之国军，但其所受之待遇则是全国军队最菲薄的，事之不平无过于此者，去年四月迄今八路军未得到政府一粒子弹和一片药物的接济，于是作战则专凭肉搏，负伤则听其自然，八路军所领的军饷经费更是极少，以五十万人之众，领四万五千人之饷，平均每人不过数角，随着物价高涨，更难以维持，早陷于半饿半寒之境，以八路军新四军之盖世功勋与异常困苦，早应受国家之升级扩编和充分之接济补充，但它迄今未获明令升级，未获奉命扩编，连起码的接济补充亦谈不到，故无怪国人咸谓举世无受如此薄待之军队，而八路军新四军受之矣！故稍有人心者，莫不称义为怀，忍苦为国，仍不能对一部份人有丝毫的感动，尤一再煎迫，竟将不够维持半饥半寒之经费，亦予停发，其心至狠，其计至毒。停发八路军经费的事件，适发生于分裂投降危险空前严重之时，其阴谋用意所在，不问可知！

盖自日寇积极诱逼投降以来，亲日派则乘机大肆活动，充任日寇之秘密内应，但要投降必须首先扫清投降之道路，造成投降之形势，于是为投降而策动"剿共"，促成"中日联合剿共"之目的，便成为亲日派的主要阴谋。数月以来，亲日派除策动向八路军新四军进逼包围之外，更想尽一切办法对八路军新四军作政治上经济上的压迫，希图以此挑起国共两党的大摩擦，造成全面"反共"内战的爆发，结果□成中国不能不降之形势。此次停发八路军经费不仅将陷八路军于饥饿冻死的境地，且此种用心至毒，惨绝人寰的毒计与日寇、亲日派诱逼中国投降之险毒阴谋，有隐约的关系。

因此，我们代表全国人民，代表八路军新四军五十万将士对此事表示严重抗议，我们呼吁全国一切正义人士，起来一致反对这种有害团结、有害抗战惨无人道的罪行，要求最高党局饬令立即取消这一非法克扣军饷的乱命，立刻发给八路军以经费，并从速实行已经允许扩编八路军新四军和提高其待遇的诺言，只有真正从物质上帮助八路军新四军，才是反对日寇亲日派的上策，才是加强团结抗战的良谋，才能粉碎日寇亲日派挑拨离间的阴谋毒计。

（原载一九四〇年十二月二十日《晋察冀日报》第一版社论）

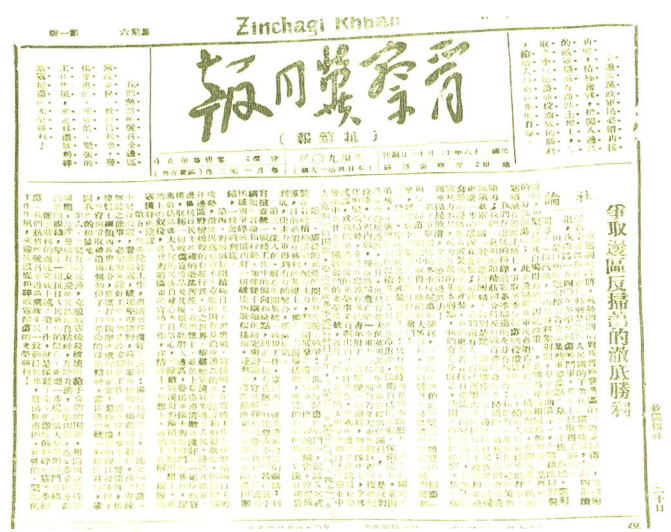

争取边区反"扫荡"的澈底胜利

敌寇调兵遣将，气势汹汹的对我晋察冀边区的"毁灭'扫荡'"，业经饱受我全边区党政军民特别是边区人民铁的子弟兵的铁拳痛击，大部四散溃退，我边区一九四零年冬季反"扫荡"的斗争，基本上已取得了胜利。

但是目前敌寇尚控制着边区某些重要据点（阜平、王快、党城、紫荆关等。）和汽路，（由易县到紫荆关，阜平到曲阳等），企图借此以割裂边区，加紧实施其自鸣得意的"囚笼政策"，并随时准备组织新的对边区某些地区的"分区'扫荡'"；因此全边区党政军民必须再接再厉、积极奋战，把闯入边区的敌寇歼灭在边区土地上，争取冬季反"扫荡"战役澈底的胜利，给敌人以更深重的打击。

我们有澈底的粉碎敌寇冬季"扫荡"的充分有利条件；我们有共产党的正确政策与领导；我们有英明的领袖聂司令员及百战百胜的边区人民铁的子弟兵；我们有全边区党政军民铁一般的巩固团结，特别是双十纲领颁布以后，边区抗日民族统一战线更进一步的巩固和发展；最后，我们还有人民自己选举出来的抗日民主政权和英勇奋发的边区地方武装与民众武装，我们更有着各抗日根据地的配合战斗，再加上敌寇兵力不足，兵力分散的基本弱点，我们有充分信心，使闯入边区的敌寇，焦头烂额地抛尸败溃，完全滚出边区去！

为了争取澈底的冬季反"扫荡"的胜利，并准备在新的更加紧张与频繁的"扫荡"与反"扫荡"剧战中取得不断的更大的胜利，我们号召全边区党政军民一致奋发起来，为完成下列紧急的具体任务而奋斗：

第一，坚决完成冬季武装动员工作：只有随时补充与不断壮大边区人民铁的子弟兵，才能够胜利的保卫边区人民的生命财产，保卫自己的家乡，保卫边区，巩固边区与发展边区，而且，也只有强大的英勇善战的八路军经常的满员，才是反对投降，反对内战，挽救时局危亡的一个重大力量。而对着今天更加艰巨更加复杂变化的紧张局势，全边区忠义有为的青年壮丁应当摆脱一切羁绊，到部队中去，拿起武器，为我们民族解放的光荣事业贡献出自己的汗与血，优秀的边区共产党员更要发扬中共二十年来牺牲奋斗的光荣传统，首先入伍，并带领大批群众到自己的党军中去。克服一切困难，坚决完成冬季武装动员工作，这是当前紧急的战斗任务之一。

第二，广泛的顽强的开展群众游击战争：在此次反"扫荡"的战斗中，边区人民武装在各线积极活动，配合主力，到处开展群众游击战争。使敌寇遍体鳞伤，惶恐疲惫，目前必须在胜利的基础上，扩大群众游击活动，广泛的顽强的与敌寇汉奸周旋到底，使主力军得到有力的配合，歼灭敌寇。

第三，深入的、耐心的开展统一战线工作，巩固与加强我边区内部的团结：切实检查统一战线工作中的偏向和缺点，纠正一切有意无意的违反或不切实执行双十纲领的言论和行动。加强双十纲领的研究与讨论，宣传解释和实际的执行。严厉的揭破与击碎敌伪内奸一切破坏与欺骗挑拨，达到全边区党政军民更进一步的巩固团结，一致奋战到底。

第四，对敌伪展开积极自主的思想战、宣传战：在宣传工作上采取积极自主的攻势，澈底揭露敌寇不可克服的困难及进攻边区的政治阴谋和无耻欺骗，揭露敌寇在边区野蛮烧杀的狂暴行为，公之世界。击破敌寇汉奸对边区人民、边区八路军、边区抗日民主政权的造谣污蔑。在思想上、政治上严格肃清敌寇汉奸的一切反动宣传，取缔一切敌伪宣传品及其报纸刊物潜入边区，发扬与扩大对敌战斗的胜利，提高敌占区广大人民的民族自尊心与自信心，解除敌寇汉奸对沦陷区同胞思想上、政治上的奴役，强化对敌伪军的宣传工作，从精神上、思想上、政治上瓦解与摧毁敌寇汉奸的阴谋。

第五，加强除奸工作，肃清敌探汉奸的活动：汉奸特务份子，在此次"扫荡"中配合敌寇、响应敌寇、破坏坚壁清野、窃取军政情报、捣乱战时动员，极尽毒辣无耻之能事，必须加强除奸工作，加强公安局的工作，提高广大群众的警惕性，根据双十纲领与政府法令，严厉打击镇压与处理真正罪大恶极的汉奸与亲日投降份子，教育与争取被迫与无知份子。以革命的法治精神，巩固边区统一战线的秩序，巩固我们的根据地。

第六，加强互助救济，克服敌寇烧杀破坏所给予我们的困难，慰问与救济被难同胞，高度发扬互助友爱的民族优良精神，互助互济，克服困难，进一步巩固边区内部的团结，坚定一切抗日人民胜利的信心，更进一步提高广大群众的战斗情绪。

能够胜利的澈底完成上述六项工作，就是保证了完全的澈底的粉碎敌寇冬季"扫荡"，我们热烈的号召全边区党政军民一致动员起来、发扬严肃的、顽强的、紧张的工作作风,来迎接澈底粉碎敌寇"扫荡"的光荣胜利!

(原载一九四〇年十二月二十一日《晋察冀日报》第一版社论)

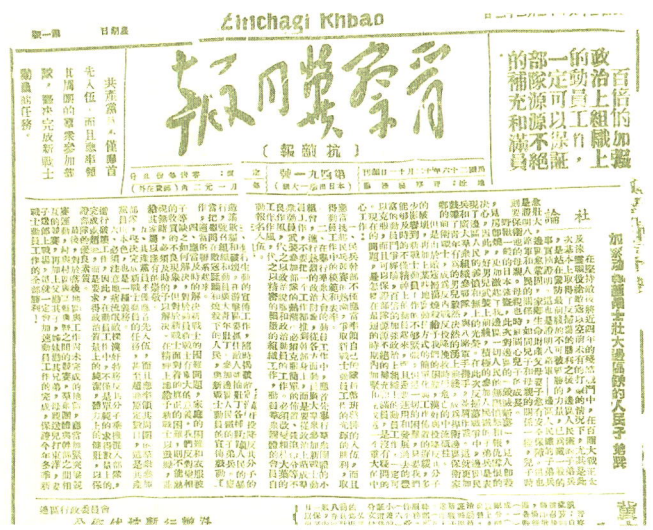

加紧动员新战士壮大边区铁的人民子弟兵

在坚持敌后将近四年的残酷战斗中,在百团大战正太及涞灵战役给敌寇以空前未有的打击的情况下,尤其是此次基本上取得了反"扫荡"的胜利之后,边区人民铁的子弟兵,是站在国防最前线的不可被战胜的力量,已为铁一般的事实所证明。这也是证明八路军——边区人民铁的子弟兵愈壮大,边区愈巩固,家乡生命财产父母妻子愈有安全保障。这也是证明八路军和人民的关系,如同儿子和母亲的关系一样,儿子时刻要保卫他的母亲,母亲也时刻关心儿子的成长。

野兽一般的日本强盗,此次对边区的"毁灭'扫荡'",见人即杀,见房即烧,更加激起了我边区一切人民的无限愤怒和报仇雪恨的决心，因此，好男儿武装上前线，积极的参加人民铁的子弟兵是表现了边区人民的义愤和无上的光荣。在此次反"扫荡"战争中，边区民兵和广大群众组织参战队，与八路军手携手，并肩作战。这就更加鼓励了青年有为的男儿毅然决然的涌上前线，成为捍卫边区保卫家乡的前卫战士，成为反内战反投降挽救时局危亡的中流砥柱。

但是由于敌寇"扫荡"烧杀给予我们的困难，汉奸与投降反共分子的破坏，再加上某些地区动员方式的简单化与工作布置的迟缓，多少影响到新战士动员工作的不够紧张，但这一切的困难，只要我们能够及时的不仅精神上的动员起来，而且还要运用和发展过去的丰富的动员斗争经验，百倍的加强政治上组织上的动员工作。一定可以克服，而且可以保证部队源源不绝的补充和满员，是没有疑问的。现在的问题，是怎样在最短的时期内加紧和完成这一个重大的中心工作：

一、民兵干部不仅应当率领自己的队员整班整排的入伍，而且应当挑起民兵竞赛的热潮，争取新战士动员工作的光辉的胜利，取得动员工作中的模范和表率。

二、在举行群众大会的动员工作中，应首先举行群众团体的小组会，进行热烈的政治讨论，从各方面动员广大群众参加新战士动员工作，不要把一个工作都推到干部身上，而是要从政治上造成群众动员武装参加部队的热潮。必须克服简单的布置、强迫命令等不良作风，代之以政治说服和政治动员的工作。必须改变粗枝大叶的工作作风，代之以精密的细致的组织工作，动员群众团体的会员自动报名入伍。

三、进行生动的宣传工作，随时揭破敌寇汉奸投降反共分子的造谣欺骗和破坏，在游击区要抓住敌人强抽壮丁各种蹂躏人民的暴行，号召组织和动员广大青年壮丁，参加边区人民铁的子弟兵。应当把慰问在敌寇蹂躏和烧杀下的人民，与新战士动员的宣传鼓励工作，适当的联系起来。

四、应当及时的解决新战士的困难问题，家庭的困难和衣服被子等缺乏如何解决，对于动员新战士有重大的意义。我们反对变相的收买的不良现象，但对于新战士面对着的真正的困难，则不能熟视无睹，必须及时的予以解决。在精神上应给予新战士以鼓励，并给其家属以应有的崇敬。

五、共产党员不仅应首先入伍，而且应率领其周围的群众参加部队，坚决完成新战士动员的任务，甚至超过原定数目，这是共产党员的本色，也是一种义务。

六、必须注意地痞流氓敌探汉奸特务反共分子乘机混入部队，进行破坏工作，因此，在动员工作中，不仅是单纯的求得数量上的完成或超过，而是要求得政治质量上的纯洁，体力上的健壮，以保证部队的优良素质。

最后，对于落后地区与工作尚未完成的地区，应当加紧突击竞赛运动，村与村区与区县与县之间的竞赛，群众团体与干部之间相互的竞赛，再加上父劝其子，姐妹劝其兄弟，母亲送儿子打东洋，妻子送郎上战场，这就一定会加速动员工作的完成，保证今年冬季新战士动员工作的全部胜利！

（原载一九四〇年十二月二十二日《晋察冀日报》第一版社论）

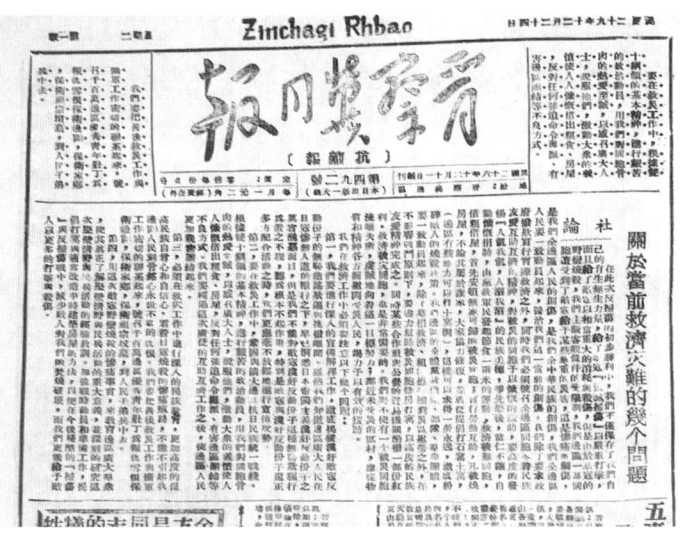

关于当前救济灾难的几个问题

在此次反"扫荡"的初步胜利中,我们不仅保存了我们自己的有生无生力量,给了敌寇"毁灭'扫荡'"以严重打击,而且给了敌寇以相当重大的消耗与杀伤,但是由于敌寇的野蛮烧杀,我们主观客观条件的受限制,我们边区一部同胞遭受到了敌寇给予某些严重的灾害,这是惨痛的创伤,是我们全边区人民的创伤,是我们全中华民族的创伤,我们全边区人民要一致动员起来,医治我们这一当前的创伤。我们除了要求政府拨款实行实际救济之外,同时我们必须号召全边区同胞本着民族友爱互助互济的精神,对被灾的同胞予以慷慨的援助,要高度的发扬"人饥我饥,人溺我溺"的民族美德,争先恐后,当仁不让,自动慷慨捐助，由党政军民发起节食一两米的运动，救济被难同胞，借粮借屋，首先安顿无家可归的被灾同胞；实行劳动互助，凡被烧房屋，不论其属于谁家，大家协力修复，并广泛提倡打石窑土窑，（边区有些地方可以打土窑洞），这样可以求得一劳永逸，澈底粉碎敌人的烧杀政策。我们边区的全体党政机关、部队、群众团体，要一致动员起来，除了募捐救济、组织慰问团到灾区慰劳之外，在不影响战斗原则下，要尽力帮助被灾同胞修房打窑，以高度的民族友爱精神完成之。同时某些合作社与公营的贸易机关酌拨一部份红利，救济被灾同胞，也是非常需要的。我们要不使有一个被灾同胞流离失所，虔诚地向着这一目标努力；邻近未受灾的区村，应从物质和精神各方面慰问受灾人民，竭力予以有效的援助。

我们在救济工作中必须要注意以下几个问题：

第一，我们要进行深入的宣传解释工作，澈底揭破汉奸敌寇反动份子的无耻造谣欺骗与挑拨离间。虽然我们知道边区广大人民在日寇惨无人道的兽行之下，早已洞悉日本帝国主义汉奸反动份子之真实丑恶面目，但是我们不能对敌寇汉奸反动份子这种无耻欺骗行为置之不理，认为根本不起作用，特别是敌寇与汉奸反动份子还正多方配合活动之时，我们更应毫不放松地进行宣传攻势。

第二，要在救灾工作中，巩固与扩大边区抗日民族统一战线。根据双十纲领的基本精神，进行艰苦的政治动员，用我们对同胞骨肉的热爱至诚，以感召广大人士，说服他们，激动大众的义愤使人人慷慨借出粮食、房屋，反对任何强迫命令摊派、有害边区团结等不良方式。我们要经过这次广泛的互助互济工作之后，使边区人民更加亲密团结起来。

第三，必须在救灾工作中进行深入的民族教育，更加高度的提高民族自尊心和自信心。看着日寇烧杀的惨痛痕迹，不能不引起我边区人民刻骨铭心永世不忘的仇恨。我们要把善后救灾工作与扩军工作密切的联系起来，号召千百万边区优秀青年壮丁为报仇雪恨保卫边区，保卫家乡，保卫祖宗坟墓，到人民子弟兵中去。

　　第四，用这次敌寇野蛮烧杀的惨痛事实，来教育边区广大群众，使其真正了解坚壁清野与民兵活动的重大意义，并深刻的研究这次坚壁清野与民兵活动的经验教训。加强战时动员和准备工作，提倡打窑与适当改造平时建筑房屋的方法，以便在今后残酷的"扫荡"与反"扫荡"战中，减少敌人对我们的焚烧破坏，而我们更能给予敌人以更多的打击与杀伤。

　　　　　　　　（原载一九四〇年十二月二十四日《晋察冀日报》第一版社论）

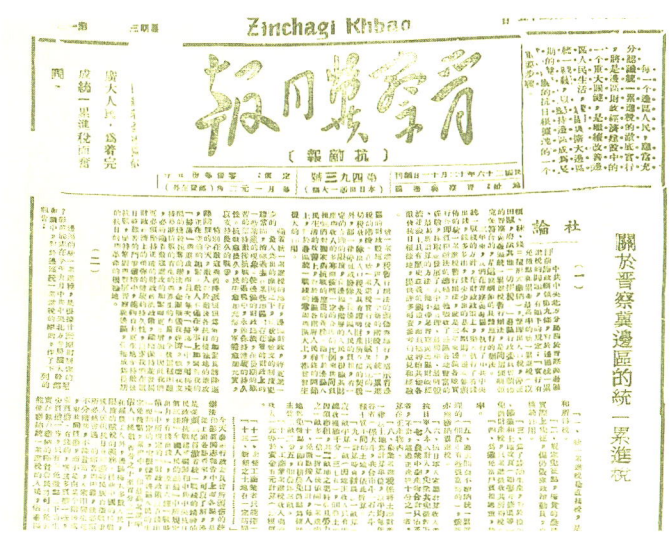

关于晋察冀边区的统一累进税

（一）

中共中央北方分局关于晋察冀边区目前施政纲领第九条，对于边区统一累进税的问题，有如下的规定："实行有免征点和累进最高率的统一累进税（以粮、□、钱三种形式缴纳），整理出入口税，停征田赋，废除其他一切捐税。"边区行政委员曾颁布的晋察冀边区统一累进税暂行办法，是同这条纲领完全符合的，是这条纲领的具体施行的办法。

三年来，我们在晋察冀边区，执行了中共中央统一战线的方针，在财政政策上，坚决执行了有钱出钱，钱多多出，钱少少出的基本原则。边区曾颁布的统一累进税暂行办法，便是三年来边区各地实行合理负担办法的总结，它吸收了边区各地丰富的经验，采取并发展了其中最真理、最简单、最明了、最易于计算的方法。它不仅是晋察冀边区财政经济建设上具有历史意义的创造，而且它将给其他各敌后抗日根据地，提供许多可资参考的意见和经验。

统一累进税暂行办法的颁布与施行，昭示着边区的财政设施，进入了一个新的阶段——统一累进税的阶段。在统一累进税实行后，田赋及其他的一切税收，除出入口税及具有证明财产所有权的契税外，都一律停征或废除。使边区人民的负担，有一定的合理的限度，使边区各阶层的人民，根据其财产与收入的多寡而按照一定的合理的比例来共同负担他们对国家对抗战的应尽的义务。它对于边区人民生活的改善上，对于边区各阶层人民利益的调节上，对于边区统一战线的巩固与扩大上，都会发生很大的作用。

随着统一累进税的施行，边区财政，将更进一步的在量入为出的原则之下，使统筹统支的制度更趋巩固，消除过去在某些地区存在着的财政上的一些紊乱的现象。使边区的财政经济，在长期的艰苦的坚持敌后抗战的过程中，永远保持健康的持久性。抗战愈长久，民生愈加充裕，军需愈加充实，以支持长久的战争。

特别在敌寇与投降派狼狈为奸的加紧其诱降逼降阴谋的今天，敌人对于敌后各抗日根据地的进攻，正在空前的加紧。敌人不仅在军事上加紧对我的"扫荡"与进攻，而且在每次"扫荡"中，用极残酷的烧杀掠夺的办法，企图摧毁我经济，破坏我支持长期抗战的有生的与无生的力量，今后这种困难，必将随着敌寇进攻的加紧而更加增加。因此我们更必须坚持正确的财政经济政策，继续保持并发扬财政经济上的顽强的健康的持久性，以求我们在这日益艰苦的斗争环境中，能够自力更生地坚持敌后抗战，坚持巩固与发展晋察冀边区，使它成为长期的抗日的与革命的根据地。

（二）

边区的统一累进税，是根据什么原则制定的呢？彭真同志在今年九月中共中央北方分局扩大干部会议中，对于边区统一累进税的原则，作了下列的报告：

"一、统一累进税是直接税，是累进的财产税和所得税。

"二、规定免征点，极贫的农民、雇农和工人实际上免征，但仍依靠政治动员，自愿乐捐，以起模范作用。

"三、为了鼓励生产，对于投在合作社、工业、矿业和土地改良（如盘井修渠等）方面的资本均免征财产税，只累进征收其所得税。

"四、为避免富户负担过重，特规定累进最高率。

"五、过去雇农不缴纳统一累进税，这是不合理的（佃农中有些很富裕的），按新的税率，佃农亦应缴纳累进税。

"六、抗日军人家属计算收入与财产时，仍将抗日军人本人计入，免除其免征点下的负担。

"七、农业中副产物合计只占正产物十分之一者，不计，超过正产物十分之一者，其超过部分，算在生产物内。

"八、农业累进税系将土地财产与收入合计，一律以土地为计算单位，以平均每年可能收入八斗谷者（系大斗，共合斗一石六斗）为标准亩，各种土质不同的土地，依此折算。

"九、计算时自耕农以一亩算一亩，地主土地以一亩半算一亩（因地主收入只有地租面最多者为总收获额千分之三七五），佃农土地二亩算一亩（因须缴租，其二亩地之肥料农具劳力等均较自耕农之一亩多一倍）折算后同一累进率征收。

"十、免征点按人口计，每人以自耕之一亩半地为免征点，即自耕农免征点为标准亩一亩半，地主为二亩二分五，佃农为三亩。

"十一、工商业累进税收入与资金亦合计，以收入一元等于资金五元计算（以粮价为中心计算）。

"十二、营工商业者只能择一个免征点。

"十三、新垦之土地在一定期间内免征。

今天边区行政委员会所颁布的统一累进税暂行办法和彭真同志报告中上面各点，是完全一致的。

从上面各点看来，可以了解，边区统一累进税是从头到尾贯澈着统一战线的精神的。它根据着国民政府抗战建国纲领和中共中央抗日救国十大纲领第三条"全国人民的动员"中所规定的"实行有力出力，有钱出钱"，及第六条"战时的财政经济政策"中所规定的"财政政策以有钱出钱……为原则"而制定的，它根据着边区人民的生活情况，决定免征点，累进率，和最高累进率，确定除了约占人口总数百分之十至百分之二十的极贫的农民和雇农工人外，边区极大多数人民，都有担负一定限度的赋税的义务。目前中国的抗战，本来是全中国人民抵抗日寇侵略的民族自卫战争，因此抗战中所必然会遇的痛苦与困难，就必须全中国人民，不分阶级，不论贫富，大家用同生死共患难的精神，来共同负担，而不是由某个阶级或某些人民来单独负担。有钱的，应该多负担一些，钱少的，应该少负担一些，只有免征点下的生活异常困难，实在无力缴纳的极贫农民才可以免去负担，这样才能使缴纳统一累进税的人民，占边区人民中的绝大多数，才能一方面适合于民族统一战线的总方针，另一方面又照顾着极贫苦的农民工人的利益，但这些极贫苦的农民工人，依靠着他们的爱国热忱和政治觉悟，仍可以而且应该自愿节衣缩食，以所得一部，贡献国家，——这在边区已经成了一种通例。最贫苦工人农民自愿输将的例子，是每区每村都有的，这种伟大的爱护民族，爱护全体，而甘愿牺牲个人利益的行为，值得为每一个中国人民的模范，更足以使那些只顾个人私利而置整个民族国家于不顾的为不仁者，为之愧赧。

边区的统一累进税实行以后，区上及村之一部即完全建立统筹统支制度，区以上一切开支，都可列入边区总的预决算内，由统一累进税统筹解决，消灭过去在某些地方以县或区为单位的地方税及自筹款项的紊乱现象，并置区以上的一切开支于整个的计划与管理之下，对开支的节约有很大作用。

至于村财政，则因村款收入项目，牵涉土地关系及村中各项公款存款，各村开支极不平衡等原因，立即实现村财政的统筹统支，目前尚难完全做到，目前只有首先从整理村财政，消灭贪污浪费现象与确立村概算制度入手，使村财政，在严格的管理之下，暂时由村合理负担解决，以便进一步将村财政亦完全再逐渐纳入边区的统筹统支。

（三）

当边区统一累进税已经颁布，而且现在即开始实行，每一个边区人民，应当充分认识这一办法的澈底实行，将是边区财政经济建设中的一个重大关键，是继续改善边区人民生活，巩固与扩大边区统一战线，以坚持边区成为长期的健康的抗日根据地的一个重要步骤。因此全边区的党政民各级机关，和边区广大人民，都应该充分的紧张起来，为着百分之百的完成这一任务而奋斗。

第一，应当在边区党政民的各级组织与边区广大人民中，发动对统一累进税的原则上与执行上各种问题的研究与讨论，特别是要使广大群众了解统一累进税目前对边区以及对全国的伟大的政治意义。用研究小组，讨论会，训练班等各种各样的办法来掀起对累进税的研究与讨论的热潮。

第二，我们应当充分的估计，在统一累进税的执行过程中，可能遭过一些困难，以及怎样动员一切的力量去克服这些困难。首先，对于某些对累进税缺乏正确了解的人民，必须给以耐心的说服与教育；对于因户籍登记财产登记而可能在某些人中间发生的不安情绪，必须给以必要的解释；对于敌探汉奸的造谣挑拨、阴谋破坏，必须发动群众给以揭发和打击，对于匿报财产，多报人口等等违反政府法令的事件，首先必须用政治说服的方法晓之以大义，使之主动补报，只对顽固怙恶不悛的在最后才可依法采用行政上的处置；对于财产和收入的估计和评议，必须力求其公平合理翔实，只有胜利的克服工作中可能遭遇的这些困难，才能够求得统一累进税的顺利执行。

第三，在执行统一累进税的时候，全边区各级共产党的组织和各级群众团体，应当号召全边区的共产党员与各团体的会员，本着他们对民族一贯的无限热爱的精神，积极发扬抗日先进份子的模范作用，争先呈报，争先缴纳，自动捐输，团结着全边区的广大人民，为着完成这一艰巨的任务而奋斗。

三年来，在团结不断的为巩固与扩大晋察冀边区的斗争中，边区的党政军民，已经获得了光辉的战果，同样，目前提□我们面前的这个伟大的艰巨的任务，在我们全体一致的努力之下，是一定能够胜利的完成的。

（原载一九四〇年十二月二十五日《晋察冀日报》第一版社论）

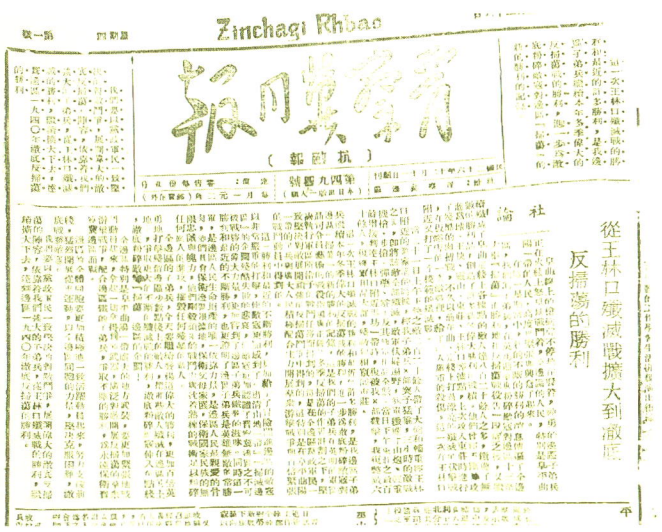

从王林口歼灭战扩大到澈底反"扫荡"的胜利

阜曲线上的枪炮声不停地在响着,神勇的边区子弟兵正在火线上怒吼地战斗着,全边区的人民,特别是阜平曲阳一带的人民,高度地紧张与兴奋了起来。

在这一星期当中,新的不断的胜利的消息传遍了全边区,我们的子弟兵,在英勇迎击与粉碎敌寇对边区十三路大举"扫荡"而胜利地打反"扫荡"战役告一段落之后,又继续歼灭了阜曲定线上各据点的敌人达八百二十余人之多,缴获了无数的胜利品,创造了许多新的伟大胜利的战绩。他们曾经不断的攻进党城、王快、灵山、东庄、王林口等据点,上次攻入东庄时进行了残酷的肉搏战,不久以前在曲、定线上打过漂亮的歼灭的伏击战,在板峪店的以此激战里,给了敌人严重的杀伤，这一次在王林口附近又打了一个模范的歼灭战。

当二十一日尚无王快之敌二百二十余人带了大炮和轻重经王林口附近的刘家沟的时候，经我子弟兵×部突予猛击，三小时的激战以后，即将该敌全部歼灭，敌军伏尸遍野，我军缴获了山炮、轻重机枪、步枪、弹药、驼子及其他军用品全数。当日下去东庄之敌百十余人，复获军用品大部，残敌狼狈窜回东庄。

这一次王林口歼灭战的胜利和最近的许多胜利，是我边区子弟兵继续本年冬季伟大的反"扫荡"战的胜利，进一步为澈底粉碎敌寇对边区"扫荡"的新的胜利的记录。这是我们的子弟兵在英明的军区聂司令员艺术的战役指导与正确的冬季反"扫荡"的作战计划之下，坚决执行军区所给予的战斗任务而得到的，这是在全边区党政军民一致坚决对敌展开顽强的反"扫荡"斗争中得到的，这特别是在阜平曲阳一带的民兵与广大人民积极配合主力开展群众游击战争与百倍紧张的战斗动员中得到的。

这一胜利和最近的不断胜利，更加给予了冒险闯进边区的敌寇以非常严重的打击，使敌寇更加感到了"肃清山地一带""扫灭边区"的企图残酷失败的悲哀，使敌寇更加认识了晋察冀边区之不可被战胜的伟大力量，更加尝到了边区子弟兵铁拳的滋味。同时这一胜利和最近的不断胜利，也更证明了边区子弟兵是英雄无敌的常胜军，是边区人民生命财产的唯一依靠力量，是边区人民最亲爱的骨肉，他们具有保卫边区根据地，保卫父母家园，保卫国家民族的无限忠诚与魄力，他们刚毅顽强的战斗力与沉着熟练的战术足以粉碎任何敌人的进攻，摧毁任何残暴的敌人。

全边区的子弟兵，今天要继续发扬这伟大的胜利，更加百倍英勇地打击残留边区少数点线上的敌人，把那些敌人歼灭在边区的土地上，争取更大的不断的歼灭战的胜利，澈底粉碎敌寇伸入的点线，澈底粉碎敌寇"扫荡"边区的企图！

全边区特别是阜平曲阳一带广大的地方武装，要更加紧张地战斗动员起来，拿起一切拿得到的武器，广泛对敌开展反"扫荡"的群众游击战争，配合边区铁的子弟兵，争取不断的胜利，为永远保卫晋察冀边区而战。

边区的全体同胞要更加积极地一致活跃动员起来，努力支援前线，猛烈开展从军运动，以全边区同胞的力量，坚决克服困难、澈底战胜敌寇。

我们要以党政军民一致坚决的对敌斗争，展开伟大的澈底反"扫荡"的阵容，依靠着我们强大的子弟兵，从王林口歼灭战的胜利，继续扩大下去，达到边区一九四零年澈底反"扫荡"的胜利。

（原载一九四〇年十二月二十六日《晋察冀日报》第一版社论）

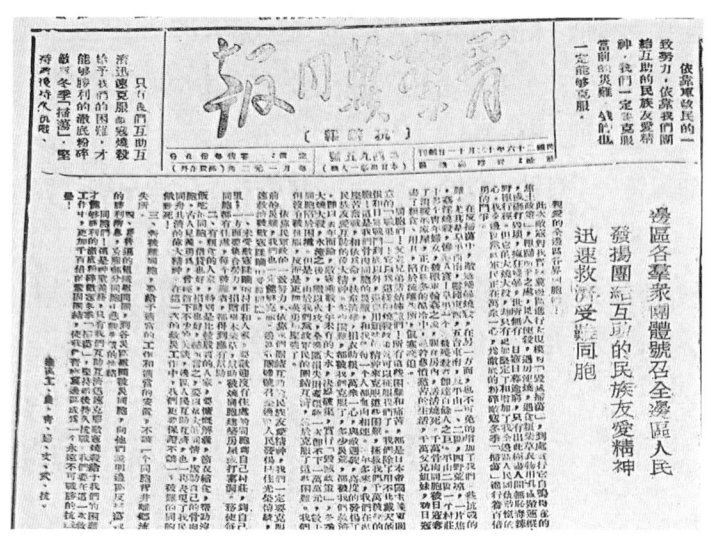

边区各群众团体号召全边区人民发扬团结互助的民族友爱精神迅速救济受难同胞

亲爱的全边区各界同胞们!

此次敌寇对我晋察冀边区进行大规模的"毁灭'扫荡'",到处实行它自鸣得意的"焦土政策",兽蹄所至之处,见人便杀,遇房便烧,遇食粮柴草衣物用具或搬运纵火,或砸打毁坏,疯狂残暴,世所无有日寇日暮途穷,只有出此极尽人间无耻毒辣的野兽行径。但它的大烧大杀,却只有更加坚定了和增加了我全边区人民同仇敌忾的决心。我全边区党政军民正在万众一心,为澈底的粉碎敌寇冬季"扫荡"进行着百倍英勇的斗争。

在反"扫荡"中,敌寇残暴烧杀,在另一方面,也不可免的增加了我们一些抗战的困难，尤其是阜平西南、灵丘东西、五台东南、反平山一、二区，四野荒凉，一片焦土，奸淫烧杀，惨绝人寰！阜平一个被残杀者即达百余人之巨。平山二区一个村庄三十多个青年妇女，被兽军轮奸之后，关在房内，活活烧死。千万骨肉同胞被日寇夺取了温暖的家屋，正在寒冬的酷冷中，过着悲愤愁苦的生活，千万父兄姐妹，被日寇烧尽了粮食、用具，陷于流离失所，饥寒交迫。

同胞们！父老兄弟诸姑姐妹们！所有这些困难和痛苦，都是日本帝国主义军阀得意的"战果"！它以为这样的烧杀政策就可以征服我们了。我们除了用不共戴天的仇恨和日寇战斗到底以外，还要用顽强的精神来克服这些困难，拯救我们千万被难的同胞！这是我们骨肉同胞的灾难，和我们每一个人都血肉相连。二年多来，我们在敌后艰苦奋战，相依为命，扶危济难，捐衣助粮，万众一心，与敌周旋，高度的发扬了我民族友爱互助的伟大精神。多少困难，都被我们克服了，多少灾荒，都被我们救济了。即以去年而论，敌寇乘数十年未有的大水，决堤破渠，实行"毁灭政策"，冬季更大烧大杀，水淹之后，继以火攻，全边区损失财产粮物一次即不下一万万元，数十万同胞限于困境。但是，由于我们党政军民的团结互济，终于克服了这些困难。我们不但没有被征服，反而是更加英勇和坚强了。

依靠民军政的一致努力，依靠我们团结互助的民族友爱精神，我们一定要克服当前的灾难，我们也一定能够克服。边区各团体号召全边区人民发扬已往光荣传统，迅速救济被敌寇蹂躏的受难同胞。

一、未受敌寇蹂躏的村庄和人家，要欢迎没有住处的同胞到自己村庄，到自己家里；一方面要集合劳力，捐赠树木柴草，帮助被烧同胞建筑房屋或打窑洞。务使每个同胞都有住处，每个被难者，都得到应有帮助。

二、有粮食的人家，特别是比较殷实的人家，要慷慨解囊，节衣缩食，帮助没有饭吃的同胞。借贷也好，捐助也好，总而言之，要以最大的同情，援助自己的骨肉同胞。古人见义勇为，曾经留下不少的美谈，边区人民互助互济，也一再表现了我民族同舟共济的伟大精神。在这一次的救灾工作中，我们更要保证不让一个被难的同胞困饿致死！

三、对被难同胞，要给予适当的工作和适当的安置，不让一个同胞背井离乡流离失所。

四、要普遍的组织慰问团，到各灾区慰问被灾同胞，向他们说明边区反"扫荡"战争的胜利消息，克服部分同胞中悲观失望的情绪。

同胞们！这是神圣义务，只有我们互助互济迅速克服敌寇烧杀给予我们的困难，才能够胜利的澈底粉碎敌寇冬季"扫荡"，坚持敌后持久抗战。我们要在这一次救济工作中，更加千百倍的巩固团结，使我们晋察冀边区成为一个永远不可战胜的抗战堡垒！

边区工、农、青、妇、文、武、抗。

（原载一九四〇年十二月二十七日《晋察冀日报》第一版社论）

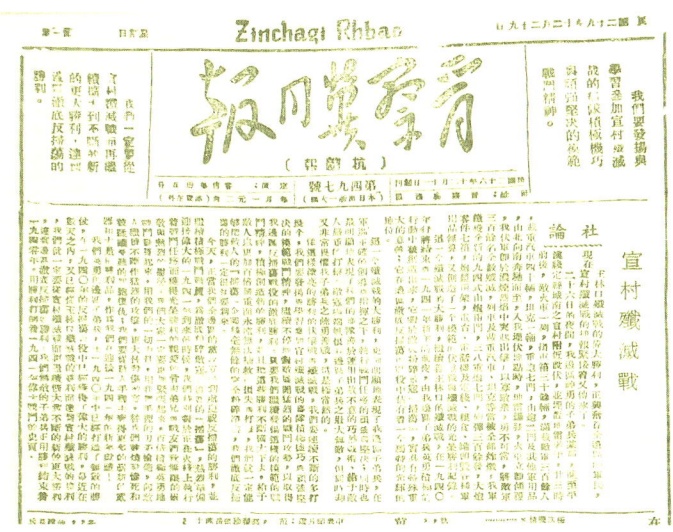

宣村歼灭战

王林口歼灭战的伟大胜利,正兴奋着全边区的军民,现在宣村歼灭战的捷报紧接着又传来了。

二十六日的夜间,我边区神勇的子弟兵某部,进至平汉线定县城南之宣村附近设伏,并埋置地雷若干,二十三时前后,敌火车一列,携车厢三十余辆,满载敌军三百与人,载重汽车四十辆,坦克一辆,重炮七门,山炮二门及其他军用品,由北向南奔驰而至,入我埋伏地点时,地雷爆发,火车立即倾覆,我伏军即于浓烟烈焰中突起出击,以寡敌众,勇不可当,将敌军三百余名全数歼灭,列车及载重汽车、坦克等当被全部炸毁,我军缴获全新的九四式山炮两门,三八重炮七门,炮弹三百余发,大炮零件七箱,炮镜两架,电台、电话机及电线、粮食、罐头暨各种军用品无算，又创造了一个模范的伏击战与歼灭战的光荣胜利记录。

这一个歼灭战的大胜利，继续着王林口的歼灭战，在一九四零年行将结束与一九四一年新年的前夜，由我边区子弟兵英勇积极的行动中被创造出来，它对于澈底粉碎敌寇"扫荡"，实具有特殊重大的意义；它在边区澈底反"扫荡"的战役中占有着一个独特的光辉的地位。

这一个歼灭战的大胜利，更加明显地表现了我边区子弟兵，在军区正确的领导与指导之下，执行战斗任务的顽强与坚决；同时也最明显地表现了我们的部队善于运用出敌不意的巧妙战术，给予敌人严重的打击。敌寇极端嫉恨我边区子弟兵之壮大无敌，但同时却又非常畏惧我子弟兵之英勇善战，这是极当然的。

像这样漂亮的胜利的伏击战与歼灭战，我们要连续不断的多打几个，我们要发扬与学习参加宣村歼灭战的部队积极机巧与顽强坚决的模范战斗精神，继续不停地对敌展开猛烈的战斗攻势，以取得我边区反"扫荡"战役的澈底胜利。只要我们继续发扬这样的模范的战斗精神，积极创造新的胜利，并且把这些胜利不断扩大下去，给予敌人以更加百倍严重而永远无法补救的损失与打击，我们就一定能够把敌人的"扫荡"企图丝毫无余的完全粉碎净尽，我们澈底反"扫荡"的胜利一定很快要到来。

今天，正当我们全边区的党政军民到处庆祝反"扫荡"的胜利，并继续积极战斗动员，为澈底粉碎敌寇对边区的"扫荡"，热烈准备迎接伟大的一九四一年到来的时候，我们特别对于正在火线上执行着战斗任务而获得光荣胜利的亲爱的骨肉弟兄与战友们致无限的崇敬与热烈的慰劳。我们大家一定要更加紧张起来，百倍积极英勇地战斗动员起来，用我们的一切力量，用我们手里的刀矛枪炮，向敌人继续不断作猛烈的供给，更大杀伤敌寇，替我们被烧杀惨死和被蹂躏受难的同胞复仇；我们要从敌人手里去夺得更多的崭新的武器和大量的胜利品，作为我们在迎接一九四一年的新年献礼!

我们英勇的边区子弟兵,在一九四零年中已经打过了无数的胜仗,在一九四零年的反"扫荡"战役中已经获得了伟大的胜利,最近在数天之内,又已经从王林口歼灭战的胜利而达到宣村歼灭战的胜利,我们就一定要从宣村歼灭战而再继续扩大到不断的新的更大胜利,达到边区澈底反"扫荡"的胜利。我们无敌的子弟兵正用胜利结束着一九四零年,用胜利打开着一九四一年伟大战斗的史页。

(原载一九四〇年十二月二十九日《晋察冀日报》第一版社论)

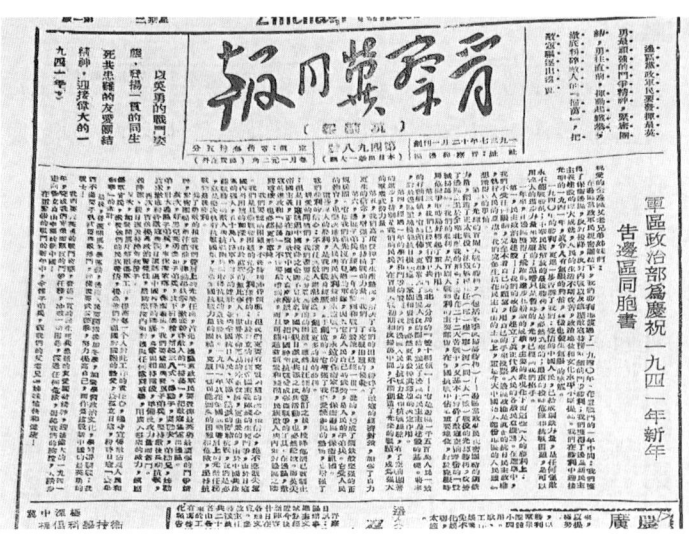

军区政治部为庆祝一九四一年新年告边区同胞书

亲爱的全边区父老兄弟姐妹们：

在边区党政军民亲密团结下，我们胜利地渡过了一九四零年。在这战斗的一年中间：我们获得了保卫边区，反对投降，反对内战以及镇压敌寇特务铁网的斗争胜利；我们获得了边区新民主主义建设的伟大成就，人民的生活不断改善，政治地位和文化水平不断提高。我们在胜利中迎接光明的一九四一年，真令人有无限的兴奋，这样也发生无限的感慨。

一九四零年的胜利，更进一步告诉了我们：觉悟的中国人民，已结成钢铁力量，是任何强敌永不能战胜的；中华民族解放的最后胜利，是必然会来的；严重的投降危险和抗战困难，是可以用伟大的进步力量来克服的；黑暗只是暂时的、光明已经向我们招手。

一年来，在边区获得了飞跃的进步和崭新的成绩，主要的表现在下面这些伟大的胜利上：

第一，民主政治新建设——我们的政权，建立了真正代表人民的各级民意机关。在选举中，我们不受任何的限制，完全本着自己的愿望，用自己的手来投票。边区政权是真正的抗日民主政权，执行人民的意志。我们完全生活在民主自由的土地上，这是今天中国绝大部分地区的人民难以想象得到的事情。

第二，光辉的百团大战的胜利，（包括冬季反"扫荡"胜利）——边区党政军民亲密团结的钢铁力量，创造了正太战役、涞灵战役在任（邱）肃（宁）河（间）大（城）战役的光辉胜利，改变了边区以至于全华北敌我的形势；在二十二天苦战中，又基本上粉碎了敌寇空前野蛮的"毁灭'扫荡'"我们的胜利，是百团大战胜利的主要部分，在全国抗战中占着重要地位，对于克服时局危机争取时局好转起了重大作用。

第三，我们已经实行着中共中央北方分局的"双十纲领"——它是边区一千五百万人民一致的行动纲领，它的颁布，更加了边区人民的团结，奠定了边区的新民主主义建设的基础。将来，对于边区这块模范抗日根据地的巩固和发展，必然更要发挥其辉煌的奠定作用。

第四，经过一年的学习和斗争的锻炼，我们边区人民的抗战力量和抗战经验，有了空前显著的进步；特别是我们的民兵，在百团大战最初期和反"扫荡"中间，不断创造了光荣的战绩，成为强大的群众武装力量。

第五，我们高度发挥了生产热忱，解决了我们的困难，粉碎了敌寇的经济封锁，加强了自力更生的新年，增强了坚持抗战的力量。我们了克服困难的模范。

第六、边区子弟兵，经过一年的训和战斗锻炼，已经一批一批的，变成了钢铁般坚强的正规兵团。它是我们祖先没有见过的军队,因为它是人民自己的武装,是人民的子弟兵。它受人民的抚育,也坚决地为人民与民族利益而永远战斗,永远的保卫家乡,保卫边区,保卫祖国。

这些伟大的胜利,是我们亲身经历,亲手创造的。它增强了我们爱护边区的热情,也增强了我们胜利的信心:不让任何敌人进犯边区,创造更多的新的胜利。

亲爱的同胞们,我们还要充分看到面前的困难。虽然日汪条约签订之后,投降危机已被制止;但是日寇诱迫中国投降之企图不曾放弃,国内亲日派反共派之反共活动,也必然继续。而英美帝国主义,正在加紧收买中国大资产阶级,要把中国神圣抗战变成强盗战争的工具。在边区,敌寇的进攻和"扫荡",不仅要继续到来,而且可能越益频繁和残酷,民族敌人与内奸对边区之阴谋破坏,也必然更形毒辣。

我们要认清困难,不被胜利冲昏头脑;但我们更要有克服困难的决心和信心,决不悲观失望。我们是具备战胜困难的充分有利条件的:由于对立的两条帝国主义阵线的生死斗争,由于日寇国内外困难的加深,由于苏联的无比强大世界革命运动的空前,更重要的,由于中国共产党的强大,五十万八路军新四军的健壮,并与全国抗日人民、军队、党派的团结抗战,我们是必能战胜一切敌人与抗战困难而取得抗战的最后胜利。一九四一年放在全国同胞肩上的光荣任务,就是坚决执行抗战国策,加强全国抗战力量的团结,克服一切可能到来的困难和危险,坚持抗战到之后胜利。

为了勇敢的担当我们双肩上的光荣任务,首先,边区党政军民要发挥最英勇最顽强的斗争精神,紧密团结,勇往直前,挥动起铁拳,澈底粉碎敌人的"扫荡",把敌寇逐出边区。

其次,好男儿英勇参加子弟兵,放下红缨枪,背起三八式。子、妻劝夫,弟劝兄,姐劝弟,壮大边区子弟兵,来保卫家乡,保卫边区。我们要巩固与发展子弟兵,坚持敌后长期抗战,以求澈底粉碎敌寇与亲日派诱逼中国投降的阴谋，为巩固相持阶段，准备反攻力量而奋斗。

再次、百倍提高政治警觉性，严防敌探内奸对边区任何破坏，用广大群众的威力，镇压投降派、亲日派及特务奸细份子。

又次、加紧开展瓦解敌伪军工作，提高每一个人对此工作的责任心，随时宣传敌占区人民和伪军官兵，激发他们的民族觉悟，提高他们对祖国对同胞的热爱，以孤立日寇，粉碎日寇"制华"的毒计。

最后、普遍开展冬学运动，边区人民要踊跃参加冬学，加紧学习政治文化，学习游击战；我们不仅要手执武器与敌搏斗，同样还要武装头脑，努力提高自己，而作为建设新中国的最英勇的战士！

我们要以英勇的战斗姿态，发扬一贯的同生死共患难的友爱团结精神，迎接伟大的一九四一年，完成我们光荣而坚决的斗争任务，冲破一切困难，渡过任何危险，挺起我们的胸膛，大踏步走向独立自由幸福的新中国！

在这紧张的战斗的新年中、全体子弟兵、祝我们的父老兄弟姐妹愉快和健康！

（原载一九四〇年十二月三十一日《晋察冀日报》第一版社论）

《晋察冀日报》

一九四一

YI JIU SI YI

一九四一

庆祝边区澈底反"扫荡"的胜利

我边区英勇无敌的子弟兵于一九四一年元旦上午十时克复了阜平城。这在全边区人民欢欣迎接伟大的战斗的一九四一年到来的时候,给了我们每一个人的都是无可比拟的兴奋。这是边区子弟兵在军区聂司令员的英明领导与天才的指挥下,献给我边区与全国同胞的伟大胜利的新年的珍贵礼物。这一伟大的胜利,同时也是边区澈底反"扫荡"的胜利,我边区党政军民今天更要以迎接新年的无限欢欣,来庆祝这一伟大的胜利。

自一九四〇年十一月九日敌寇开始以其在晋、冀、察、绥四省的两个师团、四个独立旅团约三万人的兵力,分十三路向我边区大举"扫荡",将敌大部击溃,使反"扫荡"战役胜利地告一段落之后，我边区子弟兵配合着广大的地方武装，继续对敌展开澈底的反"扫荡"战。敌寇残留在边区的松山旅团全部，虽然在阜平城至王快之线，拼力修筑营房、碉堡及汽路，建立据点，企图长期据守，分割边区，但于月余日之间，被我千万民己所不欲与广大群众，配合正规兵团，不断猛烈破毁其交通，袭击其运输部队，予以严重之打击与消耗，特别是我子弟兵最近数度连续攻入党城、灵山、东庄、王林口等据点，并先后获得曲定线伏击歼灭战、板峪店战斗、东庄歼灭战、王林口歼灭战、宣村歼灭战等伟大胜利，歼灭了敌寇达千五百人左右。总计月余日间该敌之被我杀伤者全数凡二千余人，其损失之重大，实使该敌不堪继续作战；加以在我军更番扰袭围困之下，更使该敌夜不得眠、行不得安、食不得饱，惊恐动摇，颓唐疲惫，无法持久，且其增援给养等尤万分困难。此种情势，不但说明该敌决不能在我边区立足，而且说明了该敌有全部被我聚歼之可能。因此在近两天来，我军继续向该敌攻袭时，伤亡损耗已不成军的松山旅团，即不敢固守，但图逃命，一九四〇年十二月三十一日，当我子弟兵以阜平城为目标英勇挺进时，该敌终于迫不得已将其所修筑之营房、碉堡、工事等仓惶拆毁，并在城内纵火焚烧，翌日清晨急狼狈向王快奔窜，我子弟兵遂于一九四一年元旦十时，以迅速之进军，克复阜平城及东庄、王林口等据点，并继续向东追击逃命溃奔之敌，驱之于边区之外，达到边区反"扫荡"的澈底的胜利。

这一澈底反"扫荡"的伟大胜利，完全证明了边区子弟兵是极端果敢忠诚地完成了军区聂司令员"澈底粉碎敌寇'扫荡'，永远保卫晋察冀边区"的坚决方针，完全说明了我子弟兵实为保卫边区英勇无双的铁军，他们不但在过去三年间的无数战斗的胜利中壮大发展了起来，使敌寇为之胆寒，而且他们用伟大的胜利结束了一九四〇年而又用伟大的胜利在一九四一年的元旦打开了新的战斗的历史，这更必然要使敌寇汉奸见而发抖。我们全边区的广大同胞，今天正迎接和祝贺着二十世纪五十年代的第一个新年，我们对于英勇的子弟兵在这一天所创造的彻底反"扫荡"的伟大胜利的战绩，更必然要引起热烈欢腾的庆祝。同时我们更要用百倍紧张的战斗准备，继续随时迎击与粉碎敌寇可能到来的新的"报复'扫荡'"，继续这一九四一年元旦的胜利，争取边区新的战斗年度在更伟大的不断胜利中展开。

（原载一九四一年一月三日《晋察冀日报》第一版社论）

《延安解放报》《新中华报》对于双十纲领的评价

中共中央北方分局关于晋察冀边区目前施政纲领发表后,不仅晋察冀边区人民对之表示热烈的拥护和沸腾的欢欣,而且在全国都发生了重大的影响引起了各方深切的注意和极口的赞扬。延安解放报一一七期(二十九年十月十六日出版)在"巩固晋察冀边区抗日民主政治发展上的重大事件"的标题下,特别介绍了这一纲领。在介绍这纲领之前,冠以这样简明而精干的评语:

在敌后开展更大规模反"扫荡"战役的形势下,晋察冀边区,最近进行了广大的抗日民主的选举运动,在这选举运动中,中国共产党中央北方分局与晋察冀边区国民党办事处，以及其他各党各派无党无派的抗日人士，都参加了竞选。这一抗日民主选举运动起巩固晋察冀抗日民主政权的有力的步骤，是加强敌后抗战力量的切要的方法，是促进全国抗日民主政治的重大事件，这一国共两党以及其他各党各派无党无派的抗日人士所共同参加的竞选运动，是清楚的证明了：

一、晋察冀边区（其他敌后抗日根据地也一样）是敌后团结抗战的堡垒。任何说在抗日根据地上"共产党实行专制压迫其他抗日党派"的话，都是毫无根据的谣言。

二、晋察冀边区真正实行了与实行着抗战建国纲领与三民主义政纲。任何说在抗日根据地上"共产党违反抗战建国纲领与三民主义政纲"的话，都是毫无根据的谣言。

三、晋察冀抗日民主政权自成立以来，坚持二年多抗战以及往后继续坚持抗战的事实、清楚的指明，实行民权自由、改善人民生活，是加强抗战力量，争取中华民族解放的绝对必要的步骤，任何说"实行民权自由、改善人民生活有害民族抗战"的话，是完全错误的谬论。

同时二十九年十月三日的新中华报都在其社论中对这一纲领，加以深刻的论述。其文如下：

中国共产党中央北分局，于八月十三日公布了关于晋察冀边区的目前施政纲领，作为与各抗日党派和各界同胞，共同奋斗的准绳。其目的，在该纲领中已明确的指出是"为巩固与发展晋察冀边区、坚持敌后抗战"；其内容，是完全根据我党中央的抗日民族统一战线政策、抗日救国十大纲领、抗战建国纲领及晋察冀边区的实际情况而具体决定的。它是实行革命的三民主义的典型。这一纲领，是最适合目前抗战需要的，同时又是目前全国模范的抗日民族统一战线的、在民主主义的施政纲领，全国各地，特别是敌后方其他各抗日根据地，在政治军事经济文化设施计划上，都应以它为最好的参考和借镜。

为什么说这一纲领是完全适合目前抗战需要的，因为：它所明确规定的每一方针，每一条文，每一字一句，□完全以巩固和扩大抗日民族统一战线，以便争取抗战最后胜利为出发点。例如在纲领中的第一条，即明确指出："□□国共合作，坚持团结抗战……"第二十条规定："边区各民族□……在平等基础上，亲密团结抗战，在民主选举中，应予同蒙满藏同胞以优待……"这是坚持抗战到底的一个重要的条件。因为没有国内的团结，没有抗日民族统一战线，就不可能抵御日本帝国主义的侵略，坚持抗战到最后胜利；但全民族的团结，又必须以国共合作为基础，同时反对汉奸托派投降派，并要反对"大汉族主义"压迫其他少数民族的错误政策。故纲领第一，十七等条中，皆指出肃清汉奸汪派托派及妥协投降派，以消灭一切阴谋分裂国共合作及统一占线的民族蟊贼和败类，为各抗日党派，各抗日阶级和民族的亲密合作，扫清障碍。

然而，要求晋察冀边区的巩固与发展，以坚持敌后抗战，不仅是需要全边区一千五百万同胞的团结一致，同时更须要在这一团结的基础上，实行各种有效的正确办法。因此，这一纲领，除了强调团结之外，并依照我党中央的抗日民族统一战线政策，规定边区在政治、军事、经济、文化教育各方面力求更加进步的具体方针和办法。

在政治方面，就是要澈底实现民主政治，执行党中央关于在敌后抗日政权中，实行"三三制"的决定。如纲领的第五条写道："澈底完成民主政治，□□与残全各级民意机关和政府机构，民意机关和政府人员中，争取并保证共产党员占三分之一，其他抗日党派及无党无派人士占三分之二，边区一切人民，只要不投降不反共，均可参加政府工作。"又如第六条规定："一切抗日人民有言论、集会、结社、出版、信仰及居住之自由……"无疑的，这是唯一正确的统一战线的方针，毛泽东同志早已说过："既不赞成别的党派的一党专政，也不主张共产党的一党专，也不主张共产党的一党专政，而主张各党各派各界各军的联合专政，这即是统一战线政权。"在这（统一战线政权下，一切抗日的党派皆有合法存在和公开活动的权利。这正说明了，共产党的大公无私，一切政策完全以抗战和国家民族的利益为前提。

在军事方面，因为晋察冀边区所处的环境，是在敌后方，是在敌人重围之中，就不得不不断的"摧毁敌伪政权"（纲领第二条），缩小敌占区，扩大我占区。而敌后抗战的主要斗争形式是游击战争，并为增强抗战力量，保证兵员的源源补充，所以纲领第三条和第四条的规定：要巩固与扩大边区人民子弟兵，争取伪军、瓦解敌军；实现全民武装自卫，广泛的开展民众游击战争，并逐渐实现义务兵役制等也是完全必要和正确的。

在经济方面，这一纲领的方针，也是以适应敌后抗战需要，和抗日民族统一战线政策为原则的。比如在纲领的第二、七、八、九等条，征收统一的累进税，和贸易出入口税；坚决的与敌伪进行货币和贸易的斗争。纲领第十条，更详细的指出了开展经济建设的方针，主要的是发展工商业，特别是国防工业的建立，大工业归政府公营，同时注意扶助民营工业和家庭手工业。这正是因为抗战是持久的，敌后抗日根据地是处在敌伪的包围，封锁的"囚笼"之中，一切工作，就应以准备长期斗争为出发点，就必须以经济建设为巩固与发展边区的中心工作之一，以粉碎敌伪的封锁政策，正如九月十二日本报社论所指出的："做到在长期斗争中，各根据地有取之不尽用之不竭的人力，物力，财力的不断供给。"

又例如在纲领的第七、十一、十二、十三、十四、十五、十六等条中，均具体的规定了适应改善民生的办法，特别值得注意的是：一方面实行二五减租，一分减息，几小时工作制，提高工人待遇……。这是要求地主、资本家，应以抗战和国家民族的利益为重，必须顾及到那占全国人口最大多数，在抗战中出力最大，并为争取最后胜利基本主力——农工劳苦民众生活的艰苦，少收一些过多的地租，少取得一些过份的利润，部份的改善贫苦人民的生活，这是完全合理的。另一方面，这一纲领也同样的顾及并保护一切抗战的地主资本家的利益，例如纲领第七条确定："保障一切抗日人民的财产所有权……在减租减息之后，佃户须依约纳租，债户须依约偿付利息……"；在实行八小时工作制，改善劳动待遇以后，工人应提高劳动积极性和生产热忱。（纲领第十二条）这一切就是保护一切参加抗日战争的各阶级各阶层的利益，以保证抗日民主统一占线的巩固和扩大的模范具体办法。

在文化教育方面，纲领的第十八、十九等条，规定实施普及的□务的免费的抗战教育，改进大学及专门教育，注意自然科学的研究，人材的纲领。这对于提高人民文化，促进民主政治，动员人民参战推行经济建设，均有重大的意义。

以上这些方针和办法，已为三年抗战的经验所证明，是争取抗战胜利的正确方针和办法。在陕甘宁边区、晋察冀边区及其他一切敌后抗日根据地的正是由于都实行了或正在实行着这些合符抗战需要的统一战线的正确方针和办法，故能成为全国最模范、最进步的民主抗日地区。

因此，我们相信，这一纲领，必须晋察冀边区全体抗日同胞所热烈拥护并帮助其实现。在不久的将来，全国同胞，将非常愉快地看到晋察冀边区的更加壮大与发展，看到边区一千五百万同胞的更加团结进步，看到晋察冀边区在持久抗战中辉煌地矗立在平汉、同□铁路间的山野中，成为全国将来总反攻的前进阵地。

（原载一九四一年一月四日《晋察冀日报》第一版社论）

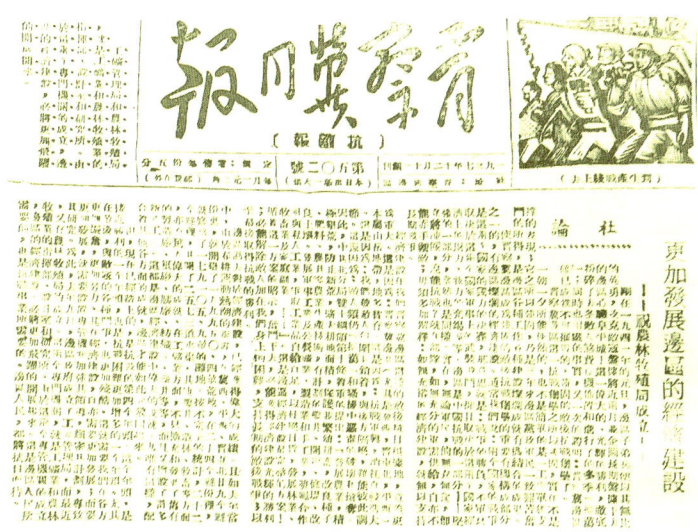

更加发展边区的经济建设

——祝农林牧殖局成立

刚在一九四一年的元旦,边区子弟兵便以其无比的英勇,攻克敌寇盘据将近两月并企图长期盘据下去的边区心脏阜平城!这一伟大的、光辉的胜利,澈底粉碎了去冬敌人煞费心机布置和进行了的冬季"扫荡"。同时也用铁的事实,又一次的证明:晋察冀边区确已成为不可摧毁的、强固的敌后抗战堡垒了。

晋察冀边区这一抗战堡垒之所以强固,实在不是一朝一夕所能使然的,也不是简单的某一工作单独支撑的表现。它之所以强固,乃是三年来边区党政军民一致艰苦奋斗的所得，是边区各种工作各种建设灿烂成就有机结合的成果。

使晋察冀边区成为强固的敌后抗战堡垒的重要有机构成部分之一的，有边区灿烂的经济建设。通常我们说：两个国家的战争是这两个国家的国力的决赛，那意思就是：战争的胜负，不单只取决于这两个国家军事上的武装战斗，抑且取决于这两个国家经济上的财力、物力的充竭等等。边区是中国抗战的一部分——坚强的一部分，当然也是同样。实在，无论军民，倘无衣无食，即立将冻馁，遑能抗战？就在部队，如无充分的军需供给，自亦不能赤手御敌；毋须多加解释：如无充裕的经济建设，就无以支持长期战争。

经济建设在我们晋察冀边区这样的敌后抗日根据地，意义更为重大。这是因为：晋察冀边区（尤其是冀西、晋东北、平西）本属山岳地带，地多贫脊。这是因为：抗战军兴，消耗自较浩大。这还因为：我们被敌人包围封锁着，与后方隔绝，难能彼此调节。这是因为：敌人频仍"扫荡"和骚扰中恶毒的破坏和抢夺。因此，中共北分局"双十纲领"第十条着重的提出："发展农业，积极垦荒，防止新荒，扩大耕地面积，保护并繁殖耕畜，改良种子、肥料、农具等农业生产技术，有计划的凿井、开渠、修堤、改良土壤。发展军事工业及公营矿业、制造业和手工业，奖励合作社与私人工业，争取工业品自给自足，以杜绝日货，发展林业、牧畜业及家庭副业……"这是边区经济建设最完整的方案！循着这一方案的昭示，奋斗下去，必能获得经济建设光辉的胜利；必能解除敌人加在我们身上的困难，支持长期的敌后战争；以至最后取得抗战的胜利。

边区过去对于经济建设，已经获得伟大的成绩。且如去年当中，由于春耕运动热潮的澎湃，在冀西、平西、晋东北廿九个县份里，就开垦了一九九九五〇点四亩荒地，在二十四个县份里，就修整了一七九一〇五点九亩的滩地。按不完全的统计，二十二个县里，共开了二五七三道水渠。其他凿井、造林、牧畜等方面，亦有惊人伟大的成就。在工矿业方面，不只扩充和发展了旧有的制造厂、纸厂、胰厂、纺织厂、矿井等等，而且又增设了许多新的工厂。这都是边区经济建设中伟大的成就。也唯有这样，配合着其他各方面的成就，边区才能如此的巩固起来。

但，现在已经踏上的，是抗战的第四个年头。这个年头，是接近胜利的一个年头，也是抗战困难更加增多的一个年头。尤其在敌后，与敌寇的各种斗争，也更加残酷。这就需要我们在各方面更加振奋，更加努力。其在经济建设，自亦需要更加发展；而要更加发展，就需要设置专管机关加强其领导，缜密其计划，专致其研究。为此，去年九月，边区政府成立了工矿管理局，而最近，又有农林牧殖局的成立。这两个专门机关，就是工矿业和农林牧殖业的指挥部、设计室和研究所。由于这两个专管机关的成立，边区的经济建设，必将更加飞跃的开展起来。这是边区人民所需要的，也是抗战事业所需要的。边区人民，都将拭目而待。

（原载一九四一年一月五日《晋察冀日报》第一版社论）

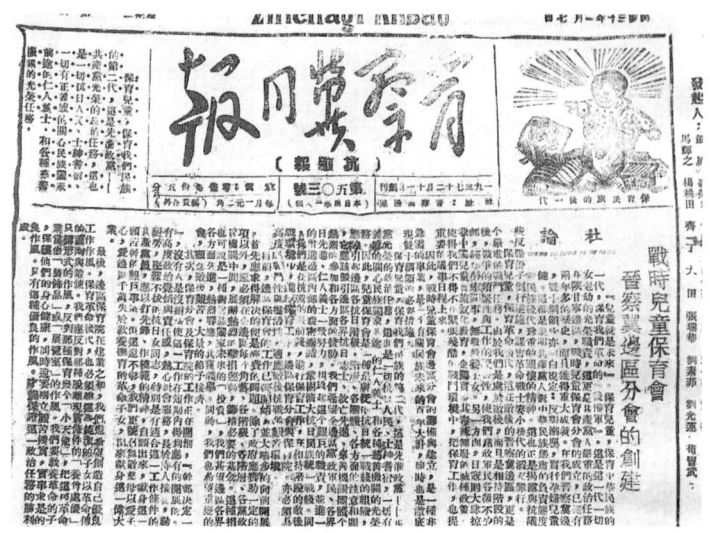

战时儿童保育会晋察冀边区分会的创建

"儿童就是未来"。保育儿童,保育中华民族的后一代,保育我们革命的"后备军"。这是这一代一切男女老幼的光荣职责,这更是共产党人严重的政治任务。在陕甘宁边区,战时儿童保育会分会的成立,已经有了两年多的历史,而且获得重大成就。在我们晋察冀边区,"双十纲领"中亦明白规定:反对溺婴,实行孕妇儿童保健。这都是说明共产党人对中华民族严肃的负责态度,对民族后代珍重的关怀的精神。这也正是揭露与抗议那些反动份子倒行逆施,谋害革命战士妻小后代的滔天罪行。

保育儿童,保育革命后代,这在敌后的晋察冀边区,更是一个严重的战斗任务。由于我们是处于敌后,而且是相持阶段的敌后，战斗的频繁性与工作的紧□性，使我们党政军民各级不少干部，经年劳瘁国事，无暇教养子女。另一方面，日寇则大肆掠夺我中国儿童实施奴化教育，企图实现其毒辣无耻的灭种政策。这使得我们不得不在紧张残酷的战斗环境中，把保育工作，也提到重要的议事日程上来。

因此，战时儿童保育会边区分会的筹备与建立，是一种非常急需的事业，是一个有关民族未来的百年大计，同时也是澈底实现"双十纲领"的必要措施。

保育儿童，保育我们民族的第二代，这是先进政党——共产党光荣的政治任务，这也是一切抗日人民、士绅耆宿、一切有正义感的关心民族国家前途的仁人义士和各种慈善机关的光荣任务。因此，儿童保育会是一种最广泛的抗日统一战线的组织，它应该引起边区各抗日阶级、阶层、各团体、各方面的注意和关心，它应该吸引边区各界抗日志士、救亡先进、慈善机关团体个人热烈的参加和各方面的赞助。我们希望全边区党政军民、各界抗日先进、仁人义士一致努力，担负起这个艰巨的职责，并进一步的增进边区内部的亲密团结，巩固扩大抗日民族统一战线。同时，我们是在抗战的最前线，进行保育工作，在相持阶段的敌后抗战环境中，进行保育工作，边区保育分会与保育院，亦必须具有高度的战斗性与灵活性，适应敌后抗战的艰苦环境。

目前，边区保育会的工作已经开始，并大踏步的向前开展着。首先应求得解决的便是经费的问题。除了政府应赞助一定的款项以外，还必须在全边区每个角落、各阶级、各阶层、各党政军民机关中间，展开热烈的募捐运动，筹措必要的基金。这种捐输也可说是一种对民族国家未来的"投资"，我们甚望边区各界、各方面先进，热烈响应，共襄义举。同时，我们也希望重庆的总会，顾念敌后艰苦，大量的给予接济。其次，保育分会及保育院的工作正在开创，"干部决定一切"，没有人是没办法使这一工作在短期内得到应有的开展的。富有高度政治觉悟与责任感、热心社会服务、长于待人接物、勤苦耐劳、坚韧不拔的抗日女同志，特别是有适合这一工作条件的女共产党员，应以打先锋、作模范的精神，自愿出来，献身这一埋头苦干的艰巨事业。但这还不够，我们更号召无数慈母以爱子之心，爱边区千万失于教养抚育的革命子女，出来献身这一伟大事业。

最后，边区保育院在建业之初，我们还希望创造自己优良的工作作风。保育革命后代，也必须给这些纯洁的子女以革命传统的薰陶与锻炼。我们应反对那种脱离现实条件的"养尊处优"，只讲形式的作风，反对那种保育几个"小天使"，把这种革命事业当做"装饰品"或"展览室"的作风。我们要教养革命的子女，保护他们的身心健康，同时还要树立艰苦朴实，实事求是的优良作风。只有这种优良的作风，才能保证这一政治任务的胜利完成。

（原载一九四一年一月七日《晋察冀日报》第一版社论）

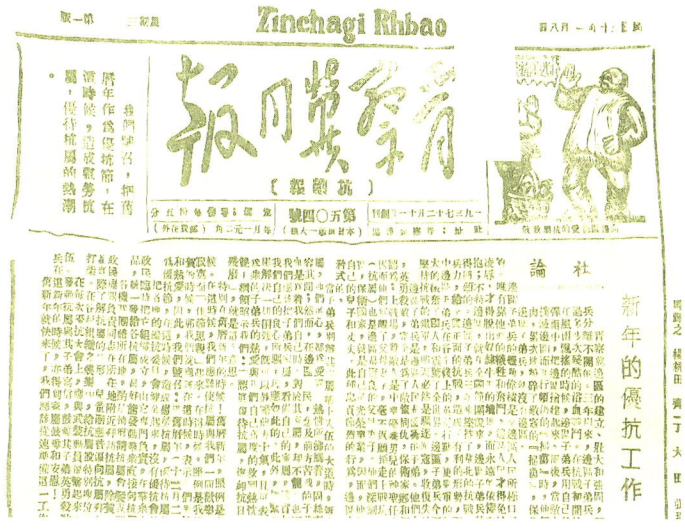

新年的优抗工作

　　晋察冀边区的建立、壮大和强固，都是与边区子弟兵分离不开的。三年以来，边区子弟兵，和敌人不知作过多少次残酷的浴血战斗。在抗战初开始，中华民族正在风雨飘摇的时候，边区子弟兵用自己的血肉，从枪林弹雨中，把边区抢建起来。尔后，当敌人用尽心机企图扑灭边区而进行频仍的"扫荡"时，他们又用自己的血肉，累次地粉碎了敌寇的"扫荡"，保卫了边区。没有边区子弟兵，就没有边区。

　　边区子弟兵的丰功伟绩是全边区人民所极口称颂和永铭在心的。唯有靠他们的牺牲和奋斗，边区人民才得免于敌寇的残杀和凌辱，才得脱出奴隶牛马的境地，而永远的依偎在祖国温暖的怀抱。不特边区，就在全国范围说来，边区子弟兵的功绩，也是值得称颂的。边区子弟兵三年来坚持了华北的抗战，牵制了敌寇的兵力，给全国正面的抗战，造成了有利的形势，而"百团大战"中边区子弟兵在各个线上的英勇行动，更严重的打击了敌人，大大的振奋了国人和震惊了全世界。边区子弟兵今天是保卫边区、坚持抗战的铁军，明天必然是驱逐敌寇、收复失地的劲旅！

边区子弟兵是边区人民最优秀的子弟。他们之所以慷慨从军、英勇杀敌，完全是为了敌忾同仇，保卫家乡和解放民族。他们认为：上战场、杀敌人是中华优秀男儿的神圣任务和无贷职责，因而他们别离了父母妻子，毫不返顾地走上战场。而其父母妻子（抗属）也是边区最贤良的父母妻子。他们深刻地认识：保卫边区、保卫国家，就是自己的光荣事业，因而，他们坚决地送出了自己的儿子和丈夫。此种忠贞节烈的行为，边区人民是应该万分矜式的。

当子弟兵别离其家属踏上入伍的大道时，无论子弟兵与其家属，他们的心，都为爱国的热情所沸腾着，固丝毫无其他杂念搅容其间。然而，在边区人民，念及前方苦战的子弟兵，其牺牲流血是为着我们自己时，对于其家属，却不能，也不应漠然无睹。我们应该把子弟兵家属，看做自己的家属，确实加以优待，这是我们自己的良心所驱，理应如此的。此外，加紧优待抗属，替抗属解决一切困难，既可以鼓励前方士气，且可表示我们对于舍身为众的子弟兵的热爱与我们自己高度的救国热忱。中共北方分局"双十纲领"昭示我们"认真优待抗属，抚恤抗日烈士遗族及伤员残废"，就是这个意思。

特别在旧历新年的时候！旧历新年，照例是人民最欢乐的时候。在这时候，我们应该使抗属与我们一同欢乐，不致使其感到寂寞而"佳节思亲"起来。在这时候，照例是我们人民团拜和祝贺的时候，那我们就应该在这时候，表示□们对抗属的崇高尊敬和热爱，因此，我们号召：把旧历年（十二月二十九到初三)作为优抗节,在这时候,造成慰劳抗属、优待抗属的热潮!

把各地的优抗委员会健全起来,没有优抗会的地方,迅速由政民临时把它组织成立,由它专门负责,在群众中募集大批慰劳品,统一发给各抗属,最好能发动群众直接向抗属送礼。各机关团体所在地,酌量情形请抗属会餐或开茶话会。

各级政民机关负责同志在所在地附近拜访抗属,除贺年及慰劳而外,并实际了解抗属的情形。儿童团应普遍向抗属拜年,并帮其担水打柴。在各村组织之娱乐中,给抗属设特别座位,以示优待。

在每次优抗大会上,应与武装动员联系起来,欢送新战士入伍。发动抗属与其子弟写信,鼓励其子弟英勇杀敌,使前线子弟兵在这新年的时候,亦得到家属鼓励和安慰!旧新年就快来了,我们应该从速准备这一工作!

(原载一九四一年一月八日《晋察冀日报》第一版社论)

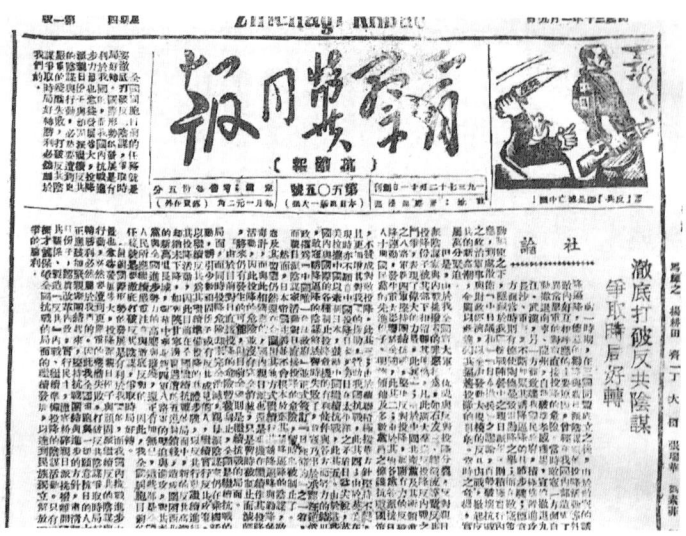

澈底打破反共阴谋争取时局好转

前一时期，在三国同盟成立之后，由于敌寇的诱降逼降，德意的劝降与新日派阴谋家的投降活动等外敌内奸互相呼应的主要原因，曾经在我国内部造成了异常严重的对敌直接投降的危险。当时敌寇一方面自动撤退南宁、龙州，自动破坏孝感机场，宣传撤退九江、武汉，另一方面致牒我国民政府，积极布置进攻长沙、重庆，不断加紧其诱降逼降的具体步骤；德意方面当时则有德使托德曼致电劝降之举；而在敌寇策动驱使之下，隐藏于我国抗战阵营中之亲日派□□则积极实行内应，到处散布"中日议和""日本撤兵"之谬论，百般破坏抗战之政治军事与财政经济，以全力发动大规模的反共内战，掀起反共的新高潮，全国以此达到其逼着投降的目的。当时之危机，实属万分紧迫。

但是，由于我全国广大军民仇视与反对投降分裂，反对亲日派阴谋家与内战挑拨者的罪恶行为，如石友三、缪徵流等辈反共投降份子被其部下扣留即其明例，凡此广大群众反投降反内战之斗争，表现了伟大的力量，此其一；由于中国共产党及其所领导之八路军新四军坚持团结抗战、坚决反对投降，展开有力的反投降运动，发生重大影响于全国，此其二；由于其他各党各派抗日人士与国民党的先进份子、明□领袖及多数党员之拥护抗战国策，不赞成对敌投降，此其三；由于苏联积极援华方针坚持不变，且更加增其对我国的援助，赞助我国抗战，此其四；由于英美在现时亦不愿意中国投降日本，美日在太平洋之矛盾日益尖锐，英美拉拢中国以牵制日本，鼓励中国继续抗战，此其五。由于这些国内与国际的各种制止投降危机的有利条件与各方面努力的结果，敌寇诱降逼降的阴谋终于暂时失败了，敌寇乃出于承认汪逆伪政权为"中国唯一合法政府"并正式签订"日汪条约"之一着，而观日派阴谋家活动对日直接投降的危险，暂时也被制止了。

然而，日本帝国主义并不会根本放弃其诱降逼降的阴谋，敌寇及其盟国仍然还在企图用其他方式继续行其诱降逼降与劝降的毒计，而与此相适应的，国内亲日派也还是乘机在继续作其投降活动，因此投降的危险并没有完全消灭，只是暂时被制止而减轻，将来仍有发生的可能，但目前全国则是继续抗战的局面。

由于目前对日直接投降的危险暂被制止，全国是继续抗战的局面，而同时投降危险却未完全消灭，亲日派阴谋家仍在乘机活动，诱引少数顽固份子或有反共成见的人，继续实行反共政策，以继续反共为其继续准备投降的具体步骤，以反共行动继续进行其投降活动，因此目前在全国继续抗战的局面中，新的反共高潮却犹未下降，如对陕甘宁边区周遭的五道封锁线，造成围困西北的新万里长城，对华中华北新四军八路军的压迫与进攻，对共产党与全国进步势力的高压与摧残，还正有加无已，这些都是全国人民所应继续严重注意与澈底反对的，因此，我全国同胞目前的任务就是要澈底打破反共阴谋，争取时局好转。

目前国际形势的发展是有利于我国的，而我国内抗战进步力量也愈益发展强大，投降派新日份子与顽固派继续反共的阴谋与行动，必然要遭到更严重的残酷失败，打破反共阴谋争取时局好转胜利必然属于我们的。因此我全国同胞与一切愿意抗日的人士正应该加紧亲密团结起来，坚持抗战团结与进步的方针，肃清亲日份子，认真改革内政，实行民主，澈底粉碎亲日派挑拨离间国共关系、制造"反共"内战，继续准备投降的阴谋活动。只有这样才能保证全国抗战的局面的继续发展，以达到民族独立解放战争的胜利。

（原载一九四一年一月九日《晋察冀日报》第一版社论）

深入解释并正确执行双十纲领

中共北分局去年公布的双十纲领,是建设边区最伟大、最精深、最具体的一个方案。实行了它,就能使边区更加巩固、更加发展,边区人民政治上更加自由、生活上更加充裕,文化上更加先进——就能使边区建立起新民主主义制度,成为新民主主义新中国的模型。自从这个纲领公布以后,边区广大人民,由之掀起了沸腾般的欢欣,因它表示了热烈的拥护。现在,它已经不只是中国共产党在边区的行动纲领,而实际上成为边区人民行动的纲领了。

双十纲领的精义,边区广大人民已经很了解了。边区绝大多数人民,差不多都能口诵其要点,心领其精神。然而,在现在,却还有少数人民,未能将此纲领中所载各个条文,透澈了解，比如：有些人，把纲领中"保证子弟兵经常满员"的"满员"，了解为"慰劳"之类，即其明例，至于边区的少数偏僻地方边陲区域，亦有仅闻"双十纲领"的名称，未见"双十纲领"之条文者；由此可见：我们对于双十纲领的宣传解释，还没有足够的深入。

一个主张，必须为人民所透澈了解和全部接受时，才能发生者行它的物质力量。何况双十纲领的实行，更必须依赖于广大人民一致努力？其次，双十纲领，在边区说来，是一个进步的建设边区的方案，在敌寇汉奸说来，却就是一柄制其死命的利刃，唯其如此，那些外敌内奸，破坏它，阻止它的实行，也不遗余力，对它造谣污蔑，曲解附会，自是意中事。倘若我们不能更深入的在人民中间解释，使人民透澈了解双十纲领的精义，那我们就不能击破敌寇、汉奸、汪派、托派、投降派等等对它造谣、污蔑、曲解、联合会，而顺利迅速的实现它。因此，在现在，深入的解释双十纲领，依然是我们的一件重要工作。

双十纲领，是关于目前晋察冀边区的一个施政纲领，"我们边区共产党人当益自淬励，坚决忠诚的为这一纲领百分之百的实现而斗争"（彭真）。事实上，在广大人民的拥护下，现在边区已经在逐步的实行着它了。但就在这实行的过程中，却发生了两种严重的有害倾向。一种是：有些不明大义的地主士绅，他们不一定顽固，但受了汉奸投降派的挑拨离间，不站在巩固统一战线的立场上，却用了报复的态度，乘机对工人、农人、青年、妇女进行着无理的反攻。一种是：一部分基本群众，因为采用或走惯了简单却是错误的办法和途径，因而习以为常，不愿采用和循走复杂曲折却是唯一正确的办法和途径，又因为受了一部分不明大义的地主士绅得寸进尺的反攻，因而对于双十纲领的执行，观望、迟疑、或消极、怠工。这两种态度，都是实现双十纲领的严重障碍，不将这两种态度收敛与根本消除，"双十纲领"是不能够迅速澈底的被正确执行的。

必须了解：双十纲领，"是澈头澈尾根据抗日民族统一战线精神确定的",那就"执行时也必须彻头彻尾根据这一精神"(彭真)。而这统一战线,又是站在进步和改善民生的立场上的。今天大敌当前,只有大家互助互让,团结一致,才能渡过难关,趋于胜利,互害互戕,只有自取灭亡。因此,边区人民、无论地主、士绅、工农,都应力体双十纲领的精神,急速矫正过去所存在的有害倾向:地主士绅放弃其反攻,"开诚布公,共商两利之道"(彭真);工农大众亦应为将来久永的利益,放弃目前小的便利;故各级工作人员,更应正确的把握自己的路线,不偏不颇,着着□□□这样,双十纲领才能迅速的、百分之百的实现,瑞星也只有双十纲领百分之百的实现,才能确保边区的巩固,取得最后的胜利。

(原载一九四一年一月十日《晋察冀日报》第一版社论)

剔除浪费厉行节约

抗日战争是长期的。支持这长期的战争，需要有充裕的财力物力，而边区在敌寇频仍"扫荡"中，对我们物资的破坏和掠夺，使我们在经济上遭受某些困难，而敌寇的包围和封锁，又使我们难能得到后方的调剂，而战争又必要付出一定的财力物力，这就决定了我们必须善于适度的使用物力和财力。

我们的敌后抗战一定要坚持，因此，困难也必须克服！而克服这一困难，就需要我们在经济上作到自给自足，作到自给自足，一方面固需发展经济建设，增加生产，而另一方面也需剔除浪费，厉行节约。

在边区，关于剔除浪费，厉行节约的口号，亦如发展经济建设，增加生产的口号一样，很早就提出来了。在过去三年中，特别是去年一年中，在节约上也已经有了很大的成绩。但，不可否认的，在各方面的浪费现象，还严重存在着，其在村财政上，浪费现象，也还很多。

说到村财政的浪费，还需要联系到关于村中各种"滥捐款"、"派慰劳"等的不良现象。在有些村庄里，"滥捐款"和"派慰劳"和变相的罚款现象仍然不时发生。这种现象，不唯有害节约，而且影响人民生活。"若不严格纠正，流弊之极，会成为变相的苛杂"（彭真）。

有些，忽视村财政的浪费现象，以为一个村庄"多少"浪费一点，无关于整个的抗战大局。这些"从大处着眼"的人们，根本就不了解部分合起来就是整个，一个村一个村合起来就是整个的边区！他们只从"大处着眼"，忘掉了从"小处下手"。而问题之发生，通常却就在那个小的、不注意的或"不屑注意"的地方。试想：一个村一年多浪费一百元，全边区合起来的数目将如何巨大！既然细流合起来可以成为沧海，那沧海也就可以因细流、或意因看不见的蒸发而枯竭。

有些人以为"捐款"和"慰劳"是"很小"的事情，同时也是应该的事情，不错，事固"很小"，而且也应该；但倘若要"滥""派"起来，那便不"很小"，也不"应该"了。试想：你来一"捐"，他来一"捐"，今日一毛，明日五分，合起来也是一个相当的数目，落在一个人民的身上，也是一个很重的负担，而慰劳——捐款也同样，那意义，本来就是出于人民的自动和自愿，若果要"派"起来，那还成个什么？至若救济灾难的捐款，优待抗属的慰劳等等，人民自动自愿，我们不唯不反对，而且还要鼓励。不是反对所有的捐款和慰劳，反对的是"滥"和"派"的捐款和慰劳。

抗战是长期的，困难将要更多，为了克服现在的及将来的困难，支持长期战争，厉行节约就是我们在经济上应有的一个措施，边区各界、各级，都应确守，其在村财政中，必须严格实行村概算村决算制度（对于物价，应一面取缔奸商操纵，一面公买公卖，废除"官价"，取消"赔偿费"），确实剔除浪费，对人民，为了减轻他们的负担，也为了节约，应该即刻停止过去所流行的"滥捐款"、"派慰劳"及类似罚款的征收，不论巩固区和游击区，都应该确实实行"保障一切抗日人民的财产所有权，人民除每年征纳一次统一累进税反对外贸易时之出入口税外，任何机关团体不得另以任何名义勒索或罚款"（双十纲领）的规定。只有这样，人民的利益，才能得到普遍的保障，财政经济，才能充裕——才能支持长期抗战，争取到最后胜利。

（原载一九四一年一月十一日《晋察冀日报》第一版社论）

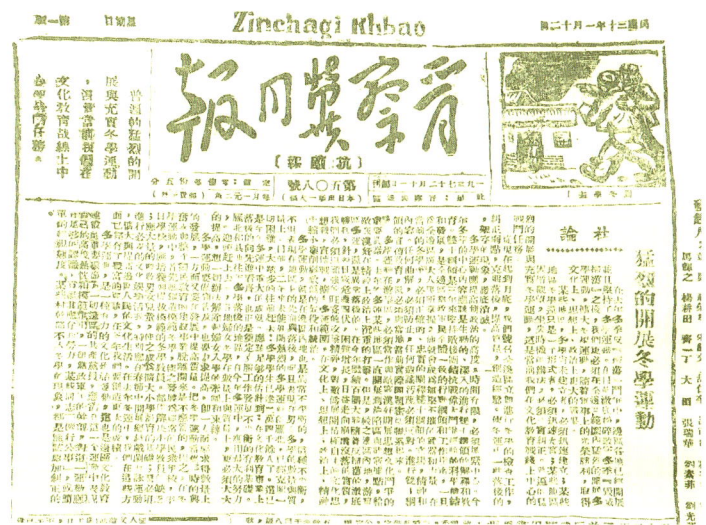

猛烈的开展冬学运动

在去年冬季反"扫荡"斗争中，边区各地已经开展并且坚持了冬学运动。在目前澈底粉碎敌寇冬季"毁灭'扫荡'"之后，我们更必须在全边区范围内猛烈的开展冬学运动，扩大冬学运动，随着军事上的光荣胜利，取得文化上、思想上、政治上更大的战果。

某些地区，冬学尚未建立者，必须迅速建立；某些地区冬学还只是一个形式者，必须迅速充实；某些地区因循观望、坐失时机的办法，必须□实纠正。普遍的猛烈的开展与充实冬学运动，这是当前我们在文化教育战线上中心的战斗任务。

从现在起到月底，我们号召全边区立即进行冬学的检查工作，纠正弱点，克服落后，提高质量，创造经验，使冬运中一些落后的、架空的现象，澈底消灭。

冬学运动应提高到政治的高度，时间有限，必须抓紧中心。今年冬学的中心内容应该是生动的、深入的进行"双十纲领"的解释和教育。"双十纲领"是三年来坚持敌后团结抗战伟大斗争经验的科学总结和发展，是全边区党政军民全体一致的行动纲领和工作指南，一旦为全边区广大人民所掌握，他就会成为无坚不摧的武器和力量。在当前的冬学中，必须正确的、忠实的阐释"双十纲领"的立场、精神和内容。任何曲解，必须防止，任何造谣诬蔑必须反对。进行"双十纲领"的宣传教育，还必须与当地当前实际问题密切联系起来。

冬学运动在游击区，必须当作与敌寇汉奸开展思想文化斗争的重要武器。去年的冬运某些地区一直开展到沦陷区与敌寇据点，给敌寇汉奸在精神上政治上沉重的打击。但是，较之边区内地，游击区冬运，还是异常落后的。在今年继续百团大胜随着反"扫荡"的澈底胜利，针对日寇危机四伏，困难增长，日益走向崩溃没落的实质，我们必须以顽强的旺盛的攻击精神，对敌伪展开积极自主的文化思想战、宣传战，扩大冬运范围，在文化上、思想上、政治上、精神上缩小与削弱敌伪的奴役和统治。

冬学运动，就是在边区内地也是异常不平衡的，这种不平衡，不但表现在地区上的先进与落后，而且表现在男女冬学的数量与质量上。目前，二年来未能展开热烈的冬学运动的雁北，已经克服一切困难，大踏步的往前赶去：冬学学生已达一万四千余人了。这已是今年冬运中重大的成就。应该足够的估计到：在文化教育事业上落后的向先进看齐，也正是奠定克服工作发展不平衡的有利基础。雁北和其他往年冬学落后的地区，在今年冬运中，应用最大的努力，"迎头赶上去"，各地妇女冬学在数量上与质量上，更必须大大的提高，想一切办法解除对妇女入学的牵制和束缚。

冬学运动要做到普及，也要力求提高，即一方面要求得数量上的发展，一方面又要在发展中提高质量。把冬学运动当做一时的兴奋或与整个国民教育的建设事业脱离开来是不应当的，因之，在冬学运动中，首先应创造模范冬学，使之发展为经常的民众学校、半日学校，应培养与提拔模范的冬学教员，部份解决小学教员的缺乏；应大量的吸收男女儿童，使之成为扩大小学教育的基础；还必须进行必要的文化娱乐活动，特别应在春节中开展乡村戏剧歌咏运动，扩大与提高边区人民的文化生活。在去年冬运中，我们在这些方面已经有了丰富的经验，在今年我们要创造更大的成绩。冬学运动，是一种有力的文化政治运动，这也是边区文化教育建设的重要环节，一切边区的共产党员，应当在这一个运动中表现自己的高度热忱和模范作用，一切党政军民的干部，对这一运动应有足够的认识，贡献其应有的劳力，某些同志"例行公事"，或简单的轻视态度，某些村干部不入冬学的现象，都是应该严加纠正的。

（原载一九四一年一月十二日《晋察冀日报》第一版社论）

热烈拥护与加入政民平粜局

最近边区政府举办了政民平粜局。政府投资三百万元，并招民股三百万元以上，共计是六百万元以上之大款管理平粜。政府三百万投资，《政民平粜局暂行简章》《政民平粜局招股启事》，以及《关于集股购粮办理平粜给予各级政府的指示》，业已分发各专区县了。全边区同胞，听到这个好消息，应该是如何热烈地起来，拥护与加入政民平粜局呵！

《政民平粜局暂行简章》上写着：

"本局宗旨，在政民合力，经营平粜。调剂市场粮价，改善民众生活，防止春荒灾荒，充裕抗战力量，以与日寇抢劫烧毁粮食摧毁抗日根据地的阴毒政策作坚决斗争。"

这就是说：平粜局办起来了，首先对于国家民族有莫大的好处。因为平粜局：第一是防止春荒灾荒的一个好办法；第二是充裕军政民抗战粮食的一个好办法；第三是与日寇作粮食战的一个好办法；第四还是发扬团结互助精神的一个好办法。

这就是说：平粜局办起来了，对每个抗战民众也有莫大的好处。因为：第一、依靠买粮吃饭的人，可以买到比市价更便宜的粮食；第二、有粮食出卖的人，及时把粮食卖到平粜局，完全可以得到与市场相等的价钱。有时还可以得到比市场更高的价钱，那就好处更加多。

这就是说：平粜局办起来了，对于每个入股的股东也是有很大的好处。因为：第一、他入股，表现了爱国家爱民族抗战团结到底的一片的忠诚；第二、入股后，他每年还可以分得多少红利。

这个政民平粜局既有利于国家民族，又有利于全体民□，而对于每个股东，更是名利两得。全边区同胞应该热烈的来拥护平粜局。存粮存款的更应该踊跃投资加入平粜局。

正由于全边区同胞定会热烈起来拥护与加入政民平粜局，就使平粜有着必然胜利的基本条件；更加上我们澈底实现了民主政治，全体民众都有了高度的政治觉悟和坚持抗战的决心，我们有了数年来粮食战线上胜利的丰富经验，以及一九四〇年一般的丰收等等优越条件，争取在最短的时间内，完成平粜局的第一步工作——集股购粮——是完全可能的。边区政府在《关于集股购粮办理平粜给予各级政府的指示》上，指出：

"希望你们努力，争取在民国三十年二月二十日以前澈底的完成这一任务（即平粜集股购粮之任务）……这一任务，是重要而且迫切的。……我们计算到时间，约要半个月的充分准备，便可热烈展开运动和突击。一般的说，武装动员结束，正是这一运动的开始。可是这一运动（平粜集股购粮运动）是有时间性的，约在旧历年关前半个月左右的时日，为我们平粜集股，购囤粮食最重要的时机。这是有决定意义的时机。"

这就是说，政民平粜，集股购粮，各地要立刻准备，开展运动，争取在旧历年前举行突击，争取在旧历年底澈底完成。

这样短的期间，完成这一平粜集股购粮工作，是可能有许多困难的，但是由于全边区同胞热烈的拥护与加入，由于一切胜利的优越条件，可能遇着的困难，我们一定都能够完全克服的。我们定能争取到这一运动的胜利的。

一九四一年已经到来了，旧历新年也跟着就要到来了。全边区同胞，热烈起来拥护与加入政民平粜局吧！让我们以平粜集股购粮任务的完成来作恭贺新年的礼物吧！

（原载一九四一年一月十四日《晋察冀日报》第一版社论）

庆祝晋察冀边区成立三周年

今天是晋察冀边区成立三周年纪念日,逢着这个伟大的日子的来到,全边区人民应该,也一定用自己无比兴奋和激荡的心,热烈地对它纪念和祝贺!应该记得边区成立时的情形!边区是在抗战开始后六个月的时候成立的。那时,敌人正用他优势的兵力,由北向南地直迫下来,太原已经失守。敌人的炮声震撼着华北的原野,敌人的飞机,在天空里傲笑着,中国的大军南撤,全国的人心浮动,到处笼罩着愁惨的云雾,到处弥漫着失败的情绪——这就是边区成立时华北以至全国的情况。

就在这样一个时候,晋察冀边区成立了。边区的成立,曾严重地打击了敌寇,粉碎了它对华"速战速决"的狂妄计划；高度的兴奋了国人，扫除了他们的失败情绪，提高了他们抗战的信心；大大的震惊了世界人士，使他们深刻地认识了中华人民的坚强，而提高中国的国际地位！同时，也用实际的事实，给全国人民证明了建立敌后抗日根据地的可能！

晋察冀边区在敌后坚持抗战已经整整三年了！在这三年中，边区一刻不停地迅速发展着：各种工作，飞跃的开展，各种建设，猛烈的进步。现在，边区人民，在政治上，已经获得民主自由，生活已经得到了相当的改善，文化上已经有了显著的提高。

晋察冀边区，不只是一个坚强的、模范的抗日根据地，同时也是一个新民主主义新中国的初步模型。晋察冀边区之所以如此，乃是边区党政军民在不断的、残酷的各方面的斗争中，艰苦奋斗的结果。正因为它是一个坚强的模范抗日根据地和新民主主义新中国的初步模型，就引起了敌寇、汉奸、亲日派□它极端的恐惧和憎恶！这些外敌内奸无日无时不在企图着破坏和摧毁这个根据地。三年以来，敌寇对它进行了多少次的"扫荡"，在政治上、经济上进行了各种的阴谋进攻；而汉奸托派汪派投降派以及顽固份子，也配合着敌寇，对它一度、再度地进行了各样破坏活动。

然而，不管它们怎样用尽心机，这些外敌内奸们的"扫荡"、进攻和破坏，都在边区党政军民一致努力之下，统统粉碎了！也正因为不断粉碎了外敌内奸们的"扫荡"、进攻和破坏，晋察冀边区才愈益巩固和坚强起来！晋察冀边区处于全国战场的北端，在敌寇的远后方，扼着敌寇的咽喉。只要动手，随时都可切断敌寇的动脉血管——平汉、平绥、正太、同蒲四路，使敌人对我大后方的进攻和华北的统治，受到极其严重的威胁，因而，无论何时，敌寇必须留一部兵力，驻守华北。就这样，□年以来，晋察冀边区曾牵制了敌寇不少的兵力，为全国正面战线，造成有利的形势。正因为他是全国北端的一个抗日根据地，将来反攻时，晋察冀边区，也必然是驱逐日寇、收复失地的前进阵地！然而，也正因为这样，配合着国际国内现有的形势，敌寇对它的"扫荡"，将愈益频仍；各种进攻，也将愈益残酷。因此，在边区成立三周年胜利度过后的第四个年头，将是困难更多的一个年头！这就需要边区党政军民各方面在今后的一年中，更加艰苦的努力，克服这些将要来到的更大的困难，争取这一年的胜利。应该澈底实现"双十纲领"，完成边区民主政治的新建设。应该充实与壮大我们边区的子弟兵，保证它的经常满员，广泛开展群众游击战争，粉碎敌寇将来频仍的"扫荡"。应该加强根据地内各阶级各阶层的亲密团结、同心协力，应付可能到来的一切困难。应该积极的发展生产，活跃我们的金融贸易，从生产和流通上，充裕边区的财力物力。应该剔除浪费、励行节约、坚决实行预算决算制度以节省不必要开支。应该迅速开展敌占区和突击落后地区的工作，缩小敌占区并平衡边区各地的工作。各级机关、团体、工作人员，应该严厉肃清一切强迫命令与官僚主义的不良的工作方式，高度发扬正确的民主作风。能如是，加上我们过去三年来各种斗争的辉煌胜利和各种工作的灿烂成绩，我们定能克服可能到来的一切困难，争取到更多的胜利。能如是，边区成立的第四个年头，也必将是胜利更多、进步最快的一个年头！

谨以此庆祝边区成立三周年。

(原载一九四一年一月十五日《晋察冀日报》第一版社论)

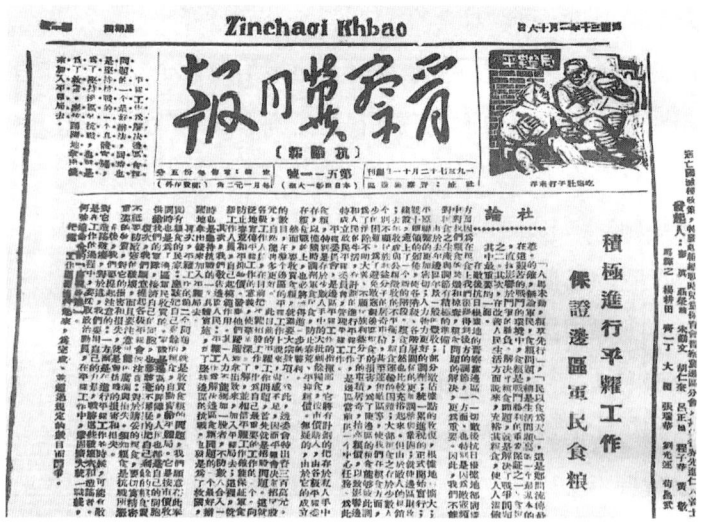

积极进行平粜工作保证边区军民粮食

"人马未动,粮草先行","民以食为天",这是乡间流传最广的俗谚。的确,无论军民,食粮问题,总是生活问题里的一个最基本的问题!在这艰苦的战斗的环境中,食粮是战斗胜利的重要保证之一,食粮之充竭,直接影响于斗争的胜负。解决了粮食问题,就是解决了战争问题的三分之二。其次,在改善人民生活方面说来,充裕其粮食,使人人温饱,也是其中最重要的一面。

在敌后抗日根据地的晋察冀边区(一切敌后抗日根据地都同样),一方面因为在粮食上我们很难得到后方的调节,一方面,也特别是因为敌寇频仍"扫荡"中对我们粮食的焚毁和掠夺,粮食问题的解决,更为重要。因此,我们不能不预先对粮食之生产与调节有积极的准备！

由于去年边区年景一般的丰收；部分敌占据点的收复，根据地的扩大；山地与平原联系的更加密切；人力物力更好的调剂；统一累进税的正式开始实行；特别是双十纲领的颁布，使各阶级、各阶层关系的更加调整与巩固；就使边区财政经济的建设，走上了一个新的阶段。粮食自然也比较充裕起来。但由于敌人的封锁与破坏；去年收成与公粮征收的不平衡；粮食运输的困难；大部粮食之存于少数人手中，个别不顾民族利益分子的居奇市积，甚至运售适区等，使我们在粮食方面，仍有不少的困难。为了避免敌寇对边区粮食的损害，为了使边区的粮食能够彼此调剂，也为了消除不明大义、不顾民族利益分子的屯积居奇，抬高粮价，以致影响边区军食和人民的生活，有计划的进行平粮工作，是边区当前的一个中心任务。为此，边区特成立政民平粮委员会，管理平粮工作。

平粮委员会，是边区平粮工作的指挥部，它将有计划的把存于私人手中的剩余食粮，特别是存于少数人手中的大批剩余粮食，按市价购入，由各级平粮委员会保存，以备随时调剂军食民食，防止春荒、平抑粮价。无疑的，由于它的成立，边区在粮食战线上，也必将获得进一步的胜利。

然而，要收买食粮，就需要大宗款项，为此，边委会特出资三百万元。但这样的数目，在整个边区的平粮工作上说来，尚感不足，因而平粮会决定招民股三百万元，自然能再多更好。此目前的平粮工作问题，首先就是招股问题。这就需要：各级工作人员，在目前把平粮招投工作，作为自己最重要的工作的一个。向民众广泛地宣传平粮工作的意义，使群众深入了解，并相信平粮工作确能保证军食民食，防止春荒和平抑物价。发动他们踊跃地拿出款来，加入平粮局去；这里，就需要各级工作人员，自己起模范作用。其一人力不能独加一股者，不防数人合入一股。

其次，我们敬告边区人民：平粮工作为解决边区食粮问题的一个最好办法，同时也是坚持抗战的一个具体实施，为了坚持边区的抗战，也就是为了救国，应该踊跃地拿出钱来加入平粮局云。

再次，平粮工作的第二个问题，就是收买食粮的问题，我们愿意在此奉告全边区有粮食的民家：应该把自己剩余的粮食，自动卖给平粮局。它是按市价收买的，同时也是为了边区军民收买的，军队是边区的屏障，人民也都是自己的同胞，为了供给我们的军队，接济自己的同胞，也应该毫不迟疑的把自己剩余的粮食卖出来！

复次，我们愿意提起各级平粮会的注意：对于购妥的粮食，要切实精密收藏，不只要防敌寇的破坏，而且要注意可能的腐烂与损失。须知粮食是抗战所□依的最重要的物质，对它的损害和损失，就是对抗战的损害和损失。

最后，我们要提起注意的：一方面是在进行平粮工作的时候，可能有敌寇汉奸对它造谣破坏，对于这，我们要用自己的力量，占用这些破坏者和造谣者。一方面是在工作的过程中，要采取政治动员，在平粮工作中，巩固扩大统一战线，反对任何强迫命令的"□□政策"。

把这个工作□□进行起来，为完成、并超过规定的数目而斗争。

（原载一九四一年一月十六日《晋察冀日报》第一版社论）

为茂林的惨变而控诉

江南新四军军部及部队万余人。在叶、项正副军长亲自率领之下，遵奉军事委员会命令及第三战区司令长官顾祝同指定路线，向苏南转移北上，行抵泾县以南太平以北之茂林地区，突被国军四十师、三十九师、五十二师、一〇八师、一四四师等七万余人，重重包围，惨加聚歼，惊耗传来，举世震愤。查此次聚歼新四军之计划，实属蓄谋已久，布置周密，乘新四军之不备，诱之入围，企图达到一网打尽之目的。据新华社十一日电讯：被围之新四军，自本月六日起被迫忍痛苦战已达七昼夜，死伤惨重，弹尽粮绝，势必全部被歼；而本日中央社军讯则谓新四军已于本月十二日悉被"解决"，叶挺军长业已"就擒"。亲爱的同胞们！这是多么惨痛的消息？！这是何等不幸的事件？！

三年以来，新四军在叶、项正副军长指挥之下，转战大江南北，驰骋敌后，浴血抗战，复地克城，屡建奇功，全军战士皆大江南北之优秀子弟，与当地父老兄弟诸姑姐妹血肉不可分，其杀敌致果，捍卫国家民族，保护广大同胞之生命财产，至诚至忠，昭如日月；其执行中共统一占线方针与国民政府抗战建国之国策，三年如一日，亦从无违爽。三年来，在最困难的环境下，新四军将士含辛茹苦，百折不挠，坚持大江南北之游击战争，无数次粉碎敌寇之围攻与"扫荡"，固为敌寇切齿痛恨之心腹巨患，而亦因此遂为汪派汉奸与国内亲日派投降派份子所侧目嫉视，朝夕设计加以毒害，必欲置之死地而后甘心。最近，由于国内对日直接投降危险暂被制止，敌寇与亲日派诱降逼降阴谋又一次宣告失败，亲日派投降派仍益加紧其挑拨反共内战之活动，而国内顽固派昧于国家民族生死存亡之大义，受敌寇嗾使亲日派投降份子之挑拨怂恿，竟不顾抗战团结之大局，对八路军新四军横加残酷无理之压迫，在全国实行反动的高压政策，而此次茂林围歼新四军之惨痛事件遂不幸爆发。

本来，限令新四军北移，已属不合情理至极。因为新四军部队，原是地方人民之优秀子弟，依据蒋委员长庐山谈话及历次告谕陷区同胞书中所云"地无分南北，人无分老幼，皆有抗日救国之责任"而相继奋起，汇成抗日之武装，匪□为保卫国家亦为保卫自己之家乡，一旦令其离弃家园，远征北地，其事至难；而游击战争需要广大回旋地区，更为人所共知者，若必使之局处一隅，定遭敌人之围歼；况北方连年灾情惨重，一部份军队尚须南移就食，欲驱南方军队北移，无异令其就死；且新四军后方家属，历次遭内奸之包围与捕杀，若□军队北移，更将毫无保障，谈虎色变，军心之不安可以□见，新四军既为国家合法之抗日军队，连年苦战，有功于国，理应受赏，不应受罚，然新四军将士在中共领导之下，为顾全大局，一面向当局沥陈苦衷，一面集中江南部队遵令北移，公忠体国，仁至义尽，不意此种为全国人民所共见的光明磊落行为与忠义之心，竟遭亲日派投降份子与顽固派之暗算，所谓北移命令，竟成为亲日派与顽固派诱致聚歼之毒计，事之痛心，孰甚于此，天地人间，宁有是理？！

此种惨痛的不幸事件之发生，实使民族抗战力量，遭受重大的损失，朱、彭、叶、项元日通电有云："今不问对敌行动如何，但对我则是聚歼。何白两总长佳电、□电所称之仁义道德何在？所谓破坏抗战、破坏团结者究属何人？所谓命令、军令、军纪者究置何地，似此滔天罪行，断不能不问责任。同时，全国正准备大批逮捕、大批杀人与袭击八路军各办事处。在西北修筑万里长城之封锁线，在华中则派遣二十余师正规军，实行大举进攻，国内局面，顿改常态。我八路军、新四军前受日寇之'扫荡'，后受国军之攻击，奉命移防，则遇聚歼；努力抗战者，则被屠杀。此而可忍，孰不可忍？"此种事态如不迅速予以有效的制止，□不仅不利于共产党、八路军、新四军，且更不利于国民党，而最不利于全国人民与中华民族，因为这种反共战争的结果必引起全国的内战，使国共两党两败俱伤，全国四分五裂，而主持此内战之人，无论其地位如何，结果必致身败名裂，中华民族团结抗战之局必致完全破坏，徒便利于敌寇与亲日派实现其亡国与□国的阴谋诡计，这是民族国家垂死存亡之所系。共产党、八路军、新四军有数十万党员与数十万军队，其忠诚于民族与人民大众之利益，举世尽知，其政治军事的力量，经长期斗争之锻炼而愈益增强，若云内击，又奚所惧？只是国家抗战大局不能不顾，民族生死关头不能不虑，所以矢志坚持统一战线方针，坚持团结抗战到底，此种精神，无论遇何险阻，誓必澈贯始终。

但是，我们对于此次茂林的痛惨事件，站在团结抗战的立场上不能不向当局严正抗议，向全国同胞沥血控诉，我们希望全体同胞万分紧急的动员起来，一致抗议顽固派的滔天罪行，要求当局□于聚歼新四军的惨变，依人民公章速谋善后办法，并即撤退华中之剿共军，平毁西北之封锁线，停止全国的屠杀，挽救危局，保全国命；我们希望国民党明达领袖与多数党员，本孙中山先生革命的三民主义与三大政策，积极奋起，制止黑暗的反动，为抢救中国国民党的党运与国脉而奋斗：我们希望全国各党各派与无党无派的明达人士主持公论，仗义执言，在此抗战成败大局与民族生死存亡的紧急关头，力挽狂澜，为制止反共内战、争取时局好转而坚持努力。

（原载一九四一年一月十九日《晋察冀日报》第一版社论）

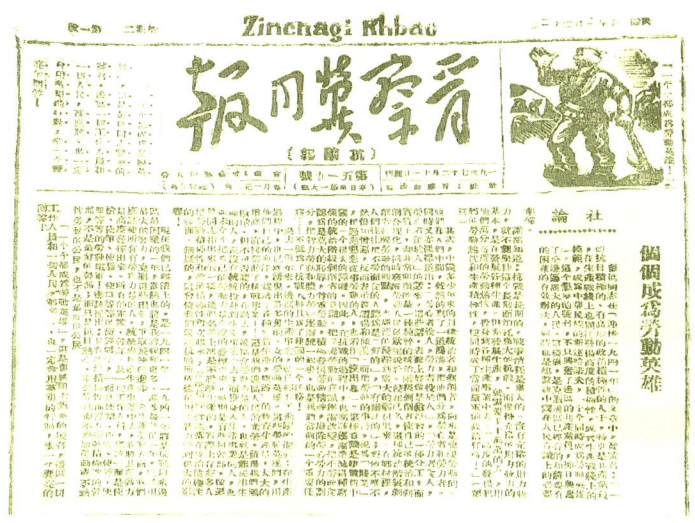

个个成为劳动英雄

彭真同志在"迎接一九四一年"的文章中，曾号召："一切抗日积极的、有高度的政治积极性的人士，特别是共产党员，在生产战线上也同样发扬高度的积极性，成为生产战线上的模范，成为中华民族的斯达哈诺夫，一个个同时成为劳动英雄"。这个恳□的号召，不只兴奋了边区的共产党员，抑且兴奋了全边区广大的人民。这样做，是克服边区已经有的和将要有的困难的有效办法，同时也是建设新中国在人民意识上的必要准备。

谁都知道：抗战是长期的，战争消耗是庞大的。没有充裕的财力物力，就不能坚持这个长期而消耗庞大的抗战。而获得充裕的财力物力的基本，是在发展各种生产。但要发展生产，就需要千千万万的人，用他们万分高度的劳动热忱，投身到各种生产事业中去。"高度的发扬我们的劳动热忱和生产积极性，使同时成了当前严重的政治任务！"（彭真）

其次，中国多少年来的封建统治者和剥削者，向来是藐视劳动的。他们在人们中间，截然的划了一道鸿沟，把他们分为劳心者和劳力者。同时又赤裸裸道出："劳心者役人，劳力者役于人"，"劳力者食人，劳心者食于人"的话来，这些话，表面上好像是给社会的一种分工，而实质上，却非常明显的是一种纯粹的统治阶级剥削者使自己的统治和剥削合理化，同时麻醉劳动人民的欺骗说教。浸淫已久，这种统治阶级剥削者轻视劳动的观点，也广泛的浸淫到广大的乡村里来。在乡村里，人们往往把不劳而食的人认为是"好的"，"有办法的"；对他不唯不忿恨和憎恶，反而表示着赞扬和倾羡。而把劳动的事务，视为"贱业"，把勤勤恳恳从事劳动的人，也看作"没出息"。这种意识是建设新中国的一个很大的障碍。因此，在抗战的过程中，也应该逐渐消灭之种腐烂的统治阶级剥削者的意识。把轻视劳动的意识逐渐改变，把不劳而食认为是莫大的耻辱，尊重劳动，积极发扬劳动精神，废除劳心劳力的划分，把智力劳动和体力劳动逐渐统一起来，也是我们当前的一个重要任务——不只为了抗战，抑且为了建国的一个任务！

过去一两年来，边区的生产事业，就已经有了飞跃的进取；在生产过程中，也已经涌现出许多男的、女的劳动英雄。这些劳动英雄们，用他们自己的血汗，栽培了各种物质生产，使边区的物资生产量，大大的增高，直接帮助了抗战事业——这是我们边区人民的光荣，值得我们骄傲的。但不可否认的，在过去，边区有劳动力量的人，也就是能从事生产的人，还没有统统投身到生产事业中去；而投身入生产事业的人，也并未个个把自己的劳动力量高度的发挥出来。特别是有些村干部，像彭真同志指出来的一样，他们名义上都是不脱离生产的，实际上有好多人把劳动积极性和政治积极性对立起来，劳动积极性远落在政治积极性的后面。无疑的，这会使我们边区抗战所依据的财力物力受到很大的影响！

现在我们已经踏上的，是一九四一年，一九四一年将是抗战以来边区最困难的一年，当然也将是我们胜利更多、进步最快的一年。应该用最大的努力，克服这些困难，争取飞快的进步！在生产劳动方面，我们应该使所有有劳动力量的人，统统参加进生产事业中去，并将其劳动力最高度发挥出来。所有的军队、干部，及一切工作人员，应该一面是使枪、使笔、使脑、使口等等的冲锋战士，一面是使犁、使镐、使斧、使□等等的劳动铁军！应该提出：只有政治积极性而没有劳动积极性的干部，不是最好的干部；而只是抗日热心，奉公守法而不参加劳动或不热忱劳动的公民，也不是最好的公民。

"一个个都成为劳动英雄"，这是彭真同志恳切的号召，边区一切工作人员和一切人民，都应该、也一定会用英勇的行动，来一个响亮的回答！

（原载一九四一年一月二十日《晋察冀日报》第一版社论）

论抗日根据地的各种政策

　　敌后抗日根据地，被敌寇汉奸认为是他们的"心腹之大患"，而对于我们民族国家，则是坚持抗战实行建国的重要的基础。正是因为如此，所以在敌我战略相持阶段中，敌寇调动了差不多在华半数的兵力来不断地残酷"扫荡"这些根据地；而投降份子则秉承日寇意志来加紧破坏与捣乱这些根据地。在敌寇残酷"扫荡"与投降份子破坏捣乱的情况之下，敌后各抗日根据地的环境，现在无疑地是极其困难的。为着克服当前的困难，巩固抗日根据地与坚持敌后抗战并争取全国抗战胜利起见，抗日根据地的工作者，一方面需要不屈不挠地反对敌寇的"扫荡"与投降份子的破坏，同时需要精致细密地实行各方面的政策。敌后各抗日根据地在各种政策的实行上，虽然存在有颇大的不平衡性，可是各地所有的光辉成绩，却是不能否认的，我们应当重视这些成绩，但我们决不能以这些成绩来自满，而且在指出成绩中，我们也不能不详细检查我们的缺点。我们的缺点当然是有的。其中主要的则是对于坚持抗日根据地的长期性，还估计得不够充分；对于各阶级关系的调整，还规定得不够明确，对于根据地的各种政策，还实行得不够细密。为着进一步巩固抗日根据地，以便更有力地反对敌寇的"扫荡"与投降派、反共派的破坏起见，我们必须改变过去实行政策的一向的粗枝大叶的状态，这种粗枝大叶的状态，在抗日根据地的创造时期，曾是不可避免的；但是现在已经到了必须为精致细密的实行所更替的时候了。

抗日根据地是以实现抗战建国纲领与三民主义政纲为自己政治方针的。这一方针是完全正确的。我们以为：要是遵循着这一方针前进，必须估计到现在敌后的斗争环境的艰苦和日寇的挑拨阴谋的加紧，因此，抗日根据地的工作者以后必须更加注意下列三点：

第一，应当时时刻刻仔细注意到抗日民族统一战线的巩固与发展，确切照顾统一战线内各阶级、各阶层的利益，所以在清楚顾及人民大众利益的条件下，必须使地主、亲家能够保有一定的利益与地位，以便适当地调整各阶级的关系，打击日寇诱引地主、亲家的阴谋，以巩固敌后的团结抗战。

第二，必须更广泛地更深入地推行民主，坚决执行政权组织的"三三制"。抗战建国是伟大的事业，非群策群力不为功。因之，对于各党各派无党无派的忠实于抗战建国的各种人材，必须更加相与共同合作和团结，尊重爱护他们，而对于狭隘的胸怀与包办的作风，则必须加以反对。

第三，抗战建国是一个长期的斗争，所以抗日根据地的一切工作，必须从能够长期坚持的观点出发，因之适合于现在斗争条件的一定正规制度的建立，是完全必要的，而且在现阶段上，已是充分可能的。根据三年前以来□□抗日根据地实行三民主义政策的伟大成绩与丰富经验，共产党中央现正准备拟定各种成文条例，而其在抗日根据地已经实行或正实行的则是：

在民族主义方面：我们主张对日坚决抗战到底，反对向日屈膝与投降，我们坚持抗日民族统一战线，联合一切真正抗日的友军、友党人士，共同抗敌作战，反对勾结日寇抗战的投降分子（如石友三等），反对准备投降的阴谋活动，反对汉奸伪组织。在抗日根据地上，对于各种汉奸，分别地具体处理：坚决的汉奸，坚决的加以镇压；对于胁从份子，则争取其回头为祖国工作；对于敌军伪军的俘虏，则采取释放政策，不□以侮辱；对于其中多少带有抗日性的份子，则争取其为抗战服务。在争取民族解放的武装力量上，我们于坚持敌后艰苦抗战的过程中，锻炼了五十万人的坚决抗日的武装，我们现在向全国宣布：我们欢迎各党各派及无党无派的真正抗日的人士，来八路军、新四军共同抗战，并给以优于一般共产党员的特别待遇。对于少数民族，则我们给以平等的待遇，遵从民族自决的原则。在目前，则主要争取他们与汉族巩固团结，共同抗日；反对大汉族主义，对于他们的歧视与压迫。对于抗战以外其他国家，则我们主张亲密联合苏联（如孙中山先生死前所曾再三嘱咐的），亲密联合各国劳动人民与被压迫民族。同时，在独立自主抗战建国的原则下，正确利用各帝国主义间的矛盾（如两大帝国主义阵线间的矛盾，与同一帝国主义阵线各国间的矛盾）；但同时，反对卖身投靠于任何帝国主义国家，所有以上这一切，都是完全适合于孙中山先生的民族主义的，是民族主义在现在的正确的具体的实行。

在民权主义方面：我们在抗日根据地的政权问题上，主张实行三三制的政权组织；共产党员只占三分之一，或甚至少于三分之一，其他友党及无党的抗日人士占三分之二；我们不但不排挤，而且欢迎愿意团结抗日的民族资产阶级、开明士绅，小资产阶级的代表参加。我们不变成国民党的一党专政，我们也不主张共产党的一党包办。在抗日根据地人民民主权利问题上，我们主张一切不反对抗日的中国人，都有同等的人权以及言论、集会、出版、结社、思想、信仰的自由权；任何不反对抗日的地主、资本家都可以安全地享有自己的财产。抗日根据地上的民主政府，仅仅干涉在抗日根据地内真实进行阴谋，发动破坏抗战的份子，其余则一律不加干涉，并加以切实的保护。所有以上这一切都是完全符合于孙中山先生的民权主义的，这是民权主义现在的真正的具体的实行。

在民生问题方面：我们在抗日根据地的经济政策上，主张积极发展工业、农业的生产与物品的流通；我们欢迎他地的资本家到抗日根据地上开关实业，并切实保护他们的营业；我们奖励民营产业，而把地方抗日民主政府所经营的企业，以当作整个生产贸易事业的一部份；我们主张以发展生产事业，调剂货物流通来达到根据地各区域经济上的自足自给；我们主张抗日根据地上的贸易自由，而对于敌寇破坏我抗日经济力量，掠取我沦陷区资材来实行"以□养战"的诡计，则坚决予以打击。在抗日根据地的财政政策上，我们主张按照财产的多少来规定纳税的多少。除多数最贫困的人民免税外，其余的公民、工人、农民、城市小资产阶级、资本家、地主均在内，都按财富有纳税义务；而不将税款完全放在地主资本家身上。我们反对对工农采取放款贷款的办法。我们也反对对地主资本家采取这样的办法。我们主张实行适于团结抗战建国的合理的税收。在抗日根据地的劳动政策上，我们主张：为着发动工人的抗战积极性，必须实行适当的改良劳动待遇，但增加工资与减少工作时间，均有一定限度，不能过分。在目前，为着增加抗战生产的需要，在某些生产部门可以大量采取十小时工作制，劳资间订立劳动契约，在订约后，资本家固须遵行，工人亦应遵守劳动纪律，以便使生产可以正常地进行。对于劳资间的关系，必须站在团结抗战建国的立场上随时加以适当的调剂。在抗日根据地的土地政策上，我们坚决驳斥"现在华北已实行土地革命"的无稽论调。现在我们只是主张适当地减轻农民负担来发动农民抗日的积极性。为了这点，我们主张在地主债主方面，适当地减租减息。地主一般地以实行二五减租为原则，按照具体情况可以高至四六分制，至三七分制（即农民得六成或七成，地主得四成或三成）而不要超过这一限度，利息一般的减到社会借贷关系所允许的程度，但亦不要超过这一限度，使农民借不到债款。地主及债，保有土地财产的所有权。至于农民方面，则在减租减息后，应继续交租交息，这是坚持团结抗战对农民与地主关系所应当进行的调剂工作。在抗日根据地的人民文化生活上，则我们主张应当普及和提高群众的抗日知识和民族自尊心。我们欢迎自由主义的文化工作者、新闻记者、教育家、学者、专门家来抗日根据地，共同进行文化建设与多方面的抗战建国工作。我们欢迎一切抗日青年来抗日根据地入学。我们主张在抗日根据地内，实行正规的国民教育制度，大大发展各方面的文化事业（学校、出版事业以及其他文化机关）所有这一切，都是适合于孙中山先生的民生主义的，是民生主义在现在的确实的具体的实行。

上边这些民族主义民权主义民生主义各方面的原则，都不仅是我们所主张的，而且是已经实行或正在实行中的。

敌后抗日根据地在三年余来的工作中，已经建立了三民主义新中国的雏形，以后要百尺竿头，更进一步来精确细密地实行各方面的政策，敌后抗日根据地实行三民主义政纲的显著功绩，是值得为其他尚未实行三民主义的地区所效法的。可是，现在却有人将功作罪地责难复种面积后抗日根据地的实行三民主义的努力；责难抗日根据地的在军事政治经济文化各方面的建设，企图使积极建立建国基础实行三民主义的地区，后退为建国基础还没有建立，三民主义还没有实现的地区，不正是直接有利于敌寇吗？我们希望全国抗日人士，在认识了抗日根据地的各种政策之后，能够清楚在识破种种流行的关于抗日根据地的谣言，并给敌后艰苦奋斗的抗日根据地以多多的帮助与有益的指教。

（解释报广播社论）

（原载一九四一年一月二十二日《晋察冀日报》第一版社论）

抗议无法无天之罪行

在前几天本报刊载的元日朱彭叶项抗议包围皖南新四军之通电中称："我江南新四军军部及部队万人。遵令北移，由叶挺等率领，行至泾县以南之茂林地区，突被国军七万余人，重重包围，自六日至十二日，血战七昼夜，死伤惨重，弹尽粮绝。"电讯传来，闻者心惊，读者发指。此等自毁军令，自坏国法，自相鱼肉，自损国力之举，实可谓无法无天之至！

溯自新四军奉令成立以来，以新组之师，武器服装极其残缺，即奉令开赴前线抗御劲敌，屡建战功。论功行赏，对此抗战有功之部队，理应予以补给扩充，使成抗日卫国之精锐部队，保卫东南半壁，不意补充既不可得，当时竟一再下令，强使北移，朱总司令等，前为顾全大局，挽救危亡起见，苦心说服新四军皖南部队，遵令北移，并遵守第三战区司令长官顾祝同指定路线，向苏南转移北上。不意所谓命令移防者，竟是诱我聚歼之计！据朱彭等元电所称："在战斗中，据所获包围军消息，此项聚歼计划，蓄谋已久，全为乘我不备，诱我入围，其所奉上峰命令，有一网打尽，生擒叶项等语。同时，全国正准备大批逮捕，大批杀人，与袭击八路军各办事处，在西北则筑万里长城之封锁线，在华中则派遣二十余师正规军，实行大举进攻。"由此可见，亲日派阴谋家和反共顽固派份子，正实行制造内战。破坏抗战、制造分裂，破坏团结之滔天罪行！

何应钦白崇禧等曾以军委会正副参谋总长之资格，发出皓齐两电，要求皖南新四军军部及部队北撤，不料遵令北移之日，即阴谋进袭之时。既下命令强人以撤退，又下命令进攻遵令撤退之国军，出尔反尔，命令之尊严何在？总长之人格何存？军委及第三战区顾祝同等，既再三下令新四军军部及皖南部队北撤，又指定苏南为移防路线，乃遵令向苏南移动之日，即七万大军乘机包围之时，手段毒辣如此！何白所称中央之仁义道德何在？

当新四军军部及江南部队被诱被围之时，军事当局一方下"一网打尽，生擒叶项"之命令，另方面又作"沿途驻军，绝不留难"之诺言，口是心非，惨无人道，国家之法纪何在？当局之信用何存？呜呼！命令，命令！军纪，军纪！天下无穷罪恶，均假汝之名以行！

由此可见，违令者即下令者，毁法者即造法者，而今而后，全国军民当更能洞悉此辈平日高唱军令森严，国法神圣之滥调，无非借作损人利己，祸国殃民之遁词！

当德意日批评罗斯福援英为违反国际法时，罗斯福在其致七十七届国会咨文中公开宣称："独裁者们所说的国际法，只是片面的东西，它缺乏互相遵守该法之精神，而仅仅成为压迫之工具"，罗斯福的这种说法，我们亦可借用来赠给我国平日最敬佩罗斯福的那些独裁者和阴谋家们，也就是说，这些口是心非之徒，所说的军令国法，只是片面的任意杜撰的东西，它们缺乏互相遵守该等法令之精神，而仅仅成为压迫摧残异己之工具。言行不符，损人利己，本是此等人所代表的阶级之天性，对根本没有仁义道德之人，本不应责备他们不仁不义不道德。中国古谚所说的："说的是仁义道德，做的是男盗女娼"，此可作为此辈人的写照。此等人之所言所行，正如鲁迅所说："有背于中国人为人的道德"，但是此等人今日之所为，非仅关他们个人的道德信誉问题，而实关整个国家民族命运问题，他们以分裂代团结之阴谋，以内战代抗战之罪行，实为帮助敌伪和危害民国之大不道！对此辈此等无法无天之罪行，不仅我们共产党八路军及新四军绝不能容忍，即全国爱真理论公道之大多数军民同胞亦绝不能坐视！我们呼吁和号召全国军民同胞和全世界公正人士！与我们团结一致，为惩办阴谋祸首而奋斗！为解放皖南新四军部队而奋斗！为撤退华中剿共军而奋斗！为平毁西北反共封锁线而奋斗！为停止全国大屠杀惨变而奋斗！为挽救中华民族危亡而奋斗！

我们深信正义一定战胜罪恶！光明一定战胜黑暗！

（原载一九四一年一月二十三日《晋察冀日报》第一版社论）

对茂林事件我们该做些什么

亲日派阴谋家和反共顽固派在茂林地区对新四军所下的毒手，是翻遍了中国历史也再找不出他的匹例来的。他们这种卑鄙龌龊的阴谋行为，不只直接破坏了团结和损害了抗战，而且这是有背于中国人为人的道德！

亲日派阴谋家和反共顽固派围歼新四军，完全是预先布置好了的。事先，何应钦白崇禧以军事委员会正副参谋总长的资格和名义，曾勒令新四军的江南子弟兵离开他们血肉相关的父母妻子，田园庐舍，祖宗坟墓而远道北移！此种不邮国命，求情悖理的乱命，已经够使忠勇为国的荷戈健儿顿足太息和血泪沾襟了。然而新四军将士们为了服从命令和顾全大局，遵照愿祝同所指定的路线，毅然北趋！

而在新四军北上途中，亲日派阴谋家和反共顽固派们，初则故意泄露新四军北上的消息（向敌人告密！），示敌人严密封锁长江，使新四军无法通过；新四军绕道寻渡，则又被李品仙之三十九师控制江口，扣留船只（也是封锁长江！）。新四军无已，转道至于茂林。而亲日派阴谋家和反共顽固派即调遣四十、三十九、五十二、一〇八、一四四等五师七万之众，将新四军重重包围，剧行猛攻！连攻八昼夜，至将新四军军部及部队万人全数"解决"，将叶军长"俘虏"后乃止，据所获他们上峰的命令，是"一网打尽，生擒叶项"；勒令新四军北调，原来完全是驱□入网的卑鄙阴谋！亲日派阴谋家和反共顽固派对新四军的围歼，完全是惨无人道的谋杀、诱杀、逼杀！

亲日派阴谋家和反共顽固派口口声声说着"军令"，"军纪"。新四军为了抗战建国，苦战大江南北，战功伟绩，昭彰在人耳目。他们从未反抗过军令，亦未违犯过军纪；即这次忍痛离开他们血肉相关的家乡，服从乘情悖理之乱命，毅然就道北上，也是为了服从所谓命令，遵守所谓军纪。稍有人心者，谁能想到这些所谓"军令""军纪"，竟是亲日派阴谋家和反共顽固派驱使忠臣义士陷入罗网，投入陷□的铁鞭！谋害抗战将士、屠杀前线健儿的屠刀！然而，在他们用"军令"和"军纪"把新四军将士□入陷□而屠杀了以后，亲日派阴谋家和反共顽固派们还发表"堂皇"文告，诬新四军为"违命叛变"！

呜呼，新四军的万余健儿！为了拯救他们热爱的祖国，为了解放四万万五千万被压迫蹂躏的苦难同胞，他们起来了，他们抛弃了温暖的家庭，离开了离不开的父母妻子，英勇地站在祖国的最前线上，不管在风里雨里，不管是冷是饿，他们一直在和敌人拼着，拼着！他们的血流洒在扬子江边，他们的肉横飞在南京城头！而今，国土还没有光复，同胞还没有解放，他们从敌寇的枪林弹雨淘出来的生命，却被亲日派阴谋家和反共顽固派的毒手毒害了！

呜呼，祖国，中华民族四万万五千万人的祖国！你正处在风雨飘摇的危难环境中，为了从危难环境中把你抢救出来，使你渡到光明的彼岸，四万万五千万人民，正在用着他们所有的精力和心血，团结一致，艰苦奋斗着，而今，当你还没有脱出危难境地的时候，亲日派阴谋家和反共顽固派，竟丧心病狂地出来破坏团结，挑动内战了。现在□的英雄儿女竟已大批被他们屠杀了！他们□丧了你的元气，摧毁你的精英，使你在惊涛骇浪中，无人救护！不仅如此，他们还在华中调集了二十万剿共军，在西北构筑了五道封锁线，他们准备着大批杀人，大批逮捕，发动大规模的内战！亲日派阴谋家和反共顽固派不使中国覆灭不为快！

呜呼，全中国的人民！我们为了争取自己的解放，已经跟敌人搏斗了三年半了。这三年半以来，赖着我们的精诚团结，赖着我们的含辛茹苦和流血流汗，已经争得了抗战的相持阶段；奋斗下去。眼看我们的最后就快来到了。而亲日派阴谋家和反共顽固派们却要分裂我们的团结，破坏我们的抗战，使我们直陷于奴隶牛马的境地！亲日派阴谋家和反共顽固派□以分裂代团结，以内战代抗战的卑鄙阴谋，完全是为了给他们的投降作准备！

但是，同志们，优秀的中华儿女们，我们不能在亲日派阴谋家和反共顽固派随意摆布！我们不能容忍他们对新四军侵犯的毒害，我们不能坐视我们的祖国由他们的"扫荡"而覆灭，我们不能使我们艰苦奋斗、流血流汗、含辛茹苦坚持了三年有半的抗战，功败垂成，半途而废！我们一定要抗议亲日派阴谋家和反共顽固派对新四军的残害，我们一定要继续拯救我们的祖国，我们一定要坚持我们的团结抗战。为此，我们一致的要求国民政府：严厉惩办此次茂林惨变的肇事祸首，并肃清何应钦等亲日派阴谋家；我们要求立即释放一切被俘人员及一切被捕之共产党员，不得杀害一人，并禁绝对共产党员之任何卑鄙行为。我们要求立即□还围□自新四军的全部人枪并优厚抚恤死难人员及其家属；我们要求平毁西北的封锁线和撤退华中的"剿共军"；我们要求□证此后不再发生此种野兽行为及一切"限共""反共"等言论和□□，我们要坚决拥护抗战团结到底，誓死制止亲日派分裂阴谋！

全国的同胞们，让我们紧密的团结起来吧，反动黑暗□是这时的逆流，时局的好转和抗战的胜利，我们必然要争取到的。

（原载一九四一年一月二十五日《晋察冀日报》第一版社论）

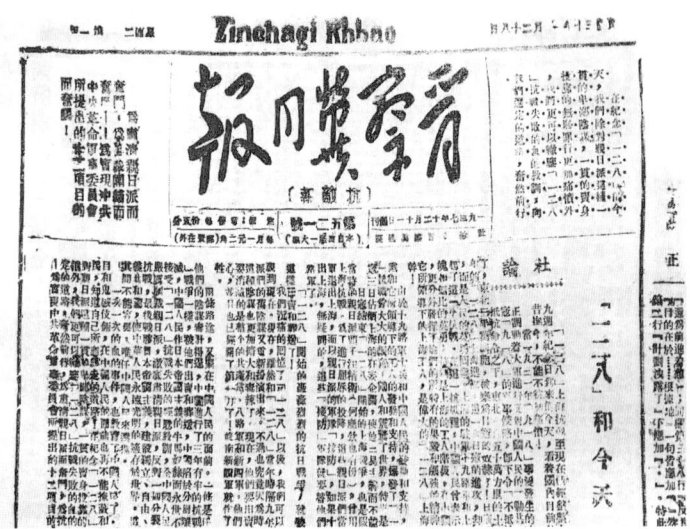

"一·二八"和今天

"一·二八"上海抗战至现在已经整整九年了,当它的九周年纪念日到来的今天,看着国内目前的形势,我们这昔抚今,不能不益加痛愤!

当一九三一年"九一八"事迹发生的时候,国民政府正调动着大军进行反对中国人民的"剿共"内战。而对日寇"九一八"的军事侵略,即下令"不抵抗"!就在这不抵抗命令之下,东北□□五十万方里的土地"委而云之"了,东北三千万同胞,被弃为日寇的奴隶了!日寇遂进而发动了翌年的"一·二八"上海进攻,这一次日寇的的进攻,却遇到了不是政府,而是人民的英勇回击。上海的驻军十九路军和上海人民自动的发起了这一个抗战,在这一抗战里，中国人民曾表示了他们坚强的气魄和无比的英勇；特别是上海的工人阶级，在中国共产党领导之下，更分外发挥了他们的所特有的果毅和倔强的精神，中国共产党和它所领导下的上海工人，是伟大的"一·二八"上海抗战中的主要骨干！

由于十九路军士兵和中国人民的发动和支持。特别是中国共产党和它所领导下的工人的发动和支持，爆发了"一·二八"抗战；这一抗战曾大大的振奋了国人和震惊了世界，特别是曾澈底粉碎了日寇三日占领上海的狂妄企图，使他二易主将而不能结束战争！

日寇结束"一·二八"开始的上海战争，也是假手于中国人的，当时的亲日派头子汪精卫（何应钦也有份），曾用淞沪协定代替了上海抗战。为了进行屈辱的投降，这些亲日派们当时曾勒命十九路军退出上海，而以亲日派的军队"接防"，如果十九路军当时不退出上海，无疑问的，这些"接防"军队就要替他们的主子夹击十九路军了。

"一·二八"开始的轰轰烈烈的抗日战争，就被当时的亲日派们这样出声和葬送了！

我们沉痛的回忆了"一·二八"以后，我们可以把我们的眼光注视到现在。现在，虽然和"一·二八"常年时隔九年了，但这些亲日派们的旧阴谋又重新扮演出来。不过也究竟因为时不同，亲日派的这种阴谋也更加扩大和毒辣了。现在，他们要出卖的是整个中国，要消灭的是整个的共产党、八路军和新四军，他们上了这种决心，并且也已经开了第一刀了！皖南新四军就作了他们这一刀的牺牲。

两条路途，又摆在中国人民的面前。一条是在亲日派横行，让他们的阴谋毒计得逞，中国进行了三年有半的抗战，也如"一·二八"战争一样，被他们出卖和葬送，中国陷于分崩离析，最后中国覆灭，中国人民作日本帝国主义的牛马奴隶而永世不得翻身；一条是接受"一·二八"抗战失败的经验教训，全中国人民紧急动员起来，严厉制裁亲日派，澈底肃清亲日派，反对一切分裂阴谋,坚持团结抗战,最后战胜日本帝国主义,建设独立、自由、幸福的新民主主义共和国,使中华人民永远光明的适存于世界,这两条路的距离,其间不能容忍,唯任中国人民来选择。

一次一次的血的事件,也教育了中国人民了。亲日派的狰狞面目和鬼魅伎俩,在中国人民的面前也再不能掩蔽和施展了。中国人民,知道自己所应该走的道路!在纪念"一·二八"的今天,我们除对亲日派这种一贯的卑鄙阴谋,一贯的卖身投靠的无耻罪行更加相信外,我们更可以□□"一·二八"抗战失败的血的教训,对我们待定的道路,奋然前行,为肃清亲日派而奋斗,为抗战团结而奋斗!作为实现中共革命军事委员会所提出的十二□目的而奋斗!

(原载一九四一年一月二十八日《晋察冀日报》第一版社论)

劳动契约自由

　　统一战线是中国抗战致胜的唯一条件。抗战之能否胜利,主要要看统一战线之能否坚持、巩固与扩大而定。其在敌后各抗日根据地,因环境更为艰苦与残酷,坚持统一战线,尤属不可稍加忽视——这都是尽人皆知的道理,无需多加解释的。然而今天的问题已经不在这里,今天的问题,乃在如何坚持、巩固和扩大统一战线。

　　通常,人们往往把统一战线的问题,仅仅了解为某些社会上层人物的关系问题。这自然也是问题的一部,然而却断断乎不是问题的全部。统一战线的基础,主要是在广大的农村里。因此,谈到坚持、巩固和扩大统一战线时,我们应该首先去注意的是农村里的各阶级间之关系;而所谓这些关系，归根究底，又是农村各阶级利益的调节问题。"应当时时刻刻仔细注意到抗日民族统一占战线的巩固与发展，确切照顾统一战线内各阶级、各阶层的利益。所以，在清楚顾及人民大众利益的条件下，必须使地主、资本家能够保有一定的利益与地位"，这就是关于抗日根据地坚持、巩固和发展统一战线的明确的指示。

去年中共北分局公布的双十纲领，其中各条，就充满着这一精神，这只要看看它对于劳资关系的元宝，便可了解。

双十纲领对于工人的利益，给了一个确实的保障。这是应该的，而且也是必要的，没有人能够说，过去工人饥寒交迫的生活是合理的；也没有人能够说：值此抗战期间，改善工人的生活而提高他们抗战的积极性是不必要的，然而双十纲领并不是仅仅保障了工人的利益，它对于地主和资本家的利益，同样也给予了一定的保障的，双十纲领在说明减息减租等等改善工农生活的办法之后，紧接着就是"在减租减息后，佃户须依约缴租，债户须依约偿付本息"的规定；而对各种契约之归结，又规定："一切契约之缔结，均须双方自愿，契约期满，任何一方均有依法解约之权"。这所谓"一切缔约之缔结"，当然劳动契约也包括在内。而这劳动契约之自由，就是劳动双方利益调节的一个平准器。这就是说：当劳资双方订约之初，如果其中一方认为与自己利益有损时，那自可以不缔结这契约；而在契约期满之后，双方任何一方，感到与自己利益有损时，自可以依法解约，这样做下云，便可使签订的契约，经常包容了劳资双方的利益。当然在契约期限未满，雇主不得违约解雇，而工人自亦应遵守劳动纪律。当然，这所谓劳动契约自由，还是在改善工人生活条例之下的自由，因为所有那些条例，实在是工人应有的权益——老早就应该有，然而直至抗战以后，才局部收回来的权益。

在这样条件下的劳动契约自由，既能调剂劳资双方的利益，调整劳资双方的关系，因而也就是发展生产的重要锁钥。用不着证明：当工人还是过着饥寒交迫的生活的时候,他们的劳动热忱是不会提高起来的。工人的劳动热忱消灭,必然要影响到生产量的增加;自然,如果生产事业要对资方毫无利益可寻,那资方对发展生产事业,也必然要消极冷淡起来,从而就会使许多资金窖藏起来,用不到生产事业上。这样,也影响了我们的生产!在改善工人生活条例下的劳动契约自由,对劳资双方的利益兼容并顾,即工人的劳动热忱既可提高,而雇主们也愿意拿出资金来发展生产,那我们的生产事业自然可以更加发展了。

在这一种情况下,可能有许多工人同胞,"犹以为未足"。但我们愿意诚恳地敬告工人同胞:我们工人阶级是中华民族最优秀的儿女,我们是最明大义和识大体的。我们应该为将来永久的利益,牺牲目前一点小的利益。为了巩固统一战线和发展生产,我们需要生活上忍耐一点,劳作上高度发挥我们的积极性。

在这一种情况下,也可能有许多雇主同胞,"怅然若失",但我们也愿意诚恳地敬告这些雇主同胞,今天是大敌当前民族危难空前严重的时候,我们共同努力的,是驱逐日本强盗,也为了巩固统一战线和发展生产,牺牲自己的一点小利益,和工人们互相协商,□谋两利之道,并积极把我们可能拿出来的资金,用到生产事业上去!

只有这样,才能调节劳资双方的利益,巩固统一战线、发展生产。也只有这样,才能坚持边区的敌后抗战并争取抗战的最后胜利。

(原载一九四一年一月三十日《晋察冀日报》第一版社论)

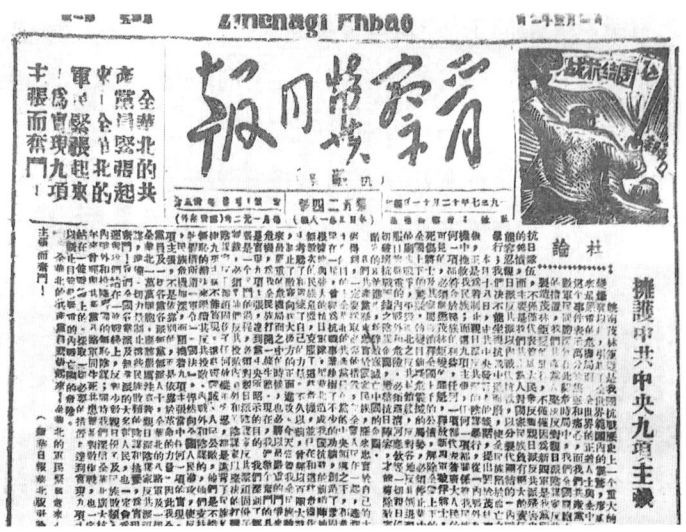

拥护中共中央九项主张

　　皖南茂林巨变是我国抗战历史上一个重大的事变，这个事变爆发以后，引起了全世界范围内的震惊，形成了我国抗战以来最严重的危机局面。全世界的正义人士与全中国人民正在对这个事件表示万分的焦虑和痛心，而我们共产党人和全国大多数军民同胞深知在此艰危时局中，我们全国同胞立即应该采取的措置，我们共产党人坚决反对亲日派阴谋家反共派顽固份子制造茂林巨变的罪行，不仅仅因为新四军是我党所创造的优秀抗日队伍，不仅仅代表着广大民众反对亲日派反共派残害忠良破坏抗战的义愤，而主要是我们共产党人对国家民族负有绝大的责任，我们决不能容忍亲日派反共派以内战代抗战，以分裂代团结的"内战外和"阴谋暴行；我们决不能坐视抗战中道而废，使全民族陷于沦亡之境。

本月十八日，中共中央发言人的谈话，提出关于茂林事变的九项主张，正是为着制止亲日派反共派的阴谋暴行，从"内战外和"的严重危机中挽救我民族；而这九项主张，任何一项都关系着我民族的存亡，任何一项都符合于民族的利益，任何一项都代表着广大人民的意志。显然可见的，必须严惩茂林巨变的罪魁，释放新四军被俘将士，抚恤新四军死伤将士及其家属以消释全国上下的公愤，解除全国上下的殷忧，平息全国上下的惊疑，转变目前疑危震撼的局势，必须停止华中数十万大军的剿共战争，平毁西北之反共封锁线，反对各地反共倒退现象，才能克服目前严重的"内战外和"危险。必须肃清何应钦等一切亲日份子，反对一切破坏抗战团结之阴谋企图，严整抗日阵容，才能剪除敌寇羽翼，击破敌寇的政治进攻，粉碎敌寇灭亡中国的企图。

我们共产党历来忠实于国家民族，历来忠实于自己的主张，说得到做得到，一定要采取必要的措置，和全国人民在一起，达到实现这九项主张的目的！全华北的共产党员在党的中央领导之下，和华北一万万人民在一起，曾经为抗战事业建树了不少的功绩，创造了巩固的敌后抗日根据地与强大的抗日军队，把华北造成我国抗战的前哨阵地；曾经历了无数次的民族危机，克服了这些危机，并已在和这些危机作斗争的过程中考验了和锻炼了自己的力量。不久以前，曾经以百团大战的辉煌战果，制止了敌寇向我大后方的正面进攻。今天当着我全民族被摆在抗战以来最严重的危机局面之中的时候，也必将以最严重的斗争来战胜当前的危机，为我全民族打开一条生路。现在，我们整个奋斗的具体内容，就是实现九项主张，达到党中央所昭示的目的。我们深刻了解实现九项主张是一个□斗的过程，必须对亲日派阴谋家反共派顽固份子给以严厉的制裁，必须对他们反共投敌"内战外和"的阴谋家以坚决的打击，对亲日派阴谋家反共派顽固份子任何放纵和容忍，都是违背了民族的利益，都将使九项主张不能实现。

这些卖国贼、人民公敌，他们是不惜用一切卑劣无耻的办法来继续其反共投敌、"内战外和"阴谋的，他们支持某些当权人物假借所谓"军令""国法"，悍然向全国人民进攻，使反共内战扩大，民族危机加深，而阻挠着九项主张当中任何一项的实现。为了实现九项主张，不是依靠别的，而是依靠于革命的力量。因此我全华北的共产党员及一切各党各派无党无派人士，全华北的八路军及一切抗日部队，全华北一万万同胞，应该严厉注意着亲日派阴谋家反共派顽固份子的阴谋，准备一切力量制止这些民族败类的阴谋和挑衅，为实现九项主张而奋斗！我们全国各党派及无党派的大多数人民，也一定会为国家民族命运与我们站在一条战线上，反对少数亲日份子及民族败类，打击他们的"内战外和"投降卖国的无耻阴谋；同时我们深信全华北广大抗日军民，数年来曾经与共产党八路军同生死共患难并对敌作战，也一定能够和我们站在一条战线上的。采取一切必要的措置，达到实现九项主张的目的，以制止目前最严重的内战亡国的危险。全华北的共产党员紧张起来！

全华北的军民紧张起来！为实现九项主张而奋斗！

（原载一九四一年一月三十一日《晋察冀日报》第一版社论）

积极进行治安工作

敌寇去冬对我边区所发动和进行了的"毁灭'扫荡'",在我边区党政军民一致努力之下,早已完全粉碎了。这件事固然又一次的证明我边区虽已成为不可摧毁的、坚强的敌后抗战堡垒了,然而这却丝毫不是说:敌寇已经被我们打得完全丧失了狗胆,从此再不敢正视我边区,边区从此便可以确保无虞,边区人民从此可以安心睡觉;相反,正因为我边区愈益坚强,再加边区所处的地位特别重要,使敌寇深刻感到边区的存在,严重的威胁着他对华北的统治,那它就更加处心积虑亟固破坏我边区。为此,敌寇对我边区内部的点线工作,就必然更加加紧;特别当此国内亲日派阴谋家和反共顽固派挑拨内战、进行军事反共的气焰正炽的时候，配合这种行动，敌寇的这种点线活动，就一定特别猖獗起来，它会利用各种各样的关系，采取各种各样的方式，造谣惑众，甚至组织事变来紊乱边区的社会秩序，破坏边区的亲密团结，以企达成它破坏边区这个眼中钉的目的，据昨天的报载，在冀中已经发现了许多秘密的汉奸组织。这些汉奸组织，都直接受着日寇特务机关的指挥，专门进行破坏根据地的活动，这些汉奸组织，□保，也一定在我们边区各地都秘密存在着。而边区的投降派和反共顽固份子，当他们听到亲日派阴谋家和反共顽固派在华中进行罪恶的反共内战的时候，"当然也兴高采烈，蠢蠢思动，企图在黑暗的逆流行将到来的时候，浑水摸鱼，破坏边区的团结与边区人民的利益"。对于这种暗藏的汉奸组织的阴谋活动和或可能发生的投降分子及反共顽固分子的蠢动，我们必须万分提高警惕，用我们锐利的眼光和敏捷的行动加以监视和制止，务必使这些民族败类的阴谋，蠢动不能得逞。这是我们保卫边区，维护边区人民利益的一个重要任务，我们反对对这一任务的忽视现象，反对对汉奸和一切破坏分子活动的麻痹行为。

其在乡村，我们重新提出加强站岗放哨。严格检查行人，我们的站岗放哨是维持治安工作的一个寻常办法，它不是为了"装饰门面"而设置的。可是目前有些地方的站岗放哨工作，还存在着颇为严重的敷衍□资现象。当部队人员经过时，或者还应景的盘查一下，而对于个别游民或外来小贩，则一任其自由来去，到处乱闯；偶或索问路条，也非常马虎，这种麻木不仁的现象是最危险不过的；我们应及时纠正，不但要做到不放过一个可疑的人，而且除了细办路条以外，还须多方盘查其来踪□迹，务使奸徒无丝毫漏洞可钻。

其次，我们提出：要经常检查废品，举行登记，必须做到每个村落，每个"窝铺"的废品都完全登记清楚，特别是接近敌占区的村庄，绝不应疏漏掉一个居民，如果发现非本村人逗留住宿，应立即报告政府或适当机会处理。自卫队青抗先等更应负起检查的责任！

总之，我们应该高度的提高我们的警惕性，注意到一件一件的可疑的现象，用种种的方式和方法，防止和杜绝一切汉奸和破坏分子的阴谋活动。然而，在防止汉奸和破坏分子的阴谋活动中，我们同时应该反对经常的疑神疑鬼的作风，除奸工作，应该和保卫人权的工作联系起来，整个地构成了我们的治安工作。不许随意地给人□戴"汉奸"、"投降派"或"反共分子"的高帽子。除了有真凭实据的汉奸、投降派或反共顽固分子而外，不应随意的侵犯任何一个边区的人民，不只如此，相反，同时更要制止一切对边区革命人民的侵犯。我们的除奸工作，归根到底是为了保卫边区、保护边区人民而进行的。

这样一个重要的工作，要进行得完善和有成效，没有广泛民众的参加，是很困难的。因此我们应该提起边区人民的注意：为了保卫边区为了保卫我们自己，边区人民，应该一致起来，为扑灭汉奸和一切破坏份子而奋斗！

（原载一九四一年二月一日《晋察冀日报》第一版社论）

准予汉奸自首

本报上期社论里，已经提醒我边区同胞万分提高警惕，注意汉奸活动，加强除奸工作了。我们之所以加强除奸工作，为的是清除汉奸，而清除它，除了注意汉奸的活动，缉捕汉奸，破获汉奸机关而外，还应该酌情准予汉奸自首。

敌人一贯是持着以华制华的政策的。因而它无论到什么地方，总是先培植一大批汉奸，也就靠着这些汉奸为耳目爪牙，敌人才能够进行军事行动，并藉以建立其对某些地方的统治。所以我们今天和敌人的斗争，也表现在争夺每一个人的力量的斗争上。如果敌人用强迫、欺骗、利诱等一切无耻方法，□图多利用一个中国落后的人民为其走狗爪牙，我们就要竭力教育争取，多挽救一个落后份子，唤起其民族的觉悟，勿被敌寇所驱使而为出卖民族国家的罪恶行为。因此，那怕就是一个人，只要可能，我们也一定要和日寇展开政治上的争夺。在这一意义上，准予汉奸自首，就成为必要的措施了。如果我们能够从敌人那里把一时被欺蒙而陷于罪恶的汉奸分子争取回来，那我们就削弱了敌人的力量，打击了他以华制华的阴谋；同时，我们也把这些一时犯错误而做汉奸的同胞，从罪恶的深渊里解救出来了。当然，我们还需要说明：我们这里所要争取的，指的是因一时错误而"失足成恨"的同胞；至于那些死心塌地的，甘心出卖民族利益而为虎作伥的汉奸，他同敌寇一样，是我们的死敌，我们是要坚决的扑灭他的。关于这点，中共北分局的"双十纲领"已明白的规定着："凡因被迫或一时错误触犯《汉奸治罪条例》之份子准其自新；对死心塌地的汉奸，严予惩处。"而政府公布的《惩治汉奸条例》及现在所颁发之《汉奸自首条例》，则完全与此旨符合，也就是这一规定的具体化。

本来，以中华人民而为日寇所驱使，为日寇的爪牙，扑噬自己的同胞，这是最耻辱的事，也应该，实际上也是，最痛苦的事；而这些人们，或被迫失足，或贪图小利竟然这样做了。但只要他的良心未泯，他是会已经悔悟或将会翻然悔悟的，这就是我们所以准予汉奸自首的原由。再加在我们坚持抗战三年有半的现在，在百团大战等战役获得了辉煌胜利的现在，在边区实行了民主政治和改善了人民生活的现在，最后，在"双十纲领"公布并已具体逐步实施着的现在，看着边区之坚强壮大，看着边区人民生活改善和自由，并看着我们边区一个历史阶段的完善的施政大典，这些一时错误的汉奸们，如果还有人心，那能不悔恨自己的失足呢？！那末，中共北分局关于处理汉奸的规定，政府《惩治汉奸条例》《汉奸自首条例》的公布和颁发，就会使这些一时错误的份子回过头来，重归祖国的怀抱。

准予汉奸自首，是清除汉奸另一方面的一个重要办法，被迫受骗的汉奸分子能够翻然自首，这自然是我们所希望的。然而，我们还应该告诉那些曾经作过汉奸已经自首或现在还没有自首的汉奸分子：边区所以准予你们自首，实在是表示了我们还是把你们当作中国人看待，为着把你们从罪恶的深渊里解救出来的办法，也就是边区对你们痛惜的宽大和原宥。论起你们的行为来，你们作的是出卖民族的勾当，背叛祖国的罪行，实在是不可饶恕的。但边区既本着宽大的精神，把你们赦宥了，那你们，已经自首的，就应该诚心思过，努力抗战工作，以赎前愆；现在尚未自首的，就应该急速回头，很快自首。如果自首而尚不安分，心怀携贰，如果没有自首而尚怙恶不悛，观望不前，那边区法虽宽大，当亦不容携贰之徒与怙恶之辈；那时候，不堪设想的后果，还需你们自食的。你们应切实注意！

（原载一九四一年二月二日《晋察冀日报》第一版社论）

关于边区村选及村建设运动的几个问题

一九四一年度的村选运动已经开始,这是边区村政权第四次的改选,继续着以往三度村选运动的成果及去年全边区深入普遍的民主建设的大胜利,这一次村选,无疑的将要使晋察冀边区村政权建设成为更加完善的新民主主义的村政权,将要使晋察冀边区的民主建设以及根据地的各种建设更加深入与巩固。

今年边区的村政权,将要在三三制的基础上进行改选。三三制是中共中央对敌后抗日政权组织的具体主张,是抗日统一战线的各革命阶级联合专政政权的具体实施,三三制的提出,充分表现了共产党人"既不赞成国民党的一党专政也不主张共产党的一党包办",正大光明大公无私的胸怀和态度。三三制的执行必然要更进一步的巩固与扩大民族团结，启发和强固抗战力量。在去年民主建设运动中，边区已坚决的执行了这一伟大指示，并获得重大成就，"双十纲领"并将三三制列入条文。这博得全边区（从巩固区到游击区、沦陷区）各阶级各阶层（从工农群众到地主士绅，和一切抗日人民）的一致拥护。但是我们也该承认在执行三三制当中，某些环节上，是曾经发生过偏"左"偏"右"的缺点的。在今年村选中，必须正确的认识三三制，正确的执行三三制。从消极方面来了解三三制，或以狭隘的鼠目寸光来认识三三制，因而采取消极怠工的态度，是不对的，应加纠正；反之，认为三三制要包括那些汉奸投降派和坚决反共的顽固派，或借口实行三三制而不能打击或不敢打击那些破坏选举窃取政权的反动企图，也是不对的，也要纠正。这是今年村选与村建设运动中应加注意的第一个问题。

今年边区的村选运动，其实质应成为一个提高、建设与巩固村政权各种制度的运动，决不能一选了事。经过三度的改革，特别经过去年一年深入的工作，村政权的各种制度，已具规模，但有的尚未健全，有的还不巩固，在今年村选与村建设当中首先应抓住下列几点：

第一，抗战以前村长一手包办的专制制度业已废除，而代之以直接的全权的村代表会；封建统治工具的□间制族长制业已取消，而代之以村代表与代表□任制。这种代表会是人民全权的代表机关，是立法与行政合一的政权制度，它把一切抗日人民都组织起来，并与一切抗日人民保持血肉一般的联系。但是，在今天，这种制度的运用和健全，许多地方还没有达到应有的程度。因此，认真的健全代表制与代表会，使村代表会真正健全起来，应成为村选及村建设中的重大课题。

第二，村财政制度的健全与巩固，是村政权建设的中心问题之一。尤其在今天严重局势之下，保证边区财政经济顽强的健康的持久性，更加重要。因之，村财政制度的确立，村概算决算制度的坚决执行，节省浪费，禁绝贪污，也就更加具有严重的政治意义。过去一年来在这方面已有显著成绩，在今年村选举运动中，更要把这一工作，列入议事日程。

第三，编村、划区、勘县界对健全政权机构提高行政效率，适应战斗环境，节省财政开支，都有密切关系，这一工作的完成，对边区政权工作的正轨化与科学化有重大影响，在村选时，应配合完成之。

第四，统一累进税的推行，是边区财政建设的新发展。它不仅可以保证边区财政健康的持久性、鼓励生产，充实军需，而且会更进一步的巩固与扩大边区的团结。实行这种进步的新民主主义的税收制度，也必须于村选村建设中奠定基础。而且，统一累进税澈底推行之日，也正是乡村财政制度走向真正健全之时。

胜利完成这些建设，是今年村选中应加注意的第二个问题。

今年村选中应加注意的第三个问题是：必须发扬大众的民主主义的作风。首先，选举动员必须依靠于耐心的教育和说服，依靠于群众觉悟和积极性之真正提高，任何强迫命令，任何简单地为追求百分之百的选民参选的变相强制办法，都须严厉废止。其次，在选举中间要发动对一年来村政权工作的检查与批评，村长应真正的向村民报告工作，必须废止那种应付场面的"老一套"，村民应大胆的行使自己的权力，对村政工作发表意见。遇有贪污浪费、不负责任、违反民意者，必严加检举或批评。再其次、应深入的发动竞选运动，对于那些钻营位置、破坏民主的份子，开展斗争，应崇尚真理的辩驳和争论，废除那种简单的打击办法（当然对于真正汉奸、投降份子、反共阴谋家的阴谋暗害是必须坚决镇压和严厉打击的）。最后，在村民大会上，应征求村人民对村政与村财政问题及参议会成立的意见。

今年村选中应加注意的最后一个问题是：必须集中优势力量，突击落后区域，坚决粉碎任何以明暗方式把持村政的封建堡垒，消灭某些地区村政权的落后现象，加强游击区及敌占据点周围、交通线附近的选举工作，以澈底克服落后，消灭落后，克服工作中的不平衡现象。

边区一切抗日的人民紧张热烈的动员起来，投入伟大的村选运动中去，为澈底的全国的完成村选和村建设而艰苦奋斗。

（原载一九四一年二月四日《晋察冀日报》第一版社论）

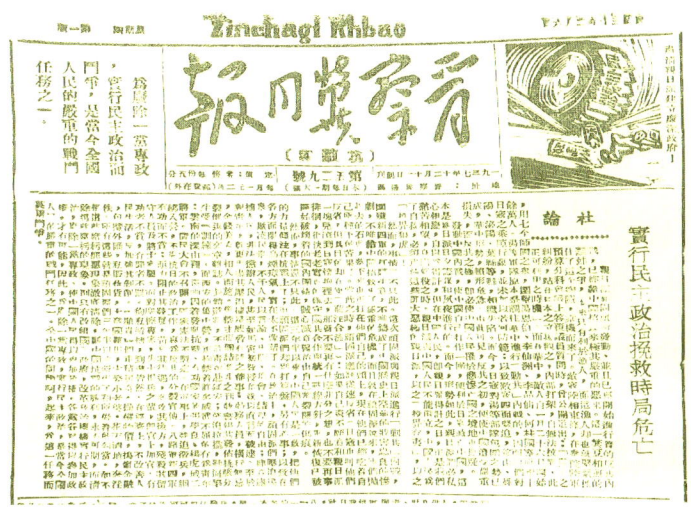

实行民主政治挽救时局危亡

亲日派顽固派所发动,并且已经开始进行着的反共内战,已经给中国招致来极其严重的恶果。这一箕豆相煎的鹬蚌之争,本来只有利于渔人,而这渔人却也就紧紧抓住了这个空隙,乘机而来了。敌寇陆相东条,在众院陆军预算分科会议上答覆议员质问时,曾公开道出:"国□之纠纷,站在日本之立场观之,内部打架,自无法抗战,此正可利用之时机。"而在华中,敌人自一月二十六日开始,用七个师团之众,围击汤恩伯、李仙洲、李品仙、何柱国等所率十余万人。汤等军队原本是调往华中进行"剿共"内战的,因而他们对日寇之乘隙行动,并未加以若何防范,以致敌寇四面紧迫,确山、舞阳、泌阳、叶县等县,相继失陷。

而今，日寇对汤等部队包围之势已成，华中形势，顿形危急，由此可见，反共之初，便使中国遭受严重损失，而反共之极，即必使中国人民罹于悲惨亡国之境地也无疑。

发动中国内战，使中国自己打作一团，便利于日寇灭亡中国，这本是亲日派日夕筹谋和夙夜进行的。而今，形势如此，亲日派们必私心相庆，自以为得计，但在中国人民，即亲日派得计之日，正是我们愁苦相望，身陷奴役之时。亲日派与中国人民不能两立，中国人民为了自救，必须肃清这些罪大恶极的亲日派，以之"投畀有夷"，以之"投畀狼虎"！

然而，事情还不只此。这次顽固派与亲日派进行"剿共"内战，围歼新四军的打伙生意，不唯铸成了中国历史上空前的戕害忠良的惨剧，不唯给中国招致□了严重的危机，而且就在顽固派说来，他们抛起去的石头，落下来也正打在他们自己的头上，现在他们已经吃着自己所种下的苦果了。当此之时，顽固派应该从速反省（日寇也叫他们反省，但其目的却在使"蒋汪合流"）；如果自己还不愿意和亲日派一块儿滚到日寇怀抱里去，那就不要再有什么非分之想，也不要再事徘徊，很快老老实实的确守国共合作与统一战线方针，重新恢复已被开始破坏着的国内团结，诚心诚意医治由自己割裂开的痕迹。

然而，事情还不只此。这三年半以来，中国人民是一致，把他们的力量倾注在抗战上了；但顽固派们却别打算盘，另有心事，以致在各方面闹得乌烟瘴气，实在太不像话了。在政治上，顽固派们压迫民众，欺凌民众，不予人民以言论、出版、集会、结社的自由；肆意逮捕人民，非法惩办人民，甚至如马寅初教授亦竟以直言而被逮。至于对青年，即更用尽其压迫摧残威胁和诱之能事：特务人员，横行无忌，金钱美女，相人而施。严禁主张团结进步之刊物书报其发布挑唆分裂倒退的文章杂志。封锁道路，不许青年赴延安；强迫拉拢，勒逼学生受"训练"。而西安的集中营，更拘禁着许多威武不屈的有为青年；云南的深山里，还幽囚着发动抗战、有功国家的张学良、杨虎城二将军。国民大会不召开，国家宪法不制定。在军事上，强迫征兵，捆绑入营，不做抗日的政治工作，专为反共的分裂宣传。八路军新四军有功而不赏，亟力阻止其发展，苛□其待遇，进攻其后方，残杀其留守人员及将士家属。而对摩擦专家、失去损兵之辈，即官上加官，有功者不赏，有罪者不罚。徇私循情，到处皆然。在经济上，不改善人民生活，反加强其剥削。"显贵"们屯积居奇，操纵物价，捣乱金融，包揽外汇，私贩仇货，大发国难财，大婆小老婆，花天酒地，奢淫佚。所有这些就是顽固派们三年半以来所□了和所做着的勾当。如不把这些腐朽罪恶现象澈底清除，则中国抗战的胜利，永不可期，而清除这些腐朽的现象，则只有改组国民政府，改革政治机构，实行民主政治，废除一党专政，使中国人民得以参加政权，各党各派得以参加政权，才有可能。因此，为废除一党专政，实行民主政治，是当今全国人民的严重的战斗任务之一。全中国的同胞呵，起来，为这一任务而英勇斗争。

（原载一九四一年二月六日《晋察冀日报》第一版社论）

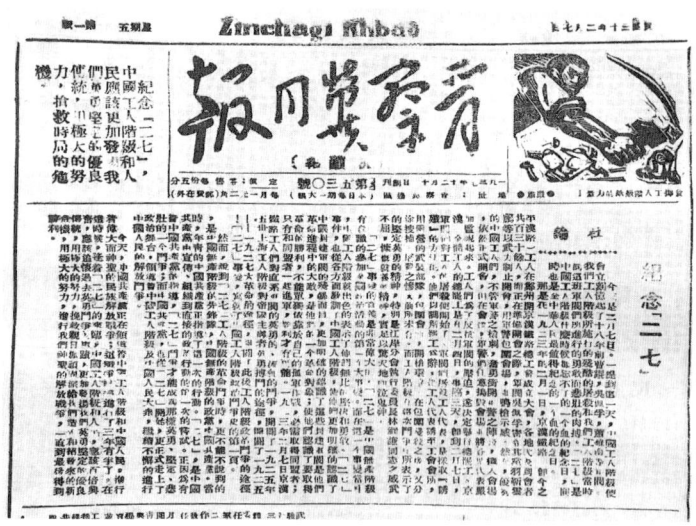

纪念"二七"

　　二月七日，是我国革命运动中一个重要的纪念日，在十六年以前，这一天，平汉铁路（那时还叫做京汉铁路）的工人，因为要求人权（组织工会），受到北洋军阀的压迫，不得已而举行罢工，力争人格，却反而受到了民贼萧耀南悲惨的屠杀。有名的工人领袖如林祥谦等做了壮烈的牺牲。

　　现在来回想当时的情形，更加觉得这个纪念的意义重大。平汉铁路，现在是被敌寇占领了，但是，我们平汉铁路的工友。却正在继续"二七"的奋斗精神，英勇地反抗敌人，他们曾在最危难的环境之下努力完成军事运输，受到最高当局的嘉奖，他们组织了游击队，与敌人肉搏血战，而屠杀平汉铁路的反动份子，如当时北京政府的总长高凌爵之流，现在是公开做了汉奸，他们帮助日寇来屠杀中国同胞，灭亡我们的国家种族。昔日平汉铁路工人的血，正是流在这些民族败类的屠刀之下！当年绝灭正义人权，故意压迫屠杀，挑动阶级斗争的，正是这些民族败类！

今天来纪念"二七"，就应该继续"二七"牺牲烈士的精神，接受"二七"的经验，应用在抗战建国的伟业。我们处在敌人后方，处在"二七"工人运动的策源地，发扬"二七"烈士的光荣传统，更要动员千百万工人来参加神圣的抗战。

华北的工人，现已日益团结，不分派别，不分帮口，不分地域，在抗战建国这个大目标之下，一致反对日寇，晋东南的工人，已在依照阎司令长官"强民政治"的原则，团结和组织自己的力量，成立晋东南工人救国总会，我们敬祝其成功。

我们希望今天举行的晋东南工人救国总会成立大会，将继续和发扬"二七"的精神，动员广大工人群众，积极参战，增加生产，在前方和后方处处表现工人阶级的积极性，对国家民族的无上忠勇，对法西斯侵略者和民族败类的最深刻的仇视。

我们同时也呼吁，适当的改善工农生活，适当的开展民主，使占人口最大多数的工人农民，使我国的主要人口，更积极的参加爱国救国的伟业。

当此寇深祸亟，敌人正企图"扫荡"华北的时候，只有坚持团结，实现民主，才能发扬民力，战胜敌寇，为民主而奋斗的"二七"运动之光荣传统，不仅是工人阶级所应当继承，而且也是我全体爱国同胞所应当继承的。

（原载一九四一年二月七日《晋察冀日报》第一版社论）

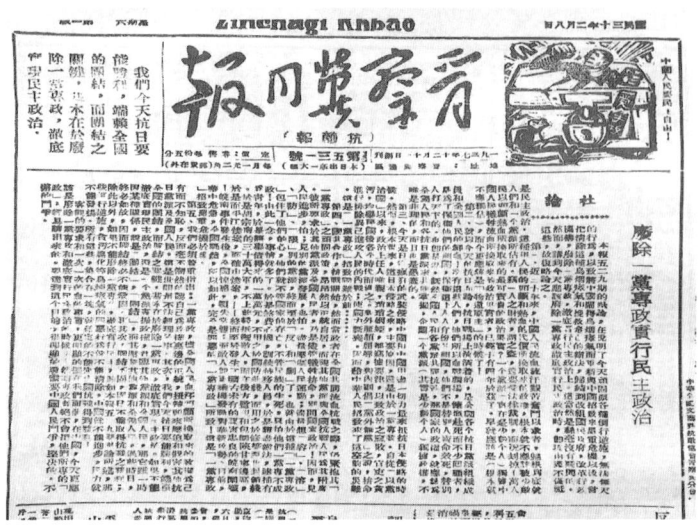

废除一党专政实行民主政治

本报五二九期的社论，在说明了今天顽固派各种倒行逆施，无法无天的行为，以致将中国闹得乌烟瘴气而重新与中国招致来严重危机以后，曾把清除这种乌烟瘴气和挽救危亡的办法，归结到改组国民政府，改革行政机构，废除一党专政，澈底实行民主政治上。这当然是丝毫没有疑问的。然而，讲到今天应该废除一党专政澈底实行民主政治时，即理由还不仅只这些，故复略论之。

第一，近三十年来，中国人民流血流汗艰苦奋斗以求者，归根到底就是民主政治，这种用人民的头颅和热血的代价所换取来的政权，根本就不应该被少数人们和一个党派所占有，□一人之财者，谓之盗，还要受法律裁制，而现劫掠千万人民以头颅热血所换取来的最可宝贵的政治果实？一个党派（实在是少数个人）独□中国人民牺牲流血所换取来的政治果实者，已经十有四年于兹了。早就应该是（根本就不应独占），而今更应该是"物还原主"的时候了！

第二，就以今天的抗日社论，抗日战场上流洒着的，是全国各个抗日党派组织成员和全国人民的鲜血！所有这些人们，他们所以血战疆场，慷慨赴死而不少回顾者，是为了保卫他们的祖国，保卫这个人人有份的祖国，他们不是替别人卖命效死，替别人打天下的，也即是说，既然全国人民和各党派共同抗战，那国家的政权，就应该为全国人民和各抗日党派来共同掌握，企图一个党派（其实是少数个人）独据政权，不唯是非理的，而且也是愚蠢的。

第三，今天是日寇疯狂的武装侵略中国和中国用尽一切力量来抵抗日本侵略的时候。然而，根本起来，这日本侵略之来，主要原因，还是由于一党专政。自从"以党治国"以来，政治上任人唯亲，琐琐姻娅，都□据要津，以致政治之窳败，官吏之贪污，均举民国后各个时代而过之。对外腼颜屈辱，对内则倡"党外无党"之说，拼命进行排除异己进攻人民的内战；使国力□丧，因而给中华人民招致来了这空前的灾难。这是"一党专政"招致国难于前……

第四，国共合作，抗战开始，然而当政者在全国共同流血抗战之际，仍紧抱其"一党专政"之顽固政策，昂昂然以正统自居，而视其他党派与全国抗战人民为其附庸。彼所要求于其他党派及全国人民者，乃是尽管牺牲拼命，别问国家政治！因而，见人民进步，怕；见别的党派发展，也怕。尽量压制人民运动；尽量想"容"、"溶"、"防"、"限"别的党派，终而至于"反"和"剿"了。也就由于这种"一党专政"包住了他们的心，他们就不管国家的存亡，不管民族的生死，只怕他们一党专不成政！由此一念，事情就多了。于是煞费心机，训练特务人员，于是想尽办法，逮捕有为青年，于是将举债得来的一万万元，不用之于国防前线，而用之于修筑西北封锁线。于是胡宗南的三十万大军，不上前线抵御敌人，而在后方监视和包围陕甘宁边区，于是而平江惨案，而确山惨案，——终而至于发生了旷古未有的谋害忠良的皖南围歼！皖南事件发生后，全国惶惑，顿挫常态；而敌人即正乘机发动对华新攻势。目前，华中危急，全国□然，所以如此，完全是罪恶的"一党专政"所致！这是"一党专政"招致严重危机于后。

第五，我们必须着重指出：一党专政，据全国人民血汗头颅所换取来的政权为己有而不知耻，反而毫不惭然的认自己为政权里边的正统，扭转头来压迫和戕害其他抗日党派及全国人民。这是世间最不法无理□事，其次，我们今天抗日要能胜利，□□僵的团结，而团结之关键，基本在于废除一党专政，澈底实现民主政治。如果不能澈底实现民主政治，还是一个党派专揽政权，□临其他党派和全国人民，那它虽一时因某种关系，说一"团结"，"团结"，而其压制其他党派和全国人民，过些时日，终必如故，因而团结终必不能巩固，再其次，团结不固，固已不能取得抗战之胜利；除此以外，如果不能废除一党专政，澈底实行民主，□如本报五、九□社论所述，那些倒行逆施，贪污腐化等乌烟瘴气的罪恶行为就不能清除，中国就不能进步，民力就不能发扬，所有这些，集合在一块，就确定的不能使中国抗战得到胜利！

客观的要求和一次一次的血的事实，更明显的摆在我们面前，在中国，今天更应该是废除一党专政和澈底实行民主政治的时候，——然而专政者绝不会把他们所专的"政"；轻易□出来的。要达到这个目的，很明显的还需要中国人民斗争，坚决的，不懈的斗争。

（原载一九四一年二月八日《晋察冀日报》第一版社论）

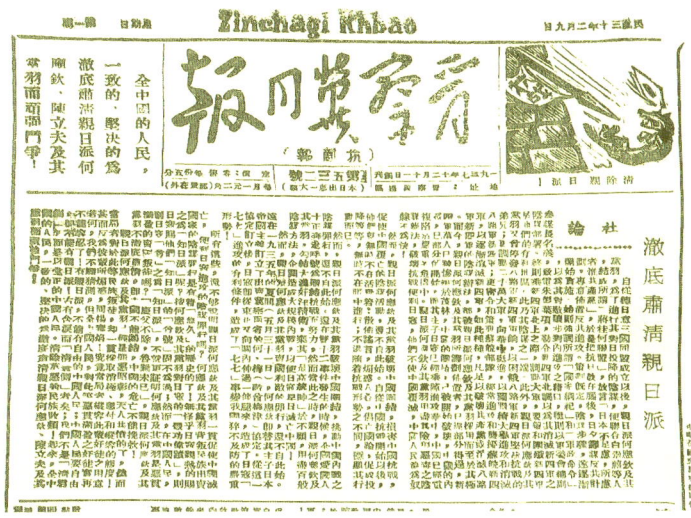

澈底肃清亲日派

自从德日意三国同盟成立以后，亲日派何应钦及其党羽，为了进行其对日投降的阴谋，便联合白崇禧等人，结成所谓"蒋桂何联盟"，放言"日本不足虑，所虑者惟共产党"，于是把抗日放在脑后，日夕筹谋反共计划，专意布置反共进攻。策划既定，阴谋步骤，遂逐渐开始实施，始则强调所谓"国家纲纪"和"军政命令"，以为其对敌让步对内进攻之借口，继则以军委会总副参谋长名义，致电朱彭叶项，勒令新四军北调以为其消灭新四军之阴谋部署。终则乘新四军北上之际，调动大军，要击和围歼新四军于他们的有利地区，此乃其阴谋之一端。此外，亲日派何应钦及其党羽又曾停发八路军新四军军饷，以困饿八路军新四军坚决抗战的弟兄；更调动二十万大军，向华中挺进，以图继续大举进攻和消灭八路军新四军；更密令和策动苏皖部队，经常进攻和袭扰苏皖新四军，以逐渐消灭新四军，如此种种，凡足以破坏共产党或消灭八路军新四军的阴谋办法，都被亲日派何应钦及其党羽采用而至于其极。而今，亲日派何应钦及其党羽所筹划布置者，已经部分得逞，新四军万人已被惨歼于茂林，中国的团结，已被开始破坏，中国的内战，已部分的开始，而其主子日寇已经乘隙进攻华中，中国已经重复陷于严重的危机中。亲日派何应钦及其党羽用尽其险狠恶毒之阴谋办法，破坏抗战便利日寇，他们不使中国覆灭，中国人民沦为奴隶不为快！

然而，亲日派何应钦及其党羽破坏中国团结，损害中国抗战，促使中国覆亡的阴谋活动，还不自此始。自从中国抗战开始以后，他们就无时不在活动着：散布谣言，煽惑人心，倡亡国论，促成投降等等，无时不在暗中进行；不过随着抗战形势之不同，隐显其行动而已。

然而，亲日派何应钦及其党羽破坏中国团结，挑动中国内战之阴谋罪行，还不自此始。还在双十二事件发生的时候，全国爱国人士正奔走呼号为团结抗战而努力，然而当此之时，亲日派何应钦及其党羽，勾结大汉奸汪精卫，弃其"最高统帅"于不顾，用尽百般阴谋方法，企图造成大规模内战，以便日寇早日灭亡中国！

然而，亲日派何应钦及其党羽卖国利敌的罪行，还不自此始。远在一九三五年的夏间（五月三十一日），何应钦即替其主子日本帝国主义订立了出卖冀察两省的何、梅（敌酋梅津）协定。从这一协定订立后，日寇即从东北又向关内伸过一条腿来，造成了日寇"七七"进攻的有利条件，造成了"七七"事变我国猝不及防的严重形势！

所有这些，还不够说明亲日派何应钦及其党羽一贯促使中国灭亡，便利日寇进攻的阴谋罪行吗？何应钦及其党羽背叛民族出卖国家的阴谋罪行是有着"悠久"的历史的了！无怪乎日寇亲热的赐之为"知日派"呢？按何应钦及其党羽对日寇的"丰功伟绩",则日寇赐他们"知日派"的"尊号"固不为过;然而,在中国人民,则日寇"尊"之为"知日派",不就更证明何应钦及其党羽是恶贯满盈的卖国叛徒吗?"庆父不除,鲁难未已",亲日派何应钦及其党羽不澈底肃清,即中国不能团结,中国的危亡不能挽救!

亲日派何应钦及其党羽已经是罪恶昭彰、天人共愤的了,然而当局者对于此等民族叛徒,却一贯采取消极、应付和纵容的态度!甚而反为彼辈所煽惑,同扬毒焰!究竟当局者纵容此辈奸徒之用意若何,我们不愿猜测,但全中国人民,对此等恶贯满盈之奸徒实再不能容忍了!有亲日派,不能有自由的中国人民;中国人民要自由,即不能有亲日派!古有舍泪而"清君侧"者矣;我们不是"清君侧",而是以堂正的中国人民,清除万恶的民族败类!起来,全中国的人民,一致的、坚决的为澈底肃清亲日派何应钦、陈立夫及其党羽而顽强斗争!

(原载一九四一年二月九日《晋察冀日报》第一版社论)

准备春耕

  在我们华北各个抗日根据地里面，不久就将进行春耕。

  两年来的经济建设□□证明，农业生产乃是敌后抗日根据地一切经济建设工作的基础。只有农业生产的发展，才能促进工业与商业之繁荣，保证前线军队的供给，改善广大人的生活，以及生□起源源不绝的人力物力来支持抗战。

  抗战愈是进入艰苦阶段，农业生产的重要性也就愈加鲜明，因此，准备春耕，是今天摆在全体华北军民面前一个迫切的战斗任务。

  估计到华北各个地区是有各种不同的特殊情况，各地春耕工作也将有某些差别，在灌溉□腴的平原，主要的在于扩大耕种面积与提高生产技术；在荒凉贫瘠的山岳地带，则应把垦荒作为一个重要的工作中心；在临近敌占区，迭经敌寇焚掠的区域，主要的在于安辑流亡，恢复生产秩序，并把春耕运动与武装农民的工作联系起来；在比较巩固的中心区域，则应在春耕运动中组织广大农民，动员他们来参加一切抗战工作。

但是，不管各个地区有着怎样不同的特殊情形，都必须在春耕之前进行巨大的组织工作，这个组织上的准备，主要包括以下几项：第一是春耕委员会的建立；第二是调查统计工作的进行；第三是春耕计划的编制；第四是生产资料的筹集。同时，为着防止敌人在春耕时期向我们作突然的袭击，更要号召农民起来参加子弟兵、自卫队、游击小组、以及一切军事的半军事的组织、武装保卫春耕。自然，上述的组织工作和宣传工作是不能分离的、没有广泛深入的宣传，这些组织工作就不能顺利完成。

进行这些准备春耕工作，必须依靠我们抗日根据地的抗日政府、抗日军队、抗日团体、社会先进绅耆以及广大人民协同一致的力量，任何一方面的疏忽或怠工，都可能给予春耕运动以重大的损失。在抗日政府方面，应当领导这一巨大的农业生产工作，领导春耕委员会完成一切春耕前的必要准备，并且根据抗战法令□调整农村的土□租佃关系与保护农民利益，依法严惩一切破坏春耕的行为。在抗日军队方面，春耕时期主要的任务之一，是以积极的行动打击敌人，保护农民的春耕，在可能的情形之下，也应帮助春耕委员会进行准备工作，并有组织的帮助农民劳动。在抗日团体方面，要展开巨大的宣传、动员、组织的工作，使农、工、青、妇、儿童各界都热烈涌□春耕运动中来，参加各种准备工作，农救会必需在这一工作中起先锋的作用。在社会先进绅耆方面，应该让他们来协助春耕委员会解决一切准备工作中的困难，例如调整土地关系与筹集生产资料的困难等，最后，春耕准备工作主要还须依靠广大农民群众，只有我抗日根据地的每个先进农民，特别是农救会的会员，劝导□千百万的农民来积极参加准备春耕的工作，春耕运动才能顺利而迅速地开展。□春耕运动的胜利，将□成长□优良的物质条件，使我们能够坚持华北抗战阵地，一直到战胜敌寇。

（原载一九四一年二月十二日《晋察冀日报》第一版社论）

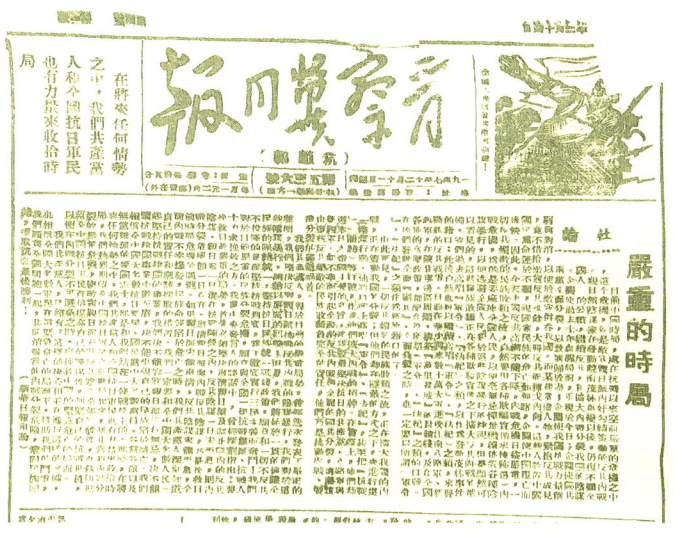

严重的时局

  目前中国时局,处在抗战以来空前严重的危机之中,这个危机,就是敌寇亲日派内奸勾结策动的反共内战。亲日派阴谋家在发动皖南茂林巨变以后,仍复不顾全国人民的公愤,继续反共和扩大内战分裂我国的阴谋,企图使过去十年血腥局面,重现于今日;企图使国共两党全面分裂,以致同归于尽;企图使我国抗战力量削弱与对消,以便于敌寇并吞我国。而某些掌权人物,紧抱反共成见,竟不惜拾敌寇反共唾余,大叫反共而挥戈内向。这些人物置中国国民党命运于不顾,视国家民族的危亡如无睹,企图使中国覆亡而后快。因此,今天中国反共高潮不能下降,内战危机日益严重,一切反共媚敌的民族败类之流,自然要用各种欺骗宣传来掩饰这一内战危机，为的是要麻痹全国人民，以便毫无忌惮地继续布置各种阴谋暴行，以便逃避全国人民对于这些阴谋暴行的注视，但是显然可以看见的，这些民族败类正在各种欺骗宣传之下扩大反共内战的准备。他们过去高唱"军令""法纪"之类，以作为发动茂林事件的借口，此后自然也可以继续高唱"军令""法纪"之类，来发动新的反共战争。目前在华中调来数十万大军进攻江南八路军、新四军，在陕甘宁边区周围，构筑"万里长城"的封锁线，及在全国各地的高压政策，都配合着所谓"军令""法纪"之类的口号。在他们发动全面"剿共"、全面分裂之时，也一定要以所谓"军令""法纪"之类作为新的借口的了。

由此可见，一切反共媚敌的民族败类之流，正在扩大我国的内战，正在策动我国的分裂；但他们却在隐蔽的方式之下，来进行这一阴谋行动。他们口头上高唱"军令""法纪"，甚至把"抗战""团结"等口号，作为他们扩大内战的招牌。在实际上，他们却遵奉日本帝国主义的意旨，□谋杀最坚决抗日的共产党、八路军与新四军。如不幸而引起全面的反共内战与全面的国共分裂，这应该由这些反共媚敌的民族败类负完全的责任，他们乃是挑动内战、制造分裂的罪魁祸首。

我们共产党人，对于目前的严重局势，曾经迭次发表了严正的声明，我们坚决反对亲日派挑动反共内战的阴谋暴行，我们对于这些阴谋暴行，将给以严厉的回击；但是，我们将始终一贯的拥护全民族的团结统一，坚持抗日民族统一战线政策，愿意和一切不反共不投降的党派坚持抗战到底，为了澈底实行三民主义而奋斗！我们对于目前严重的民族分裂危机，愿意与全国一切抗战党派、抗战人士力求挽救之方。我党中央发言人的谈话中，曾经深刻指出：要挽救目前严重的局势，首先必须坚决肃清亲日派及制止国内的反共阴谋。亲日派一日混在抗战阵营之内，反共阴谋一日未平息，则内战分裂危机即一日存在。肃清亲日派与内战反共阴谋，乃是挽救目前时局危机的关键。如果亲日派未能肃清，反共阴谋未能平息，全面内战不幸爆发,民族命运陷于危亡之时,我们共产党人深刻知道自己的责任和应该采取的措置。我们一定要和全中国大多数人民一起坚持抗战建国的事业,我们决不能容许亲日派横行无忌,决不能让抗战建国事业中道而废,决不能坐视自己的民族陷于灭亡,我们相信全中国大多数抗日军民、国民党中大多数党员、各党各派以及无党无派的爱国志士,都是和我们站在一条战线上的。那么,在将来任何情势之中,我们共产党人和全国抗日军民也有力量来收拾时局,我们热烈期望全中国抗日军民立刻动员起来,制止当前内战分裂的严重危机,使敌寇亲日派及其反共阴谋全部的破产,也热切期望全中国抗日军民百倍提高自己的警惕性,加紧自己的抗战动员,以便在内战分裂不可避免之时,来挽救中国的紧急危亡的局面。

我们共产党人,已经有了这样的决心和正在进行这样的准备,也相信全国大多数军民在这紧急危亡的局面下,赞助我们的斗争,我们愿与全国同胞一起,共同消弥当前内战分裂危险,巩固民族团结,争取抗战最后胜利!

(原载一九四一年二月十四日《晋察冀日报》第一版社论)

伟大的对民族国家的忠义行为

　　本报昨日载，新四军为了配合河南国军作战，对敌展开了猛烈的攻势，并且由于将士奋不顾身的勇猛攻击，已经一举而攻下了皖北重镇蒙城。这个消息，只要听到，无论那一个中国人民，都必然要激动涕零的。

　　谁都知道：新四军刚刚遭了亲日派顽固派的暗害毒手，他们万余弟兄的血潴成的血泊，至今尚未稍干，砍伤手足的惨痛的伤痕，至今尚未稍愈！谁都知道：重庆军事委员会竟厚诬他们是"叛逆"，并宣布取消了他们的番号！谁都知道：新四军英明的领导者叶挺军长，至今尚在囹圄之中，受着缧绁之苦！谁也同时知道：敌寇这次进攻河南，完全是亲日派顽固派反共内战的结果。谁也更明白的知道：这次陷在敌寇重围的汤恩伯等部队，正是顽固派进行"剿共"的军队的一部分，而他们的致陷重围，也完全是因为他们专心致志于"剿共"布置，对敌放弃防范的结果。然而就在这一种情况之下，新四军为了挽救时局的危机，为了解救陷在敌人重围的汤恩伯等队部，更为了中国人民的抗战事业，而发动了猛烈的出击。这种光明磊落的胸怀和为民族国家负责任的精神，真可以感动天地！

新四军这种光明磊落的胸怀和为国家民族负责任的精神，是中国共产党这种胸怀和精神所渗透的结果。中国共产党是真正领导中国人民求取解放的政党，是确实为国家民族负责任的政党。中国共产党没有私自的、单独的利益，中国人民的澈底解放和永久的利益，就是中国共产党一切行动的准绳。自从中国共产党成立，廿年以来，为了中国人民的澈底解放和永久的利益，它不只做过无数可歌可泣的牺牲和可钦可佩的奋斗，而且还作过无数能忍能让的委曲求全。在一九二五——二七年大革命的时候，它曾用尽一切力量，从事了这一反帝反封建的革命伟业。惟此之故，这一革命在当时才能得到那样光辉灿烂的胜利。当中国地主资产阶级背叛了人民，背叛了革命的时候，中国共产党又独自和人民在一起，继续肩负起这一革命的任务来。

地主资产阶级拼命镇压革命、屠杀人民的结果，是招致来了日本帝国主义的武装进攻。九一八事变是日本帝国主义用武力灭亡中国的开始。然而就在这个时候，中国地主资产阶级还是置东北□省三百五十万方里土地的沦陷与东三省三千万人民凄厉的惨叫于不顾，专心致志于镇压革命和屠杀人民。但中国共产党，还在九一八事变的翌年，就为了抵抗日寇的侵略，发表了在三个条件下与国民党中任何愿与共产党苏维埃及红军停止内战一致抗日的人们订立抗日协定的宣言。一九三五年八月又有各党各派及全国同胞组织抗日联军与国防政府共同反对日本帝国主义的号召。同年十二月又有组织抗日民族统一战线的决议。一九三六年五月又有中央政府与红军革命军事委员会主张立时停止内战一致抗日的宣言。同年八月，中国共产党中央委员会更向国民党中央委员会送致了一封有名的要求实行停战，并组织两党的统一战线，共同反对日本帝国主义的公开信。共产党不只发表了这些宣言、书信与决议，而且还派遣了自己的代表，多次与国民党方面，进行了谈判。但当时的地主资产阶级，还是紧抱着他们对内进攻、对外让步的政策，不稍放松，因而这些多次的宣言、书信、请求和决议，虽然引起了全国的振奋，但却没有引起当时国民党当局的同意，直至西安事变发生后，共产党为抵抗日本帝国主义，解放中国人民而苦口婆心所要求的国共合作，才略见端倪！

西安事变是当时全国时局的重大转换点。当时"最高统帅"所一向信赖的亲日派头子何应钦，曾勾结今之大汉奸汪精卫，弃其"最高统帅"于不顾，竭力企图并实行煽动内战。而"最高统帅"的性命，也诚然有油灯摇曳，一吹即灭的危险！当此之时，中国共产党挺身而出，奔走呼号，力主和平解决和统一团结；用尽了一切气力，中国共产党才将这极端危险的时局狂澜，力挽回来！

中国共产党所有这些苦口婆心和奔走呼号，所为何来？无他，为的是中国独立，中华民族解放，中国人民自由幸福！然而在一九三七年二月国民党三中全会通过的却是"根绝赤祸"！"根绝赤祸"就"根绝赤祸"吧，只要中国能团结，只要中国能抗战，只要中国能独立，只要中国人民能自由解放，中国共产党忍耐，再忍耐，都是无所不可的！

团结奠定，抗战开始。日寇挟其优越的兵力，由北向南由东向西的横扫过来，当时的局面，非常严重。八路军、新四军受命于这样危难之际，挺进敌后。三年半以来，和敌寇作了无数次的残酷战斗，建立了若许的敌后抗日根据地，解救了千千万万的中国人民，牵制了敌寇五分之三的兵力，全力的配合了正面作战，因之造成有利的形势，特别是去年敌寇企图大举进攻大西南、大西北大后方时，八路军更发动了雄伟的"百团大战"，澈底粉碎了敌寇进攻我大后方的阴谋企图，使大后方人民，得免于寇蹄的蹂躏，而显赫当国的衮衮诸公，亦得安坐在安乐椅上，也就因为这样，英勇的共产党员，英勇的八路军新四军弟兄，不知牺牲过多少！然而当局者对于八路军新四军，则弹药不济，医药不接，军饷不发！日夕筹谋，唯有灭八路军新四军而后快！惨杀其后方留守人员，进攻其前线抗敌将士，更进而把抗日置于脑后，调动大军，专门进"剿"八路军新四军。终而对新四军发动了旷古未有、惨绝人寰的皖南围歼！

"皖南事件"，是顽固派决心分裂团结和决心挑动内战的开始的表现，是顽固派决心重演屠杀中国人民惨剧的序幕。这一事变对共产党八路军新四军，其伤痕是非常深重的，对全国抗战的危害也是非常深重的。果然，日寇就乘着这一个时机，发动了对中原的大举进攻，发动了对汤恩伯等部队的围歼。而值此汤恩伯等部队陷于重围、中原万分危急的时候，新四军又抑压其惨痛的伤痕，在各地奋起发动了对敌的攻势，以解救被敌包围的汤恩伯等部队，以挽救亲日派顽固派为中国人民招致来的严重危机，此等光明磊落、委曲求全、仁至义尽的气魄和精神，真可与日月并昭的了。

中国共产党为民族国家负责任的精神是一贯的，并不因为任何波折而或有稍改。就在顽固派围歼新四军以后，中国共产党为了重整抗日阵营，仍是抑压的提出了十二项最合理的解决的办法来。同时更声明，中国共产党是不记仇的，就是"反共"的队伍，只要他们从反共战场上撤回来，重归抗日，都认他们是抗日的友军，互相帮助，互相尊重。而今，新四军为解救中原的危急和解救陷于重围的汤恩伯等部队而对敌举行猛烈攻势，更明显的用事实说明了这一点。

中国共产党二十年来为国家民族负责任的事实，都一件一件的摆在了中国人民的面前。而中国人民在他们的生活经历中，也确实已经找到了他们的旗帜。对于任何事变，中国共产党是知道他们所应该采取的办法的；对于任何纷迷的道路，中国人民也是确实明白他们所应该追踪的方向的。

我国当局，果真愿继续团结抗战，则对于为国家民族与人民大众的利益而忠诚负责的中国共产党所提出的解决时局的唯一正确主张，就不应不当机立断，接受实行的了。

（原载一九四一年二月十六日《晋察冀日报》第一版社论）

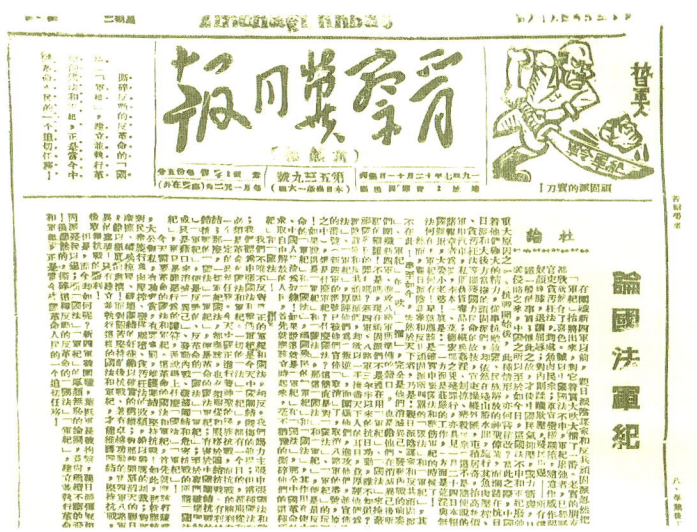

论国法军纪

在围歼新四军以前,亲日派阴谋家和反共顽固派忽然把"国法""军纪"抬将出来,对它着实大吹大擂了一番。老实的朋友们听了,都欣欣然有了喜色。诚以中国国法不申,军纪废弛者,已经历有年所:官吏贪污枉法,到处鱼肉民众;军官蛮横骄堕,随意作威作福;对外则奴颜婢膝,退让屈辱;对内则蹂躏欺压,残民以逞——所有这些,都是铁一般的事实。惟此之故,才使中国民气抑压,国力颓衰,日本帝国主义侵略之来,中国之所以至于如今日,这国法不申和军纪废弛,也是其重大原因之一。抗战开始后,此种情形,亦何尝稍改?当此之际,中国人民都用着他们极大的精力,从事抗敌救国、民族解放的神圣伟业,而溷迹在抗日阵营的亲日派和大后方当权的顽固派们，却依然在残山剩水间，施行其鱼肉压榨、蛮横骄堕、贪污枉法等摧残国力民命的故技，官吏操纵外汇，屯积居奇，抬高物价；军官借军用汽车，私贩仇货毒品，纵兵奸淫、劫掠、残杀民众（这不是随便说的，即以见诸报章者为例，李本一、莫德宏部之凶残罪行，亦具见一月二十四日本报），大发国难财，大娶小老婆！真是"一方面是庄严的工作，一方面是荒淫与无耻"！国法何在，军纪何存！早就应该是确实伸张国法和整饬军纪的时候了！

然而，亲日派阴谋家和反共顽固派所叫嚣的"国法"和"军纪"，其用意却决不在此！事至如今，恍然于天下者，乃是：亲日派阴谋家和反共顽固派对"国法""军纪"的"吹""擂"，完全是他们消灭异己、发动内战的前奏；是给他们围歼新四军、进攻八路军所准备的借口，也是给他们在消除异己后所准备的欺骗的辩护！不是吗，现在顽固派们不是还在用"军纪""国法"来掩蔽他们这种祸国殃民的罪行吗？新四军、八路军三年半以来的抗日功勋，谁不知道？然而亲日派阴谋家和反共顽固派们，却欲以一手掩尽天下人的耳目，竟厚诬他们为不守"国法""军纪"，厚诬他们为"叛逆"，而围歼他们，进攻他们，并宣布取消他们的番号（新四军的番号已被他们宣布"取消"了，取消八路军的番号，原也在计划之中），这是什么军纪？什么国法？这简直是对"国法""军纪"的玩弄和亵渎！如果说这是"军纪"和"国法"，那这"国法"和"军纪"，便是最反动的反革命的"军纪"和"国法"，祸国殃民的"军纪"和"国法"，其作用在使中国灭亡，中国人民沦为奴隶！如果说这就是"军纪"和"国法"，那全中国革命的人民，求取自由解放的人民，首先就应该立时起来，毫不犹豫的撕碎他们的这种所谓"军纪"和"国法"！

我们不唯不反对真正的军纪和国法，相反，我们竭力主张申张国法和整饬军纪；我们认为申张国法和整饬军纪是今天中国团结御侮的前提，但这种国法和军纪，必须是革命的国法和军纪。一切的"法""纪"，都有一个目的,都服从和服务于一个一定的政治任务。今天中国正进行着神圣的民族抗战,而抗战的胜利却端赖团结;那么,一切军纪国法,都应该、也必须服从和服务于团结抗战。有利于中国团结抗战的"国法""军纪",便是革命的国法军纪;有害于中国团结抗战的"国法""军纪",便是反动的、反革命的"国法""军纪";至于专门破坏团结抗战,或只是借口来消灭"异己"、反动内战、破坏团结和危害抗战的所谓"国法""军纪",那只是罪恶行为的护符,还说得上什么"国法""军纪"!

今天需要革命的国法和军纪。这革命的国法和军纪,首先就应该打破党派成见,大公无私,有功者赏,有罪者罚,维护团结,坚持抗战!如此,那就应该对那些对民众施行鱼肉压榨、蛮横骄堕、贪污枉法的败类,给以严厉的制裁;对那些专事摩擦、纵兵掠民、破坏团结的奸徒给以确实的惩办;对那些罪恶滔天的亲日派匪类,给以澈底的肃清!而对艰苦坚持敌后抗战,著有卓越功勋的新四军八路军给以优异的嘉奖!只有建立并执行这样的国法和军纪,才能维护团结,坚持抗战,才能最后取得抗战的胜利!

但是,而今却如何呢?新四军被围歼、叶挺军长被拘系、亲日派弹冠相庆,顽固派残民以逞;而"国法""军纪"的厚颜无耻的论调,竟尚继续不断的飞扬出来!很显然的,撕碎这种反动的反革命的"国法""军纪",建立并执行革命的国法和军纪,正是当今中国革命人民的一个迫切任务!

(原载一九四一年二月十八日《晋察冀日报》第一版社论)

开展清洁卫生运动

　　人生幸福的基础之一，是有健康的体格，若果终日呻吟在床褥之间，任凭别的条件若何优越，终无幸福可言！此理至极明显，固毋需详加解释，而值此抗战期间，一切的人民，都应该，而且也愿意为这神圣的伟业贡献其身手，但若为疾病所苦，则虽有此种雄心壮志，欲其得遂，终不可能。因此，强健体格，免除疾病，一方面固是自己生活幸福的基础，同时也是留得此身，准备报纸的保证。质言之，群众健康，是国利幸福的所自来。

　　敌人是乐意我们多病的。他用尽种种方法，损害我们的健康，毒害我们的生命。暗地派遣汉奸，到我边区内部来撒放毒药的事，我们是早已发现过了。在敌占区，敌人对我同胞健康的损害则更加明显而残酷，到处推销海洛英、鸦片等毒品；到处开设妓院娼寮，使我同胞之意志沉缅、健康消损。敌人不只用炮弹枪刺，残杀我同胞；而且用种种阴谋毒害我同胞的健康，使我中华人民逐渐消灭于不知不觉的灾害病苦中！

敌人之所喜，即我们之所恶；敌人要我们消灭于灾害病苦，我们却偏要健康活泼！在这一点上，我们的健康活泼，就是对敌人阴谋消灭我们于灾害病苦的有力的打击；反过来说，如果我们不能健康活泼，那便不自觉的自遂了敌人的阴谋毒计！

保有健康的体格，使每一个边区人民都健康活泼起来，这是我们当今急需的重要设施。而健身的基础，又在清洁卫生。妄信"鬼神散疫"的时代是过去了。一切疾病之来源，都是来自病菌，这是谁都知道的（当然，在农村中，关于这一点还需要我们的解释和教育）病菌，是我们人身之大敌；病菌的滋长，就是我们身体的消损。展开与病菌的斗争，扑灭它，这是我们健身的中心问题。而清洁卫生，却就是扑灭病菌无上的良法，使其无缘托生的良法。

现在已经是暖风吹拂的春天了，一切有生之伦，皆将在这一个时候，开始萌动和滋生起来，病菌当然也不能例外。一切的污秽垃圾，都是此等病菌托生的围地；况且在这长期战争中，到处都是战场，而敌人又用放毒撒菌的方法来毒害我们，如果不预加防范，不及时开展清洁卫生运动，以消灭毒物与病菌，那么，它一旦蔓延和传播起来，会使边区疫疾流行，会使边区人民遭受疾病之苦和死亡之险的。去年华北各地，以至于我们边区疾疫流行，人民健康损害，死亡率增加的事实，还不是一个明证么？

开展清洁卫生运动，彭真同志正迎接一九四一年的文章中，已经这样号召过我们了。而今天已经阳和日暖，也正是开展这一运动的时候了。

开展清洁卫生运动的基本工作，是对群众宣传教育。乡间民众经常为疾病所苦，因而对疾病也最为痛绝！应该用各式各样的宣传教育方式，广泛的使群众了解疾病之来，完全由于病菌，而扑灭病菌最澈底的方法，就是清洁卫生的科学知识。这样，群众就会警惕于痛苦的疾病而对清洁卫生重视起来。此外，我们还应当使群众了解清洁卫生是一种美德，养成群众崇尚清洁卫生的习俗！

开展清洁卫生运动，是一个集体的工作。必须全村、全区……都崇尚清洁卫生，对于疾病之免除，方克有济。因为病菌之蔓延和传播，并不只限于不讲求清洁卫生之人家。应该把这种知识，也确实解释给民众，使民众互相督促，进行这一工作，当然我们同时也必需告诉群众，这种集体的清洁卫生工作，还在于每一个人，每一家人先从自己个人和家庭做起。我们要使家家户户一致动员起来，把清洁卫生造成一个紧张的广泛的运动。

至于清洁卫生之道，如填厕所猪圈，捕杀苍蝇蚊子，打扫街头巷尾，洗刷衣被手脸等等，纷纭多端，这里暂不详述。

（原载一九四一年二月十九日《晋察冀日报》第一版社论）

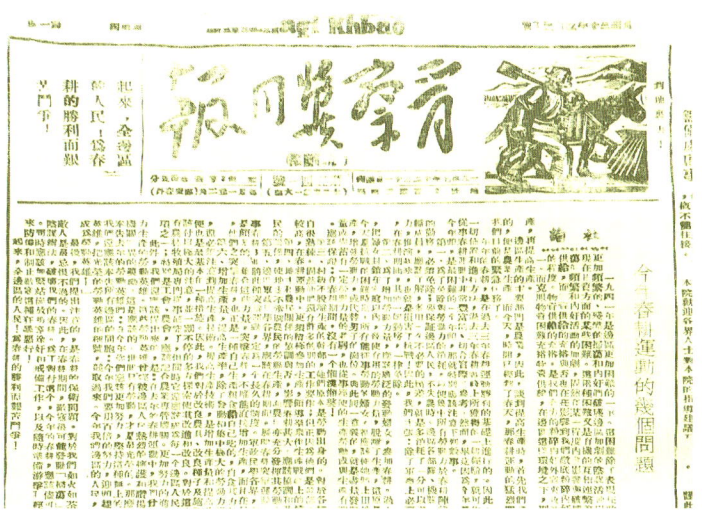

今年春耕运动的几个问题

一九四一年是边区更加困难的一年。这困难除了表现在敌寇对边区将更加频繁的、残酷的"扫荡"和内奸们破坏边区加剧的阴谋活动以外，还会表现在物资方面的某些困难。这两种困难又是有机的互相连系着的。敌寇"扫荡"的频繁和内奸活动的加剧，固然在某一程度内会影响与破坏我们的物资供给，而物资供给的充裕与否也在影响到我们彻底粉碎内奸外寇的夹攻的程度。物资供给的充裕，是我们有力的粉碎内奸外寇夹攻的重要条件之一，而克服物资困难充裕物资供给，在边区这样环境之下，则只有提高生产，再提高生产。

边区生产的主要部门是农业，因此，谈到提高生产时，首先我们应该竭力提高的,便是农业生产。而今天,时间已经到了春天,那春耕运动的猛烈开展,便成为我们目前的紧急任务了。

年年的春耕,是在过去三年春耕运动胜利的基础上进行的。因此,关于春耕的一切布置和进行方法,过去三年春耕战线上所获得的一切经验,就可作为我们今年从事春耕运动中非常丰富的、切合实际的参考。然而,毕竟因为今年是抗战的第四今年头,是最困难的一个年头,那就特别应该注意下列数事。

第一,为了免除对劳动力的消耗,以便集中所有劳动力于春耕阵线计,不必要的勤务,必须免除;要保证边区人民,不失农时。边区各部队、机关、团体及其组织成员,应该了解,多用一个不必要的民差,就是多消耗了一分可以从事春耕的人力,推演起来,也就是损害了抗战!因此,我们主张:除了军事上必要的勤务而外,在春耕期间,其他一切勤务,一律免除。

第二,为了增加劳动力量,应该广泛的发动妇女,参加春耕。过去中国的社会,把妇女封锁在家庭以内,致使有用的劳动力量,脱离了生产,这原是不应该的。今天是抗战的困难时期,所有能从事劳动的妇女,都应该使她们上田地去,参加生产,增强劳动力,或代替男子的岗位。与此同一意义的,就是尽量发动能劳动的儿童或尚蓄有一定劳动力量的老弱,也从事轻便的生产劳动或与生产有关的其他事宜。应该保证:在春耕期间,没有一个懒汉懒婆!

第三,村级不脱离生产的干部,他们原本是劳动出身的。对于各种生产工作,自很熟练。固然他们还有许多的别的工作要作,但正因为他们是干部,政治认识比较高,在春耕运动中,更须积极参加生产,领导群众作生产战线上的模范。

第四,地主和农民关系的协调与否,影响春耕甚大。应该协调和改善地主与农民的关系,使地主不牵制农民的劳动生产,而农民亦充分发挥其劳动力量。

第五、边区军政民学各界，应该在春耕期间，展开春耕突击运动，帮助群众从事春耕，并将此种突击运动，定为一个长久的制度。军政民学各界，在边区，人数是颇多的，集合这些力量，突击春耕，不唯能直接增加生产，而且在另一种意义上，他们之突击春耕，也正是一种自己生产粮食给自己吃的，自食其力的表现。

第六、增加生产量、提高生产率，除了发动和集中极大的劳动力从事生产以外，还必须注意到提高生产技术。提高生产技术，是增加生产量和提高生产率的最捷便也是最基本的一种措施。因此，我们对于改良农具、改良种子及施肥等工作，应该付以极大的注意，并一刻不停的多方探索使其改进和改良。对于这个，边区固然有农林牧殖局专门从事研究了，但同时它还应该成为每一个边区人民经常从事的事项之一。特别是工会、农会，应该配合农业专管机关，更加努力的进行这一工作。

此外，我们还应该提出来的，是：在去年的春耕运动中，我们曾经有了好多努力生产的劳动英雄。这些劳动英雄曾经被边区人民热烈的拥护和赞扬过，受过政府机关优异的奖励。这是应该的，世间只有劳动，才是最光荣的。那么，我们就应该奉告去年的劳动英雄们：在今年你们应该更加努力，坚持这种无上的光荣。同时，我们还应该奉告所有边区的同胞：今年我们要用百倍的努力，迎头赶上去年的劳动英雄，把光荣的劳动英雄的称号，竞取过来。今年我们边区的人民，应该"个个都成为劳动英雄"！

最后，我们提出注意的，是春耕的保卫问题。对于我们如火如荼的春耕运动，敌人是最忌恨不过的。因此，在春耕期间，敌寇很可能发动"扫荡"或用其他种种阴谋办法，破坏我们的春耕。为了对付这个，今年的春耕，应该尽可能的早些下手。同时应该加紧站岗放哨等除奸和戒备工作，以及随时准备游击□经常进行游击，来防备和制止敌寇这种狂暴恶行！起来，全边区的人民！为春耕的胜利而艰苦斗争！

（原载一九四一年二月二十日《晋察冀日报》第一版社论）

争取一九四一年边区春耕运动的完全胜利

在这一九四一年的春天到来的时候，我边区全体党政军民正以百倍紧张的精神，迎接着伟大的春耕生产运动。本报前期社论中对今年春耕运动的特殊重要意义与中心问题已加论列，兹更就其具体工作，分别提出，陑要申论。我们相信根据以往三年间春耕运动的宝贵经验和已得的重大成绩，在今年更进一步来完成春耕运动的各项具体工作，一定是能够得到澈底的胜利的。

我们必须了解：抗战以来，由于敌寇的野蛮破坏，劫掠烧杀，华北的农工业是遭受了严重的摧残，农工业生产，特别是农业的生产水平较之战前是低落了，而在我晋察冀边区，依靠着我党政军民的艰苦斗争，使暴敌的破坏与摧残遇到了强有力的抵抗与打击,使边区经济避免遭受更大的破坏,而且获得了相当的发展,这是边区之幸。虽然如此,但是边区今天的生产水平,一般的说来,较之战前也还是没有足够的恢复与提高,因此,在今年的春耕中,恢复与提高农业生产水平,就必须成为春耕运动的总的任务。

根据这一总的任务,我们必须以更加百倍紧张的努力来进行和完成我们的具体工作。

一、我们必须发扬边区同胞高度的民族互助友爱的精神,广泛借贷农具、仔种。去年边区春耕时节,根据不完全的统计,有二十个县份,就曾经用借贷的方式调剂了粮食和仔种约二万石,购买、制造与借用了十二万余付的农具,这种光辉的成绩,我们必须在今年春耕中继续把它发扬起来。今年缺乏农具仔种的现象虽然不严重,但也应该加以注意,事先很好地设法调剂一下。

二、消灭熟荒、开垦新荒、加强深耕、改善施肥,以增加生产,这是今年春耕中的中□问题。去年边区的开荒成绩,根据二十县不完整的材料,达二十一万余亩,而边区可开的荒地为数尚多。我们今年必须努力使熟地不致荒废,将已开的荒地,加工培种,使它成为优良的田地,把山坡地大量改成梯田,既可避免雨水的冲刷,又可蓄积水份,保持土质,利于作物的滋长,有许多好处。去年灵寿县的劳动英雄,平均每人开荒达二十亩,全边区去年修滩二十万亩,开渠二千零十六道,凿井三千五百九十三眼,可以溉田十七万亩,这些都是我们已得的胜利,今年更应为开辟新荒十五万亩至二十万亩而斗争,为改变二十万亩的旱地为水田而斗争。如果说,每亩水田比旱田能增收一斗到两斗的粮食,那末二十万亩就可以增加粮食四万石。只要我们大家人人努力,则积小为大,我们的计划就一定可以完成。

三、在抗战以前的产棉区域,应以五分之一的土地种植棉花,这也是今年春耕中应该注意做到的。因为这不但可以使我们的棉花能自给自足,同时还可用以交换某些必需品。但是必须很好地选种、划定地区,有计划地种植，防止种棉过多影响粮食生产的现象。

四、广植林木，特别是种植果树，在边区是很必需的，我们在今年要提出"一人两株"的口号来，力争其实现。去年我们已经种植了约六百余万株的树木，只新乐一县就种了百余万株，以此为例，则今年的成绩，一定要更好。我们要号召各地普遍建立青年林、儿童林、妇女林、烈士林等，互相竞赛。我们更要把"一人一鸡""三人或五人一猪"的口号变成为实际的事实，各机关各团体和党政军民干部更应起先锋作用。这样，我们就可以在春耕运动中使农业副产物大大地增加，不但可以充裕民生，而且更可以给敌寇"扫荡"进攻时到处抢掠与毁伤我民家之猪、鸡、果树等暴行以有力的回答。

五、代耕抗属土地，必须保证坚决实行，去年二十县的不全统计，代耕约十七万亩，今年要更求其成绩超过去年，同时应积极倡导与实行集体劳动，集中使用劳力，节省劳动力的浪费，反而可以提高劳动效率，多而且快，收□甚大。去年曲阳县某村农民曾因实行集体互助的劳动，结果在同一面积的耕地上，少耗费五百工，收成却一点也不少，这是我们很好的榜样。因此在今年我们必须尽量普遍采取这种集体互助的劳动，很经济地使用我们的劳动力，省却劳力的浪耗，就可以多做活，多生产了。

六、动员广大妇女更大规模地参加春耕生产运动，这应该成为今后生产运动的一个重要的发展方向。根据去年十几个县不完全的统计，妇女开荒修滩将近五万亩，筑堤三百十五道，种植妇女林一千四百四十六处，而扬名边区内外的边区妇女劳动英雄——平山抗属焦全英——一个人开荒二十一亩，修滩十亩，植树十七株，养鸡五只，养猪一口，并且在劳动中精神特别兴奋愉快，随时进行文化娱乐工作，推进全村的春耕运动，这更是值得全边区的妇女们在今年春耕中百倍努力学习的模范。我们热烈希望女英雄焦全英在今年更加发扬其劳动精神，积极努力保持与超过去年的纪录，为全边区劳动妇女的表率，同时更望全边区的劳动妇女们，一致向焦女英雄学习与竞赛！我们更必须指出：妇女参加生产，无论对战时生产事业的发展或对妇女自身的解放，都有极其重大的意义与作用。

七、"干部参加生产，人人参加劳动"应该成为今年春耕运动中的中心口号之一。无论党政军民脱离生产的干部，在有荒地的地区，至少每人开一亩到两亩；在旱地可以改为水田的地区，也应该有类似的努力标准。边区全体脱离生产的干部，都能参加生产，成绩定有可观。我们必须向陕甘宁边区的干部，学习努力生产劳动的精神。凡是脱离生产的干部，都不应该以任何理由来推辞这个参加生产劳动的任务。

八、边区子弟兵在不妨碍战斗的原则下，积极帮助春耕，参加生产，在去年曾经获得了巨大的成绩，开了荒地三万余亩，帮助春耕十八万余亩，种菜一千零二十二亩，养猪近一万只，养羊二千一百五十只。我们希望在今年的春耕中，我们的子弟兵会更加发扬这一积极劳动的传统精神，战斗之余，努力生产，造成更大的成绩。

关于春耕中的抗战勤务，应如何极力设法减少甚至于停止，以保证生产中有足够的劳动力等问题，本报前期社论业已论及，至于抗战勤务制度本身的改进问题，兹姑不论。这里仅仅提出如上的几个具体工作问题，我们希望在全边区的党政军民一致紧张动员之下，胜利的完成一九四一年边区的春耕生产运动的任务，使我们这一敌后的抗日根据地，能够在生产战线上，造成一个超于过去任何时期的辉煌的纪录，以坚持敌后长期的抗战。我们对于这一任务的胜利完成，是具有最大信心的。

（原载一九四一年二月二十一日《晋察冀日报》第一版社论）

动员广大妇女参加春耕

本报上两期论述春耕的社论里，都曾着重提到动员更加广大的妇女群众涌进春耕战线上去的开题。诚以妇女本身，原本蓄有强大的劳动力量；在体力上（智力上也同样），妇女与男子原无什么殊异。而过去中国的社会，对妇女却横加种种酷刑（如足穿耳等），伤她们的体力；把她们封锁在家庭以内，使她们一天到头，唯炊育儿是务，男子固让妇女为不能从事劳动矣，而历年久远，则相安，大部分妇女，亦且自认为劳动生产，唯男子是依，妇女无能从事。这样，遂使妇女的劳动力量，废置不用。

妇女在中国人民里边，数居一半，把一半能从事劳动的人民的力量，废置不用；扭转头来，反使其自己的生活，仰给于另一半人民（男子），这种情形，影响生产，影响物资供给的充裕，何等巨大？况在抗战期间，况在敌人后方的边区，由于敌寇的破坏和封锁，物资困难，将形加剧；而客观上，却是：必须物资的充裕，才能坚持敌后抗战，粉碎敌寇"扫荡"。敌后抗战必须坚持，敌寇"扫荡"必须粉碎，因此，物资的困难也必须克服。而克服这种困难，却又必须强大的增加劳动力量，猛烈的发展生产。但边区的实际情形，又是：广大青年壮丁，涌进部队中去，英勇地走上杀敌的战场。这就使农村中的劳动力量多多少少较前减少，在这种情形之下，要发展生产，充裕物资，动员广大妇女群众到生产战线上去，是最迫切的一种措施，也是最好的一个办法。

妇女涌进生产战线去，积极从事劳动生产是妇女同胞热心抗敌救国的最具体的表现。然而，妇女从事劳动生产的意义，还不仅止于此。过去妇女在中国社会里的地位，是和男子不平等的。这当然原因很多，但妇女不能直接从事劳动生产，在经济上不能独立，俯首于男子的帮助之下，却是其中的一个重要原因。今天，我们应该，同时也正在撕碎男女间的这一种不平等，提高妇女在社会上、家庭里地位。但要澈底的做到这个，妇女能够从事劳动生产，在经济上能够不依赖于男子，是一个最基本的最必要的前提。

妇女有能力从事劳动生产，并不仅仅是一个理论，而且也已经为许多实际的事实所证明远如苏联妇女在劳动生产上的供献，就不说了。就在边区，英勇果敢的边区妇女，在劳动生产上辉煌的成绩，已经是昭彰在人耳目的了。在去年，春耕运动中边区妇女已经获得了如本报上期社论所述的那样伟大的成绩。就在妇女劳动力的动员上，去年春耕运动中，边区各专区最高的百分比，竟达到全体妇女劳动力的百分之七十五（五专区），这些妇女群众所创造的伟绩，都是边区妇女的极大光荣，而由妇女劳动英雄焦全英所获得的成绩（见本报昨日社论），更是璀如星月，不可磨灭。

在边区这样的实际环境之下，在去年边区妇女春耕中辉煌成次的基础之上，在今年的春耕运动中，我们应该更加动员广大的妇女群众到春耕战线上去。同时，我们相信，觉悟了的边区妇女，也一定能够为了抗战事业和自己的解放，更加发挥她们劳动力量，成群的涌进春耕浪潮中去的。

自然，要充分的动员妇女群众到春耕战线上去，还需要我们解决一些附带的问题，以减少她们的累。我们应该确实把男妇，组织起来，代青壮年妇女做饭、抱孩子，以免除妇女从事生产的"后头之忧"，这是很重要的，我们应当付以必要的注意。

（原载一九四一年二月二十二日《晋察冀日报》第一版社论）

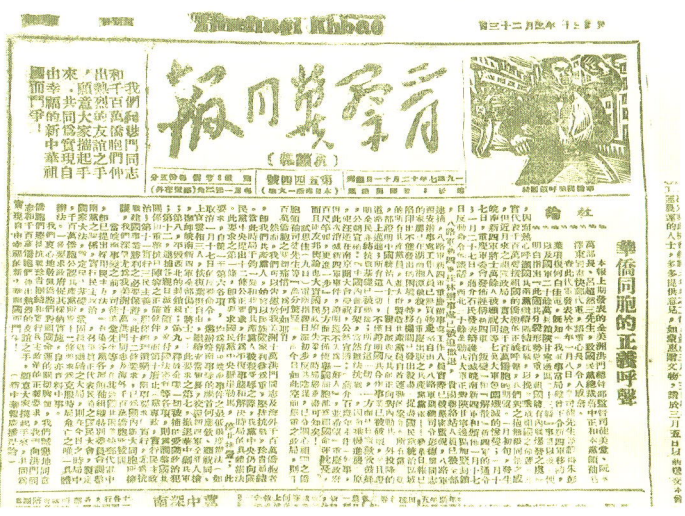

华侨同胞的正义呼声

本报上期发表的全美洲洪门总干部监督司徒美堂、阮本万部长、吕超然三先生，致国民党总裁蒋中正和本党领袖毛泽东同志快邮代电，语重心长，令人感奋。

查此代电发表于本年一月八日，□司徒先生专读得朱彭叶项复何白佳电，既知"我军事当局确曾下令新四军移防，以及国军二十余万封锁陕甘宁边区二十三县"事实以后，便明白指出"此国共分裂形势严重，祖国将有内战爆发之虞"，因而热心呼吁国共两党继续团结抗战，以挽救垂危祖国之命运。此实代表千百万声援祖国的侨胞的正义呼声，我们对之抱无限同情之感，但近月来之祖国政局，实大违千百万侨胞的期望。一月初旬，发生皖南新四军将士万余人被顾祝同等七万大军包围歼灭的惨变；一月十七日，重庆军委会发布诬称新四军"叛变"和"解散"新四军的通令；一月二十七日，蒋介石氏发表辩护消灭皖南新四军和颁布一月十七日反动命令的谈话，西北□十余万剿共大军正对陕甘宁边区加紧封锁，八路军新四军桂林办事处已被迫撤退，贵阳联络站人员已被全部逮捕，八路军新四军重庆办事处工作人员实际已被严密监视，八路军西安办事处工作人员已无买物走路自由，八路军副总司令彭德怀同志的家属已在湖南湘潭被杀，在重庆出版之共产党党报——《新华日报》已陷印出不能发出的困境，特务机关已发出杀尽、捉尽国民党统治区域的所有共产党员，并大批制造共产党员自首运动的案令。所有这一切，都证明中国统治人士——亲日派与反共派正向对内剿共□外投降的道路上迈进；所有这一切，不仅证明国共合作事业已被破坏，而且证明全民团结抗战基础已被动摇；所有这一切，一方面使日寇欢欣鼓舞，公开宣称"中国内部打架，当然无法抗战"，因而乘机进袭中原，使汪逆在南京开大会庆祝，公然宣称"蒋介石几年未作一好事，但此次消灭新四军事件，证明还不失为一好人"，并希望"重庆政府百尺竿头，更进一步"，另方面不仅使举国同胞都为祖国命运耽忧，而且使友邦舆论也大责国民政府失策，时局严重尽可知矣！

试思佳（九日）电所指亲日派初步反共阴谋，已令关心祖国之侨胞领袖司徒先生等"万分惊疑"，而今日如此空前严重之政局，则千百万侨胞之关切痛惜，为何如耶？！

然而，我们可以告慰于我美洲十万洪门同志及海外千百万侨胞者，即我们共产党人，始终以民族国家利益为重，坚持抗战，珍贵团结。当此时局千钧一发和我们共产党人被杀受辱之际，我党中央仍向国民党中央提出十二条公正要求，作为平复事态和解决时局的具体办法。此要求之第一条，即为要求国民党中央悬崖勒马，停止挑衅；此要求，自第一至第六各项，均为解决皖南事件之最低限度办法（如取消一月十七日的反动命令，惩办皖南事变的祸首何应钦、顾祝同、上官云相三人，恢复叶挺自由，继续充当军长，交还新四军全部人枪，抚恤皖南新四军全部伤亡将士）；此要求之第七，撤退华中剿共军；第八，平毁西北的封锁线；第九，释放全国一切被捕的爱国政治犯；第十二，逮捕各亲日派首领，交付国法审判等各项，则为调整国共关系和重整抗日阵容之正确条件，而第十废止一党专政，实行民主政治；第十一实行三民主义，服从总理遗嘱，两项要求的实行，尤为抗战建国事业胜利之必要保证。此十二条要求，已被国内广大同胞所拥护，我们深信尤为我美洲十万洪门同志及海外千百万侨胞所赞同。

当皖南事变之前，司徒美堂先生等，在其致国共两党快邮代电中，即已提出采用民主方法，"召集各党各派领袖组织特别委员会调整两党之关系，实行民主政治，召集真正代表民意之国民大会，制定国家大法，奠定民主基础，巩固抗战团结之大局"，则在今日之时局中，千百万侨胞公认共产党所提十二条要求为克服时局危亡之唯一具体办法，一致要求政府促其采纳实施，自亦意料中事。

我们衷心地敬佩侨胞们对祖国命运的关切胸怀，我们诚恳地同意侨胞们坚持抗战珍贵团结和实行民主政治的正义要求，我们向洪门同志和千百万侨胞们伸出热烈的友谊之手，愿意大家携起手来，共同为实现自由幸福的新中华祖国而斗争！

（原载一九四一年二月二十三日《晋察冀日报》第一版社论）

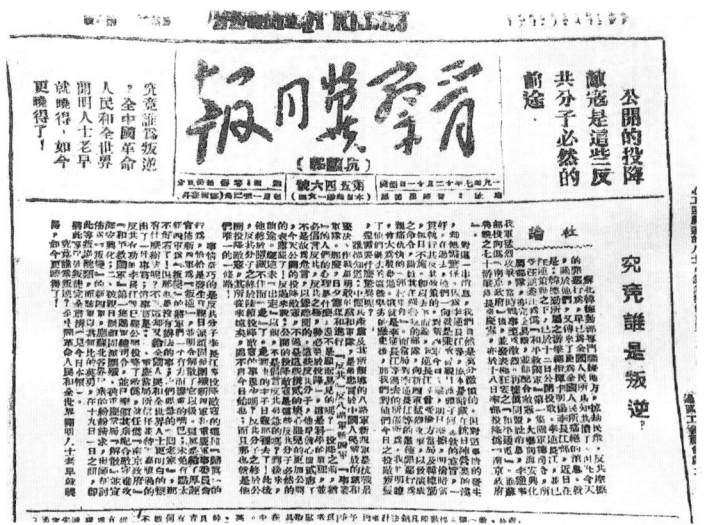

究竟谁是叛逆？

苏北韩德勤部专门骚扰地方，掠劫民众，反共摩擦的罪恶行为，早已为全国人民所共知共愤了。但在今天，关于他们，又传来了更为全中国人民所痛绝的消息。就是：韩德勤所属之游击总指挥李明杨李长江部，近日在汪逆策动之下，已于十二日公开投敌。李逆长江，并已受汪逆委任为伪"和平救国军"第一集团军总司令，所属部队，亦完全易职，并即配合敌寇，大举向海安兴化我军猛烈攻击，当时战事至为激烈。再据伪同盟社消息，李逆率部投向伪"南京政府"后，并发表极狂妄之"和平通电"。而苏鲁皖之七十游击队长秦庆霖，亦于十八日率部投降伪"南京政府"。

对这一串消息，我们自然是万分激愤的。但对这事情的发生，却无需惊怪。因为李逆长江等，原本是暗藏在抗日阵营里的汉奸。在过去，他们一向就是秉承着亲日派头子何应钦的意旨，一贯执行其反共政策的。对新四军今日攻击，明日摩擦，明枪暗战，无日不施。即以去年而论，李逆长江等曾受渝方当局及韩德勤之命令，动员其在苏鲁皖的部队，向新四军猛烈攻击。以致演成亲痛仇快的"郭村事件"。而当局对李逆长江等的这种罪恶行为，曾大为奖励过。这就是李逆长江等过去的所作所为。我们明了了他们过去的这些卑劣的历史后，那我们对他们今日之投敌叛变，还需要什么惊异呢？

谁都知道：中国共产党及其所领导的八路军新四军是抗战最坚决、作战最勇敢的党和军队，是最忠实于中国人民解放的党和军队。那么，日夕筹谋和进行"反共"反八路军新四军"事业"的人们的心理是什么，还不是显而易见的吗？"投降之前，犹必倡言反共，反共之极，势必至于投降"，这是科学的真理，并不是故为危言，以□听闻的。这些反共分子，他早就心怀二志了，今天公开的投降敌寇，不过是这些样式的坏心眼儿的更加公开的表露罢了！反过来说：公开的投降敌寇是这些反共分子必然的前途。汪逆未"出走"以前，不是倡言反共最急的吗？到后来，他终于隐藏不住而"走"了，走到他的主子日寇那里去了！此后，反共份子之终于公开投降敌寇，其所从来远矣，固不自今日始也，而且那也就是他们唯一的一条路！

事情奇巧的是反共分子李长江等投降敌寇的这种"归真"的行为，恰恰是发生在亲日派顽固派围歼新四军和重庆军事委员会宣布新四军为"叛逆"，并命令解散了它以后。这真是给了厚诬新四军为"叛变"的将军们一个有力而惨重的嘴巴；未免有点太不好看了！但那也是没有办法的事；他们要急的"回老家"，那有什么办法呢？不过这却又给全国人民和全世界人士更明白的摆出了一件事实；这事实是：一、重庆当局所信任并特别嘉奖过的反共有功的李长江等已经公开投降了敌伪，就任伪"南京政府""和平救国军"第一集团军总司令，并已率领其众配合敌寇进攻海安兴化；二、被亲日派顽固派围歼，被重庆当局"解散"并宣布为"叛变"的新四军，应苏北各界民众的纷纷请求，出师征讨此等叛逆丑类，而该军以其无比的英勇，在十九日一日之间，即将此等民族叛徒完全肃清（见今日本报）。

究竟谁为叛逆？全中国革命人民和全世界开明人士老早就晓得，如今更晓得了！

（原载一九四一年二月二十六日《晋察冀日报》第一版社论）

纪念苏联红军的诞辰

在工农红军降生后二十二年的今天,无产阶级的祖国苏联已经胜利的完成了社会主义的建设,把自己创造成为自由和幸福的乐园,吸引和团结着全世界的劳动阶级,成为世界革命的光明的灯塔;而工农红军自己则已建设起了强大的社会主义的国防,继续捍卫祖国光明的国土,保护人民天堂似的快乐生活的不被侵略,并使自己成为举世崇敬的和平堡垒,在动荡的国际大局中,起其举足轻重的作用。在今天,全世界的无产阶级和爱好和平人士必然会热烈庆祝这一有意义的纪念日,并对他们苏联红军寄以无限的同情与希望,希望他们继续迅速壮大来解救人类的厄运。

在我们中国,我们和苏联红军的友谊更是和其他国家不同的。苏联红军给予我们的实际有效的援助，使抗战奠定了胜利的基础，显示了祖国解放的曙光；但同时我们在祝贺我们朋友的胜利的诞辰纪念的时候，我们自己的祖国却依然处在空前的危难之中。亲日派出卖祖国的罪谋和反共顽固派反共投降的暴行，更加深了民族的严重危机和困难，特别是敌后抗战，是一天比一天更加艰苦和紧张了。因之，我们纪念苏联红军的降生，就应该加紧吸收苏联红军胜利的经验，来强化我们抗日最坚决的八路军和新四军，壮大我们的力量，提高我们的战斗力，以应付这空前严重的局面，战胜日寇汉奸亲日派的联合进攻，使祖国走向胜利的坦途，这就是：

第一，要深刻认识坚持华北抗战的确切不移的正确方针。加强根据地的各项建设，特别是军事方面的建设，更进一步的巩固我们的根据地。军队如果没有竭力援助前线的坚固后方，那他就必遭失败。华北的各个抗日根据地都是作战的前线，同时又是主力部队休息生养的后方，我们必须把这些后方，百倍强固起来，成为无坚不摧的堡垒。要做到这样，首先就要加强和健全各地军区和军分区的建设工作，真正从广大群众中创造出一大批和人民有血肉不可分的地方武装，在当地展开广泛的群众性游击战争，并要不断扩大和巩固这些地方武装，提高他们的军事技术和政治素养，使能在任何困难情形下独当一面，坚持作战。苏联主□红军，在国内战争和反对外国武装干涉时，所以能取得胜利，就因为有无数地方游击队和地方武装的配合和帮助。我们的主力部队在此严重时局，更□把帮助发展地方武装，加强军区建设，视为自己的神圣的责任。地方武装的加强，军区的健全，根据地的巩固，将必会使主力部队迅速壮大，并更能充分发挥自己坚强的战斗力。

第二，要坚决执行抗日民族统一战线的正确方针，联合各阶级、各阶层、各友军共同坚持抗战，这一中共中央所确定的方针，在整个抗日战争时期是不变的。我们的主力部队，无论在作战和驻防之中，都应该丝毫不打折扣的实行这一方针和根据这一方针所确定的各项具体政策。我们是忠实于抗日、忠诚于人民的，我们始终把抗日利益和人民利益放在第一位，我们所反对的是日寇和少数汉奸亲日派败类，我们始终坚持"人不犯我，我不犯人；人若犯我，我必犯人"的原则。这样，我们就必然能取得广大人民的拥护，我们就会无往而不胜利的摧毁敌人。

第三，要经常在部队中、政治上、思想上的教育，提高战斗员和指挥员的民族意识和政治觉悟。我们要抓紧新鲜的事实的例子，作为教材，在部队中进行有系统的思想上的宣传和解释，我们要在部队中展开广泛而热烈的反投降妥协的斗争，及我们战士对日寇汉奸和亲日派的同仇敌忾，求得部队政治上思想上的完全一致。苏联红军之所以胜利，是因为：（甲）红军战士们了解战争底目的和任务，并觉悟到这些目的和任务的正确性；（乙）对战争目的和任务之正确性的觉悟，就巩固了他们的纪律精神和战斗能力；（丙）因此红军战士群众在与敌人斗争中，就常常显出无可比拟的、奋不顾身的气概和从所未见的群众英勇精神。我们完全应该向这一方面努力，要把每个战士锻炼成为刚毅果敢奋不顾身的铁的勇士。

第四，要加强部队的军事训练和政治工作，巩固和提高部队的战斗力。正规兵团除了积极作战行动外，还应该随时随地抓紧机会进行休整训练，就正是为了增大部队的力量，使能在以后作战中求得更大的胜利。任何忽视和轻视整训的观念，都是不应该存在的。苏联红军的所以强大，就因为有经常的优秀的训练。我们要更加紧和深入部队的政治工作，严格注意敌寇奸细的活动，减少和消灭非战斗的冗员。

第五，要加强八路军、新四军部队内部干部的团结，一切共产党员干部，必须在思想上、政治上团结一致，把握"下级服从上级"的原则，保证全部队绝对服从中共中央革命军事委员会和各级部队首长的正确领导，并且要以自己团结一致的精神，去影响部队中的群众干部，求得全体干部的坚固团结；只有全体干部的团结，才能使整个部队团结得像一个人一样，才能严格部队的纪律，才能真正铸成铁的兵团。苏联红军之所以胜利，就因为"数十人、数百人、数千人乃至数百万人都万众一心地按照中央所发出的命令，共同行动"。

自然，苏联红军的经验是很多的，我们只举出上述数点，希望大家，特别是部队同志，悉心研究苏联红军的经验，以□引用到今日中国民族解放和人民解放的事业中来！（《新华日报》华北版社论）

（原载一九四一年二月二十七日《晋察冀日报》第一版社论）

论民族气节

两年多以前,毛泽东同志在其《论新阶段》一书中,曾着重指出当时全民族的第一任务(现在当然也是),在于高度发扬民族自尊心和自信心存于世界,这个民族的人民有否高度的自尊心和自信心,也就是有否强烈的民族意识,在一定的意义上,是起着决定的作用的。如果一个民族连民族自尊心和自信心都没有,那这个民族的前途,就只有被奴役和被消灭了!

民族自尊心和自信心最基本的、最明显的表现,就是民族气节,民族自尊心自信心及民族气节,这两个东西是无论什么时候都分不开的;民族气节,是为民族自尊心和自信心所决定着的;民族自尊心和自信心的高低,一定要反映到民族气节高低上。因此，民族气节的高低，就是民族自尊心和自信心的最精密的测量器；因此，民族气节的高低，也就是一个民族能否获得自由解放，能否永久适存于世界的一个最标准的检温表。无论看那一个民族的兴衰和能否获得自由解放，不看别的，只看这个民族有无凛然的民族气节，只看这个民族的人民有无忠贞节烈的行为就尽够了！

我们中华民族是历来就有着高尚的民族气节的，不论过去那一个朝代，我们都有着很多富贵不能淫，威武不能屈，贫贱不能移的气节凛然的人物的。我们祖先们这样忠贞节烈，宁死不二的气魄和精神，在百年之下，还令我们钦佩不已。这是我们中华民族的光荣，而这种光荣的传统，也完全被近代中国的无产阶级承继了下来，并将它更加发扬光大了。过去的不说，抗战以来，中国无产阶级为了民族的解放，所作的不屈不挠、艰苦卓绝的种种斗争，就都昭彰在人耳目，而他们在敌人屠刀下慷慨赴死，从容就义的节烈行为，即令备极狂暴凶残的敌寇，对之也不能不深深钦服！

相反的，中国的大地主大资产阶级的上层份子，那些平日口口声声喊着"礼义廉耻"的人，却是最缺乏民族气节甚至于根本丧失了民族气节的。这个，是由于中国历史所造成的大地主大资产阶级本身的依赖性与买办性所决定的。事情很明白，靠服侍别人吃饭的人，对他的主子能不和颜悦色吗？能不温柔恭顺吗？能不威□□□笑吗？唯有他们，对于横逆之来，可以顺受和忍从；唯有他们，在政治上，可以朝三暮四，摇身数变！"九一八"事变后，全中国人民是不能忍受了，出面大声疾呼；他们却默不作声，哀乞国联。"一·二八"事变、长城事变、华北事变以后，全中国人民是更加不能忍受了，进而奋起抵抗；他们却心平气和，订立了丧权辱国的淞沪协定、塘沽协定、何梅协定；从容退出冀东，退出天津、北平，乃至河北省。这一种"忍辱负重"的"精神"，也只有他们才能有，也只有深受过基督教义"要打左脸，把右脸也给他"的熏陶者之流才能有。

不得已被迫而抗战了，但，他们仍然在不断动摇着。后来终于也又部分的开始叛变了。缪斌不是他们的一个显赫的要人（国民党中央委员）么？现在是敌寇欺骗麻醉中国人民的伪"新民会"会长，汪精卫不是他们更显赫的一个要人（国民党副总裁）么？而今是敌寇播弄下的伪"南京政府"的主席，是最凶恶的敌寇的帮手。其余在伪"南京政府"下的那一群：陈公博、周佛海、梅思平、林柏生、褚民谊之流，那一个不是他们阶级里的威威赫赫的人物？为什么这样？那是很清楚的，因为他们从来就不知道民族气节为何物！

就因为他们自己根本不知民族气节为何物，所以他们对于别阶级人士的民族气节以至政治气节，也毫不珍惜，他们用着金钱、美女、监狱和屠刀，威胁利诱前进的青年，陷害共产党员，造成一种事实，使他们离开他们的政治立场，写"悔过"书，写"自首"状，为什么硬要逼他们"悔过"和"自首"呢？他们是汉奸么？汉奸我们才使他"悔过"和"自首"的，那是因为他曾做过卖国的勾当，为了解救他们，使他们回头，使他们改过的。对于前进青年和共产党员，硬要逼他们"悔过"和"自首"，难道就是因为他们抗战最坚决么？若然，那究竟当局者是在替谁做着工作？"河里的淹死鬼，忌妒别人活着，一定要把别人拉下水去，和自己死在一块儿"，这是乡间流传着的有真理的寓言故事，大地主大资产阶级当政的上层份子的这个作为，正是这样！

然而，站在伟大的中华民族为独立自由而不屈不挠的抗战立场上，在民族正义与生存的观点上，当局者的这种行为，正是倡导与教唆民族的气节，摧毁民族精神，也就是断丧民族生命的罪恶行为。为了保持忠贞节烈的民族气节的传统，为了保持民族永久的生命，我们应该积极起来，反这种倡导叛变，毁堕民族气节的卑劣无耻行为！

（原载一九四一年二月二十八日《晋察冀日报》第一版社论）

消灭春疫预防春瘟

　　最近数月华北某些地区发生了很严重的春疫，是流行性感冒疟疾与伤寒。由于我们防疫设备的不够和医药的缺乏，乡村里面，死亡率大为增长，这种情形，对于我们的抗战，对于我们各方面的动员工作，对于我们的生产建设事业，对于我们抗日根据地里面的社会秩序都将发生一些不良的影响，使我们的抗战力量受到不应有的削弱，大有妨害我们动员群众去克服当前敌奸夹击的危险。应该引起我们应有的警惕考察。时疫流行现象的原因，主要的不外由于战争的环境，敌寇在华北各地的烧杀，在"扫荡"时向我抗日根据地大量散布病菌，以及毒化、淫化政策等等。敌寇正是在华北传播时疫的罪魁，但是不能否认的，我们主观方面的防疫工作是作得异常不够，有的地方甚至对这种现象抱着漠不关心的态度。目前有些地方已经受到了时疫流行的重大损害，有些地方由于冬季亢旱病菌仍在滋生，而反"扫荡"战后的扫除战场工作做得不够，春季有发生严重春疫的可能。因此必须向全华北军民提起警告，要求我们各地的党政军民机关以及广大人民及时做必要的准备。预防春瘟应该立刻着手进行下列几项实际工作：

第一，应该发动广大群众利用春耕以前的农闲机会，在各地乡村里进行普遍的扫除掩埋工作，把荒野中尚未掩埋的人畜尸体全部肃清，掩埋时必须在入土三尺一下，并力求避免为山洪所冲毁，如有可能，应该在掩埋时施用石灰或者用火化，以杜绝微菌的繁衍与蔓延。牲畜骨灰也是一种极重要的肥料，尚能有计划的收集，对春耕也是极大的利益。

第二，应该迅速准备各种必需的医药设备，以期能够及时扑灭各种的病菌，这就要求各地政权机关及抗战部队在这方面起领导作用，一方面要普遍建立卫生机关，担负起防疫与将来肃清瘟疫的任务，一方面要尽量收集医务人材，准备医药，以应将来之急需，某些地方在医药缺乏的条件之下，应该大量收集中药泡制秘方，征求各地秘传药，以补救药品不足的困难。目前各地中医及中药商人部份存留在敌占区，应尽量争取他们回到抗日根据地来，为祖国服务。

第三，要求广大群众进行深入的卫生防疫教育，进行看护工作的简要训练，在□能的情况之下，各机关部队以及地方民众之间，应该筹集一些必需的防疫药品，实行预防注射，只有使广大群众了解时疫流行的严重性及预防方法，只有依靠广大群众力量，普遍实行各项防疫办法，才能真正达到消灭时疫、预防春瘟之目的。

第四，应该在各地政权机关的指导之下，发展公共卫生事业，例如医院的建立，病人的隔离，出售食品的检查，饮料的澄清，毒物的严厉取缔，以及民众公共卫生习惯之养成等等，都须有计划的进行。必须使这一类公共卫生事业广泛发展，才能加强我们抵抗时疫春瘟的力量。

第五，应该百倍提高警觉性，防止敌寇汉奸制造瘟疫的阴谋，这个阴谋表现于其毒化、淫化政策以及对我防疫工作的破坏。我们每一个抗日公民，必须了解消灭时疫与预防春瘟，也是一种对敌的斗争。如果没有这一斗争的胜利，在其他抗日战线上也将受到重大影响。

在进行消灭时疫预防春瘟的过程中，也必须特别注意到和悲观失望情绪作斗争，由时疫春瘟所引起的悲观情绪以及某些恐怖迷信现象，不可免的会在一部份（甚至是大部分）群众中滋长起来，这就需要进行深入的宣传教育工作，□广大群众深刻了解形成瘟疫现象的原因及消灭这种现象的可能。同时，要以实际的防疫工作防疫效果证明给群众看，只要我们有足够的准备，就要以把这个严重现象克服。

（原载一九四一年三月一日《晋察冀日报》第一版社论）

庆祝边区农会成立三周年

三月三日,是晋察冀边区农民救国会成立的三周年纪念日。对于自己组织诞生纪念日的来临,边区广大农民,自然应该万分欢忭和极度兴奋的!

三年以来,边区农会对边区的抗战事业,供献了它的伟大的力量,起了极其重大的作用。由于边区农救会的正确的领导,由于它的发动与教育,提高了广大农民群众的民族的政治的觉悟,更由于它的积极改善农民群众的生活,才使广大农民群众的抗战热忱与生产积极性发扬起了。我们试看三年来边区多少优秀的农民子弟,涌进了子弟兵团,为国家民族,和敌寇做了英勇的抗争,保卫了边区;多少农民组织起广大的地方武装,经常袭扰敌人,广泛开展游击战争，配合着正规军的作战，保卫家乡，保卫边区，也即是保卫中国；多少农民，艰苦的服着抗战勤务，帮助了军队作战，造成我们军队胜利的有利条件。而在生产运动中，边区农民为增加抗战物资□进行的奋斗，则更为广泛而普遍的边区农民对抗战的供献，着实是非常伟大的；也唯此之故，边区才能够粉碎敌人历次的"扫荡"，才能够如现在这样巩固与壮大。边区农会三年来这一显著的成就是人所共知的，它保卫了民族，保卫了边区，也是保卫了边区农民群众自己切身的利益，提高了边区农民在政治上和社会上的地位。边区农民自己晓得三年来边区农救会对他们的帮助是何等巨大。边区农救会是边区农民利益的最忠实的一个保障者。

但是三年来的边区农运当然也还存在着许多缺点与弱点，这此缺点与弱点在新的形势下，急需加以克服与急需百倍的努力。当着边区农会成立三周年的时候，我们相信大家一定能够有系统地很好的总结三年来边区的农运经验与教训，站在最大多数劳动农民永久利益的立场上，确定进一步发展农运的新方针，继续领导农民群众，为实现农运中的正确方针而斗争。

由于边区农会是边区农民自己的组织，因此它必须代表并为实现边区广大劳动农民的永久的利益而非为其眼前狭隘的利益而斗争，过去如此，现在如此，今后更应如此。因为只有永久的利益才是真正的利益，只顾门前小利的人，必定看不见也得不到永久的利益，这是人人都会懂得的道理。

边区农会既组织了边区广大的劳动农民，因此边区农会更应该成为农民群众积极生产的切实领导者；发扬劳动农民的积极生产的光荣的劳动精神，发展边区的生产建设，为了充实与支持边区抗战的物力财力，也为了改善农民群众自己的生活。

今天边区农运工作，如其他各种工作一样，由于种种原因，存在着严重的发展不平衡的现象，成为工作发展中的很大的困难与缺点，因此，三周年以后的边区农会更应该加紧工作的突击，来克服这不平衡的现象。

当着边区农救会三周年到来的今天，却正是抗战迈入最困难阶段的时期；这个时期，敌人对边区的"扫荡"将更加频繁，而国内亲日派顽固派分裂团结破坏抗战的罪恶行为也已经开始。这将使处在敌人远后方的晋察冀边区坚持抗战的任务更见加重起来。这就需要我们晋察冀边区广大的农民，在纪念自己组织诞生三周年的今天，更加振奋起来，更加发扬我们过去一贯高度的爱国精神、拿定决心，坚持保卫这个模范的根据地，英勇的走上作战前线，走上生产前线，为保卫晋察冀边区，保卫全中国而奋斗到底！

（原载一九四一年三月二日《晋察冀日报》第一版社论）

新四军杀敌讨逆大胜

被国民政府军事委员会以反动命令取消番号之新四军,自中共中央革命军事委员会正式任命陈毅为代理军长,张云逸为副军长,刘少奇为政治委员,并改编为七个师的劲旅,由陈等统一指挥后,全军上下精神奋发,士气高涨,近以排山倒海之浩大声势,在苏皖豫一带,展开极猛烈之活动,杀敌致果,连续取得振奋全国之伟大胜利。即以近半月之作战而言,即有三大可歌可泣之战绩,计:(一)活动于皖豫边境地区之新四军某部,当敌寇集中大军猛扑中原,中央军汤恩伯等部由"剿"共阵地仓惶溃退,遭受重大危险时,急由津浦路附近出动,东向而击,节节追杀敌寇,牵制其正面进攻,曾于十、十一两日,一鼓而下皖东北名城蒙城涡阳，尽歼城内守敌，扫荡皖东妖气；而其左翼则包围怀远，进逼蚌埠，右翼则抄袭太和，进击□阳，并曾在□县、永城等处，屡创顽寇，予敌以重大杀伤，实为皖豫敌后之一大奇捷；（二）挺进于苏皖边境地区之新四军某某等部，在苏北淮阴阜宁，皖东北阳县一带，纵横杀敌，大显身手，一路曾攻克青阳，溪直，薄泗县，一路则尽拔阜宁附近之敌占据点，兵临淮阳，苏皖边境，凯歌遍唱；（三）游击纵队副司令李长江，率部投敌，为虎作伥，受汪逆精卫委为伪"和平救国军"第一集团军总司令，并配合敌寇向海安兴化我国军猛烈进攻，韩德勤养虎为患，曾受相当损失，苏中地区顿时情况混乱，消息不明，而久为李逆所盘踞之老巢泰州，更是乌烟瘴气，糜烂不堪。陈代军长等在当地友军与地方民兵纷纷请求下，乃颁布明令，出师讨逆，于十九日晨发动总攻，至二十日晨，在连克姜堰、苏陈庄后，即直捣李逆巢穴，克复泰州诸地。李逆所部虾兵蟹将，丁聚基、王孝礼等部，均为我讨逆军所一一歼灭。而其深明大义，不甘附逆之某某两部，则在我讨逆军开入泰州时乘机全部反正。遂使祸害滔天之李部叛逆，得以及时平息，呻吟于寇伪魔爪下之苏中人民，乃又重睹天日，而敌寇汪逆之鬼□伎俩，也就再一次宣告失败。抗日除奸之战果实在是非常辉煌的。

上诉三大战绩，又再一次证明新四军是忠于国家，忠于民族的最坚决的抗日部队，是热爱友军，敬爱人民的革命的先锋队，是民族利益和人民利益的真正维护者。国民党当局经常标榜的"国家至上，民族至上"，"抗战第一，胜利第一"，新四军才真正完全做到了。虽然亲日派千方百计陷害新四军将士，甚至作出无法无天之罪行，虽然重庆当局公开颁布反动命令取消新四军番号，把功高日月的全军领袖叶挺军长交付所谓"军法审判"，但新四军健儿在我党中央领导之下，仍一本初衷，矢志抗战，坚决执行抗日民族统一战线的政策。茂林之血迹未干，将士之悲愤犹殷，而我新四军终在日寇汉奸与"剿共"军两面夹击、处境艰险万状之中，对国家民族之利益，却仍英勇战斗，舍身以赴，而对友军人民之请求，新四军虽赴汤蹈火，万死不辞。亲日派与重庆当局曾一再污蔑新四军，谓新四军叛变抗日，图谋不轨，现在事实证明，真正叛变民族，为敌作伥的，不是新四军，而却正是以这一套罪恶名词加害新四军的苏鲁皖战区司令长官顾祝同本人的部属，是顾祝同、韩德勤所统率的亲信部队李长江部，是最忠实执行何应钦、顾祝同、韩德勤辈反共意志的"剿共"先锋队，是重庆当局因其反共有功，而大加嘉奖过的郭村战役的制造者。毫无疑义的，李长江的叛国投敌，为害民众，首先就要李逆的顶头上司顾祝同、韩德勤辈负完全责任。同时反共当局者也决不能丝毫委卸罪咎。因为正是他们不顾新四军的一再呈控，甘心收容这样的民族败类，汪逆党羽；正是他们一再给以反共命令和反共教育，而最后遂使其更益丧失民族意志，而完全恬不知耻的摇身一变公开投日。我们应该郑重指出，李逆的叛变，同样是重庆当局内战外和政策的必然恶果。如果重庆当局仍然执迷不悟，醉心反共，那末在那种反共教育的熏陶之下，必然将会有更多意志薄弱的部队离开抗日阵营，投奔日寇汪逆的怀抱。而他们必然会像李逆长江那样，反过头来为害家国人民，并且咬食你们自己。

新四军陈代军长等在就职通电中，曾明白宣布："毅等誓遵三民主义，服从总理遗嘱，与万恶敌人——日本帝国主义及其走狗亲日派奋斗到底！"而在声讨亲日派通电中，更披沥肝胆，号召全国人民必须速起注意正视真正叛变者！而这次三大辉煌战绩，实为新四军将士在接受中共中央革命军事委员会命令以后，实践自己抗日讨逆意志的第一声。新四军将士□然自动配合抗日友军，在苏皖豫地区予日寇以重大打击，又复接受人民请求出师戡平李逆长江的叛乱，真可谓是旗开得胜，马到成功。在这几次大战中，已经充分显示了新四军是无坚不摧的犀利的雄狮，确实证明新四军不仅有责任，而且有能力来坚持抗战，保卫祖国，讨伐叛逆，肃清奸邪。今天谁要是叛卖祖国，投降敌寇，新四军就会毫不客气的给以应得的惩办，一如给予李逆长江的惩戒一样；今天只要人民对于新四军有所请求，新四军就会责无旁贷，义无反顾的毅然决然出师加以征讨，一如征讨李逆长江一样。同时在讨伐李逆的战争中，又很显著的证明一个真理，就是一切卖国投敌的部队，都必然是不堪一击的。这首先就因为它内部精神涣散，士气不振，大多数官兵都是有良心的中国人，决不甘心充当日寇爪牙。因之，这种叛逆部队，一旦与我军交锋，几乎只要几个口号，便可把他们完全瓦解。试看新四军征讨李逆，仅在二十四小时以内，即连克重要城镇，完全解决战斗，李逆所部或则土崩溃散，或则遭受歼灭，或则大义反正，而李逆本人则仅能以残兵数百，脱身逃命而已。李逆的命运，也就是将来所有亲日派汪逆份子的命运，谁要是愿受汪逆的利用，则谁的头颅也必然难保。

新四军在华中的一再告捷，给日寇以严重打击，特别是消灭伪"和平救国军"第一集团军，剪除汪逆在长江下游的可靠翼羽，自必引起日寇的极度震恐与忿恨。现在根据最后消息，日寇已由陇海、津浦各线，以至皖东、江南，抽调大批兵力，纷由海州、徐州、淮阴、如皋、高邮、涟水等据点出动，大举"扫荡"苏北苏中地区之新四军。鏖战数月之新四军，又复重陷于新的残酷的紧张战争中。但新四军早已下定决心，要与苏北苏中人民共存亡，自当乘旺胜之锐气，与日寇一决雌雄，为保卫国土，保卫当地人民之生命财产而奋斗。此时，久附新四军侧背之"剿共"军，究将采取何种态度，当为国人所最关心的问题。前而当日□□□中原包围猛攻"剿共军"，"剿共军"遭受重大压迫危急万急之时，新四军不但不计私仇，不存报复，而且积极在敌后发动大规模的对敌进攻，抢救由剿共阵地撤退之友军，使其不致为日寇与亲日派所毒害，而李品仙等部队，亦曾因此而获得脱险，则□诸常理，今日新四军在遭受日寇残酷"扫荡"时，"剿共"军自当秉民族国家的良心，稍稍放弃反共成见，不再受亲日派之愚弄，或则竟效法新四军当日光明磊落之行动，配合新四军共同对日作战，奈据各方消息，"剿共"军不但不能以德报德，且反而以怨报德，近日其反复集结于平汉线及豫东地区，摆开阵势，准备配合日寇对新四军实行内外夹击，而"剿共"

军李□□部,则已积极向□阳、蒙城等处新四军进攻,重演其"收复失地"的故技。前一次日寇亲日派利用反共当权者"剿共"内战的弱点,大举进攻中原之惨祸,尚不足以教训若辈,鹬蚌相争,渔人得利,民族国家危急,在此时机当局竟不顾一切利害,企图横行到底,请问反共派的人们,你们究竟是何居心?试问你们这样进行反共内战,其结果将置国家民族于何地?同时也将置你们自身于何地?一切"剿共"的将士们,请你们清楚的回忆一下,看目前寇蹄深入中原的情况,勿再陷入亲日派何应钦辈之奸计,陷你们于身败名裂的危险境地。我们号召全华北军民,一致奋起,为制止亲日派暴行,援救新四军而奋斗!我们呼吁全国爱国同胞,世界正义人士,一致起来,督促重庆当局悬崖勒马,接受我党中央十二项主张,首先是停止对华中新四军的"剿共"军事行动!

(原载一九四一年三月四日《晋察冀日报》第一版社论)

好男儿参加到抗日武装中去

我们紧急号召全华北勇敢有为的好男儿，成群结队的参加到抗日武装中去，首先是各地的子弟兵团——正规军，其次是各种民兵武装——青抗先、基干队、模范队，在这时局危机空前严重、中华民族生死存亡的转变关头，提出这一紧急的号召，自然是有特殊重大意义的。

茂林事变所揭露的亲日派的全部阴谋，告诉我们，亲日派阴谋家和反共份子是要全部出卖祖国。首先是抗日力量最强大、抗战最坚决的华北，他们怂恿日寇向华北增兵，最残酷的进击华北的八路军（现在日寇已有五万兵力增加到华北来），他们和日寇（订立）默契，要分工合作的进行联合"剿"共，"剿"灭华北华中的八路军新四军，摧毁我们辛勤缔造的各个抗日根据地。虽然蒋介石氏与亲日派联日成立"蒋桂何联盟"，已经是搬了石头打了自己的脚，尝到了反共内战的恶果，但是亲日派和反共顽固派的反共内战的决心和投降卖国的阴谋，却决不能就此改变或中止的，而日寇对于华北敌后的"扫荡"，也只会一天更比一天加紧，更会毒辣。

目前残酷的春季"扫荡"，必将迅速到来，要战胜日寇与亲日派反共份子的阴谋进攻，保卫华北各抗日的根据地，对日寇进行坚决的反"扫荡"战，便需要更益增强我们的武装力量，便需要我们的好男儿去充实和壮大这些武装部队。只有武装战线上的胜利，才能够巩固我们的根据地，继续在这些根据地上安居乐业享受自由与幸福。同时正因为时局逆转，国内分裂已经开始，全面内战投降的危机严重存在，就愈加需要增强我们的武装力量。事实告诉我们，国内分裂虽已开始，而敌后抗日民主根据地即必须继续坚持。

全面的内战投降危机，虽更严重，但这危机之所以尚未立刻全面爆发，主要的是依靠着五□十万坚强的八路军和新四军保障，如果现在没有这几十万坚决抗日的队伍，那末整个中国老早就被那些无耻的卖国贼出卖完了。正因为有了这样一个伟大力量，所以每当国内困难和增长的时候，全国人民以及世界进步人士，必立刻把注意力集中于华北，集中于共产党八路军与新四军，而在现在这个空前紧张的局面中，他们必须关心华北的各方面，特别是关心华北武装力量的不断壮大。他们企望和期待共产党八路军和新四军来克服目前的危机，挽救目前的危局，这就加倍增加了我们华北全体军民的责任，就是说，我们不仅要对全华北负责，而且要对全中国负责，革命所课与我们的责任极大，我们要增强我们自己的力量，以便能胜任愉快的担负起这个责任。

因之，在这个时候参加到抗日武装中去，作为民族解放的先锋，是较任何其他时候是更为光荣的。在这个紧急动员号召中，我们首先要号召我们自己的共产党员同志们——中华民族的优秀儿女，以身作则，踊跃的投身到抗日的武装中去。

在总结苏联战胜帝国主义武装干涉和白匪军队叛乱的联合进攻的经验中，联共党史曾经指出："红军的所以胜利是因为布尔塞维克是红军后方和前线的领导中坚"，同时我们又看到当年轻的苏维埃共和国□才成立，而就遭到武装侵犯，频于危险境地时，在列宁"一切都为前线"的口号下，就有半数共产党员和青年团员，拿起枪枝奔赴前线作战。

虽然今天的中国情形不同，今天中国的抗战主要是反对日本帝国主义及其走卒汉奸亲日派，但是共产党员为了争取民族的解放与制止投降内战的危机，而参加前线作战，仍然有头等重大的意义。晋察冀边区之所以能够不断粉碎敌寇最残酷的进攻，在最近又□复阜平，击破日寇割裂□区的阴谋，其原因之一，就在于边区在历次兵役动员中，都有大批的优秀的共产党员参加，在部队中形成骨干作用。

为了祖国，为了革命，每个共产党支部，都应该动员本支部一定数量的党员，参加到部队中去。党员逃避兵役，甚至以为参加了共产党就可以不当兵，是可耻的错误观点。正惟我是共产党员，我是民族和人民解放的先锋战士，我就更有责任和义务，参加到斗争最尖锐的武装前线中去。

在这里，我们同样应该提出"我们的岗位在前线"这一英勇的口号，布尔塞维克应该成为我军的模范，而且要以自己的模范行动，来领导和率领广大群众，深入到武装部队中，增加抗日武装——最重要的是铁的正规军团的力量。

同时在这一紧急号召的动员中，我们要较任何时期更有计划有组织的来动员广大群众入伍。这里，各地两年来的动员兵役的经验，应该好好的整理起来并加以全部接受，特别是晋察冀边区动员□战士模范的作法和经验，应该加以接受和运用。我们要成立党政军民统一的动员新兵的机关——新兵动员委员会，求得统一的领导和各方面密切的联系。这样才不至于你动我不动，或者是已经动员来了而无法巩固。

我们不仅要以团体以组织力量来有组织的发动，特别是各种人民武装组织，更要提出富于鼓动性的口号，来激动自己的队员参加正规军。我们要和其他工作取得密切的配合，特别是春耕准备工作，去改善民生工作，要贯澈减租减息及增加工资，适当而正确的解决优待抗属问题和农村中存在着的土地纠纷，以及春耕中的困难等等，如此一方面可使动员工作更顺利的开展，另一方面又可扩大春耕的基础。

全华北优秀男儿起来！我们要以参加武装战线的英勇行动，来反对茂林惨杀，反对亲日派阴谋家出卖华北出卖祖国的罪行，要以深入武装队伍的英勇行动，来迎接敌寇的"扫荡"，好男儿当兵去！当兵是最光荣的！（《新华日报》华北版社论）

（原载一九四一年三月五日《晋察冀日报》第一版社论）

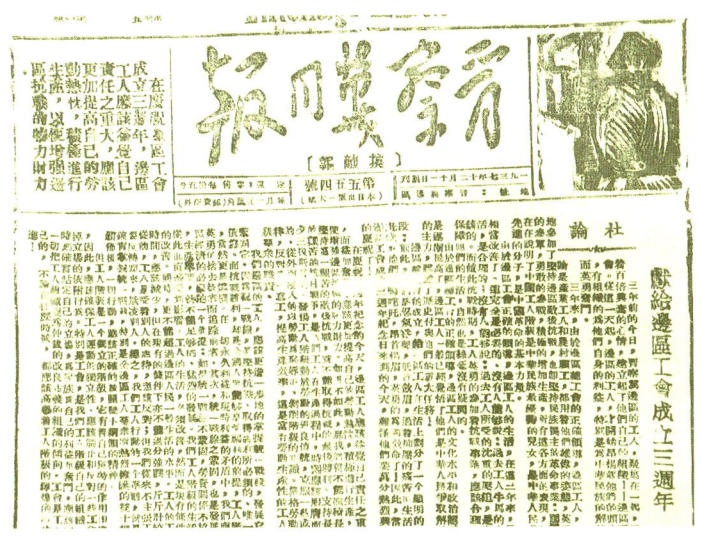

献给边区工会成立三周年

三年前的今日,晋察冀边区的工人,聚集在一起,用着百倍兴奋的心情,建立起了他们自己的组织——边区工会。从这一天起,边区的工人,才开始昂扬起他们的头来,有组织的为他们自身的利益,特别是为中华民族的解放而英勇奋斗。

三年来,由于边区总工会的正确领导,边区工人,不论是产业工人和农村雇工,都用着他们雄伟的姿态,英勇地参加了坚持边区敌后抗战,也即坚持民族民主的革命事业:踊跃的参军,勇敢的参战,积极的增加生产,所有这各方面的表现,都在说明了中国工人阶级是中华民族最优秀的儿女,是中华人民最先进的分子,是中国革命的基本力量。

由于边区工会正确的领导，边区工人的生活，在这三年来，是相当改善了。这完全是必要的，没有人能够说：过去工人牛马的生活，是合理的；没有人能够说：过去工人所受的沉重的压迫，是应该的。而值此抗战时期，工人英勇的参加着抗战事业，应该合理的保障他们的生活，自然也是丝毫没有疑问的。

由于边区总工会的正确领导，边区工人的文化水平和政治认识是逐渐提高了，边区工人一般已经觉悟了他们是中华人民争取解放的主力，认识了历史付与他们的重大任务！

边区总工会的成立，给边区工人在生活上划分了一个显明的阶段；此前，他们是忍气吞声，低首敛眉，过着抑压的痛苦的生活；此后，他们□□□□，昂首扬眉，英勇的为国效命了！因此，当着边区工会成立三周年纪念日来到的今天，难怪他们要万分热烈兴奋的庆祝了！

在庆祝三周年纪念的今天，边区工人应该益觉自己责任之重大，而益加奋起，应该更加提高自己的劳动热忱，积极进行生产，以便增强边区抗战的物力财力。如果不如此，那我们就不能继续长期坚持这一艰苦的敌后抗战，就不能取得抗战的最后胜利。支持长期的艰苦的抗日战争，是我们工人在生产过程中，时刻应该□□而日夕三复斯言的，发扬工人阶级勤于劳动的优良传统，克服一些或有的，从外面侵入的以劳动为耻辱的、剥削阶级的意识。严格劳动纪律，反对消极怠工，提高生产效率，这是富有劳动生产性的工人阶级群众的职责。

我们边区的工人，应该更进一步地掌握统一战线，发展它，巩固它。因为统一战线，是坚持抗战、取得胜利所必须的、唯一的依靠。而抗战胜利，却是全国人民享受福利的前提，工人阶级，当然更是这样。在一切永久利益和现时利益的矛盾中，我们应该英勇的舍去后者而追踪前者。其次，统一战线之巩固，也是发展边区经济的必要的一个前提：如果统一战线不巩固，劳资关系不协调,生产事业,就不能足够的、猛烈的发展。我们工人阶级的生活,从此也直接受到影响。工人的生活,必须改善,然而是现有条件下的改善。同时,更不能超过边区人民一般生活的水平。工人的工作时间,应该减少,但在现有的条件下亦不能过分强调,斤斤计较。从前,工人是受着别人的虐待,应该反对;但我们从来不主张工人要反转头来,欺凌别人。总之,我们工人行动的一个准则,就是要确实掌握统一战线,特别是全边区工人群众所热烈拥护的双十纲领颁布后,一切行动,应该正确的按照双十纲领的精神。

但工人阶级是一个独立的阶级,它有着自己独特的作用和使命,因此,应该确保工人运动的独立性,应该制止和反对一些工会失掉立场的依附行为。特别是工会,是我们工人阶级自己的组织,应时刻确实站定自己的立场,为民族为自己的利益而奋斗,应该反对一切把工人组织变为仲裁的改良主义的组织的倾向。工会是工人自己的,不论在什么时候,都应该高举着工人阶级的辉煌的旗帜前进!

(原载一九四一年三月七日《晋察冀日报》第一版社论)

坚持华北抗战加强军区工作

目前华北战争形势正处在严重的困难之中，日寇增兵华北，将会对各个抗日根据地进行更残酷的"扫荡"，可能由分区"扫荡"进到分区"清剿"，战争将会日益频繁，日益残酷；同时国内时局又正处在内战和投降的严重危机面前，汉奸汪逆和亲日派反共顽固派，可能配合日寇，向我华北各抗日根据地进行极冒险的扰乱与破坏，在这种情势之下，我们华北敌后的每一个抗日军人，每一个抗日人民，都要有足够的信心和决心，把华北造成为抵抗敌寇和亲日派反共派向我民族联合进攻的堡垒。

我们华北军民一定要在任何困难危险的局面下，坚持华北抗战到底，一直到取得胜利。为着胜利的完成坚持华北抗战任务，摆在我们面前的第一项工作，就是加强军区建设。因为只有加强军区建设，才能更益巩固根据地，提高正规军的战斗力；才能进一步的普遍发动有组织的群众武装，成为正规军作战的有力助手；才能使军区真正成为积蓄武力，使用武力的军事组织者，真正成为野战军人员补充休整作战的依靠。有了铁的军区，才能有铁的不能击破的抗日根据地！

由于我们华北的党政军民的一致努力，三年多，在华北各个军区，已有了显著的成绩，真正做到了统一一个地区中一切武装力量的指挥，发动了一个地区群众性游击战争的伟大作用，建立并发展了地方武装，并在与敌进行有组织的武装斗争中逐渐提高其战斗力，发展与巩固了强大的野战军，并且建立了统一的民兵制度，真正做到了全面的全民总动员。这些军区所建立起来的民兵，已在对敌战争中起了伟大的作用。去年百团大战的伟大胜利，全华北的大半民兵就都参加了战斗，他们不仅担任运输、担架、送茶、送饭，有些地区的民兵更有组织有计划的参加到正规军里面，担任破坏和牵制敌人的任务，发挥了无比伟大的力量。

但是，显然的，直到今天我们华北各个军区的工作，还存在着严重的弱点及其发展程度的不平衡。例如在晋察冀，已经建立了有威信有力量的军区军分区；军区军分区的威信已经深入了晋察冀每一个人民的心中。军区的供给、卫生、教育、训练以及宣传动员种种工作都有了适合需要的设备与方式，培养了大批有才能的各级地方武装干部，群众武装建树了许多巨大的功绩。然而在个别地区，一般的在思想上还没有足够的认识军区建设与根据地巩固的关系，动员武装部门还非常不健全，对配备武装干部还有忽视的情形，有计划的宣传动员亦仍嫌不够，民兵也还不巩固，尤其是下级干部和群众还都不了解军区与自身的关系，还不相信自己的力量，不了解人民武装的巨大作用，群众性的游击战争还没有达到应有的程度。

因之，我们加强军区建设：第一，必须从思想上纠正党政军民各级干部轻视军区工作，特别是地方武装工作的观念，加强军区工作的配备，要把优秀的干部配备到武装动员部门中去。各群众团体应发动自己的会员到自卫队及民兵中，共产党员更应该在参加武装工作中作群众的模范。

第二，必须提高军区军分区的领导威信，加强武装部门的组织机构，充实与健全各级武装部门，加强领导，培养与训练大批在群众中有威信有能力的地方干部，使其成为领导与团结群众武装的核心。

第三，必须建立与健全群众武装组织，民兵组织，在武装中建立的情报网，侦查网，灵活及时的传达情报，并加强民兵的军事教育，使民兵具有初步的军事常识，做到能够保护地方，掩护与配合正规军袭击敌人。同时，要大量开展游击区的民兵工作，使接近敌战区的民兵，经常到敌人点线上去活动，破坏敌人交通，扰乱敌人，使根据地更益巩固。

此外，加强军区工作，应与各个抗日根据地的各种具体工作配合进行。在目前，我华北各个抗日根据地正在准备武装保卫春耕的战争，因此加强军区工作，必须注意到加强战斗力与劳动力的配合，因为只有这样，才能更益提高千百万群众参战情绪，更益提高军区威信，军区工作一定会有飞跃的进展。

（原载一九四一年三月九日《晋察冀日报》第一版社论）

开展敌占区及接近敌占区工作

　　深入敌占区开展敌占区及其附近地区的工作，是封锁和缩小敌人占领地，巩固和扩大我们抗日根据地的重要一环。自百团大战开始及杨尚昆同志在□报代论中提出面向敌占区、深入敌占区、猛烈开展敌占区工作的伟大号召以后，近半年来在党政军民一致努力下，华北各地的敌占区工作，已经表现出显著的进步。近来各地敌伪军的不时自动成群结队反正，除由于部队争取敌伪军工作的努力外，敌占区工作的开展，也是重大的基本因素之一。但是，正由于敌占区及接近敌占地区工作的日益开展，我们发现了在这一工作中还存在着某些缺点和弱点，这缺点和弱点相当的障碍了工作的更益推进，甚至使敌占区工作和努力敌占区工作的干部，受到不少的损失。如太南、太岳、冀南、冀鲁等处，时有努力敌占区工作干部被敌伪逮捕、迫害，已有的敌占区工作遭受严重破坏的情□发生。这是值得我们万分注意的。究竟我们的敌占区工作存在着些什么缺点和弱点？这些缺点和弱点的原因何在？这首先，□于我们对开展敌占区及其附近地区工作的基本方针，缺乏充分的了解；对敌占区及其附近地区的环境，缺乏正确的认识。敌占区环境显然是与我们根据地有很大不同的，统治敌占区的是敌人和汉奸，而不是我们的抗日民主政权。因之，要明目张胆的进行工作，自然是不可能的；但在另一方面居住在敌占区的，毕竟大多数是中国人民，而且这大多数中国人中，更有绝大多数是不甘心当亡国奴的。反之，他们因为日受敌伪的压迫蹂躏，有切肤之痛，更时刻怀念着祖国和祖国抗战的胜利，希望祖国抗战部队拯救他们，这就给予我们开展敌占区工作以客观的可靠基础。但因为我们对这两方面缺乏足够的认识，就往往容易发生两种摇摆不定的不正确的倾向：一种是右的倾向，便是过高估计敌伪的统治力量，轻视或小看自己的能力，过份夸大敌占区工作的困难，否认或忽视开展工作的有利条件，以致产生一种"恐日病"，对敌占区及其附近地区视为"畏途"，裹足不前，甚至即使已经打入敌占区，也不敢埋伏在那里决心的开展工作，或者是不敢利用各种形式和方式开展工作。某些游击地区，甚至于在抗日力量达得到的地方，对公开的无恶不作的汉奸，都不敢加以逮捕，以至工作日益枯缩，我们的阵地，只能一步步向后撤退，这自然是十分危险的；另一种是"左"的倾向，就是不充分估计敌占区及接近敌占区的特点，甚至根本否认敌占区及其附近的特殊性，把它看作与抗日根据地一模一样，或者是过份夸大工作的有利条件和自己的主观力量，轻视敌伪的统治力量及其对我进攻的残酷性和毒辣性，以致丧失警惕，麻木不仁，甚至把我根据地所施行的一套政策法令，即减租减息合理负担等原封不动的搬至敌占区去推行，而在工作方式和方法上，也就不是一点一滴长期埋头苦干的办法，而是大刀阔斧雷厉风行的作风，如开大会办大规模的训练班等等，居然也拿到敌占区去运用，这样自然会遭到敌伪的破坏和打击。上述无论那一种倾向，都是对于工作十分有害的，特别是后一种"左"倾的办法，不但毫不会使敌占区工作开展起来，而且可使许多□贵的地方工作干部，遭受无谓的牺牲。而在受到一次数次打击以后，又会使地方工作干部发生右倾情绪，使工作的开展反而更加困难。这种血的教训，是我们应该郑重的加以充分接受的。此外，直到如今，若干地区仍存在着把敌占区当作"殖民地"的恶劣的错误倾向，虽然上级军政机关三令五申的加以批评教育和严厉的指责，甚至不惜以法令和纪律加以制裁，但仍有人偷偷地到敌占区去"抓一把"和"游击一番"。他们始终没有□□敌后抗战的长期性，没有把工作作长期的打算，为了解决自己某一部份的一时困难，就不惜破坏整个敌占区工作。他们不知道多为敌占区民众着想，不了解敌占区民众的痛苦，不□□他们的痛苦，反而去增加他们的痛苦，这种不良倾向和不良行为的存在，妨碍了敌占区工作的开展。

我们怎样开展敌占区和接近敌占附近地区的工作呢？

第一，要正确认识开展敌占区工作的总方针。敌占区及其附近地区的工作，是有充分可能开展起来的；但必须采取深入的、长期埋伏的、隐蔽的、精干的政策，不要求功于一旦，不能希望一天两天便作出成绩来，更不能立刻采取为所欲为的作法。如要这样，就首先必须开展反对上述错误倾向的斗争，要反对视敌占区为"畏途"的"退却逃跑主义"，也要反对轻视敌占区的特点的那种过分突击的、头角毕露的、不适合于敌占区工作环境的作法，更要坚持反对"游击主义"的观点，必须明确认识敌占区的工作环境及其特点，适如其分的足够的估计敌伪的统治力量，细心研究敌伪统治的方式和方法，然后对症下药，执行正确的方针，敌占区工作就一定可以得到开展的。

第二，要确定正确的敌占区工作的任务，因为敌占区和接近敌占地区的环境与根据地不同，因之我根据地的政策和法令决不能原套搬到敌占区去施行。敌占区的统一战线的社会基础，更要比我根据地广泛，因之我们必须执行更广泛的抗日民族统一战线政策。敌占区的主要任务是团结沦陷区同胞，积蓄力量，准备反攻。因之，我们暂时不能对之有过高要求，而要长期的埋头苦干，利用一切可能利用的形式，来逐渐个别的组织广大不愿当亡国奴的同胞，对于敌伪军和伪政权要采取长期争取的方针，对于一切动摇的两面派的汉奸，都要通过各种努力加以争取；对于日寇和死心塌地的汉奸，则要加以孤立。在争取动摇的汉奸的工作中，还要顾到他的困难，切忌暴露他的目标，□害他的地位，□他发生险。总之，我们要争取和团结一切可能团结的力量，以备将来反攻时的应用。

第三，要适应敌占区的环境，正确运用敌占区的工作方式和方法，敌占区有一套特殊的工作方式和方法。我们根据地那一套公开的工作方式和方法，自然是绝对不能适用的。主要的，应该采取秘密工作的方式和方法，而且就是这种工作方式和方法，也应该灵活运用、随机应变，不能墨守成规、一成不变。进行敌占区工作的人士，在实际工作的经验中，一定都会创造出许多新奇的巧妙的工作方式和方法，应该善于细心体会和不断学习。

第四，要适当地选择敌占区工作的干部，不是任何人都可以作敌占区工作的，也不是任何人都可以在敌占区站得住脚的。深入到敌占区进行工作的人员，必须有坚强的政治觉悟和高度的政治警惕性，不致受物质环境的引诱而腐化堕落，也不致麻木不仁随便被人逮捕和迫害，而且必须相当了解敌占区的环境，敌占区工作的政策任务，并能相当运用各种工作方式和方法。只有这样才能胜任、愉快地完成所要求达到的目的。

此外，还需指出，接近敌占区以及敌我争夺的游击区与敌占区的环境，是或多或少有些不同的，在那些地区，更要视敌我力量对比的不同，正确的运用政策，执行任务，灵活地施用工作方式和方法，在那些地区要尽可能运用我们自己的抗日武装力量的配合来展开工作。在那些地区更不能有保守观念和徘徊不前的悲观失望情绪，但同时也更要注意保护自己的力量，免受敌伪的摧残。我们的口号，仍然是面向敌占区，深入敌占区，开展敌占区工作。

（《新华日报》华北版社论）

（原载一九四一年三月十一日《晋察冀日报》第一版社论）

马克思逝世五十八周年

　　五十八年前（一八八三）的今日，一个从古未有的巨人，无产阶级革命学说的创造者，无产阶级革命的组织者和领导者卡尔·马克思，在伦敦向着他所热爱的世界投视了他最后的一瞥，而溘然长了。他的逝世，正如恩格斯当时在他坟墓上的演词所说一样，无论对于正在斗争着的全世界无产阶级，无论对于历史科学，都是一个不可弥补的大损失！

　　马克思曾经把他一生的精力，统统供献在无产阶级革命和劳动人民的解放事业上，为了这种事业，他曾忍受了一生的穷困和痛苦，受尽了资产阶级剥削者的种种摧残和迫害！为了无产阶级和劳动人民，马克思曾经不倦的刻苦研究着，他驳斥了一切毒害无产阶级革命的谬论和邪说，给无产阶级创造了革命斗争的有力武器和分析事物、认识世界和改造世界的科学工具——辩证法唯物论；他批驳了不可就及的、空想的社会主义；而建立了科学的社会主义。马克思揭发了资本主义社会剥削的本质，并指出它的死亡的必然道路。马克思教导工人阶级，只有无产阶级的阶级斗争，只有无产阶级对资产阶级的胜利，才会使人类摆脱资本主义，摆脱剥削制度，应该进一步指出来的是马克思无产阶级专政的学说。他教导说：只有经过无产阶级专政的道路，无产阶级才能镇压剥削者的反□并建立新的没有阶级的共产主义社会。马克思用他辉煌的学说，武装了和训练了工人阶级，使他们深刻地了解工人阶级革命的目标和战略！

然而，马克思之所以空前伟大，并不仅只因为这些。马克思之所以空前伟大，还因为他指明了组织革命政党对于革命的必要性并开始组织了领导工人阶级革命的政党——共产党，组织了领导国际工人阶级革命的第一国际。马克思不只是一个无产阶级革命的理论家，他同时是一个无产阶级革命的实践家，他指明了："哲学的任务，不只是各式各样的解释世界，而主要的在变革世界"，马克思和他的战友恩格斯，曾积极参加了当时巴黎公社的革命活动，并尽力的支持了它，马克思是结合革命理论与革命活动于一起的辉煌灿烂的模范！

全世界的无产阶级和劳动人民，从马克思那里，找到了自己鲜明的斗争旗帜，得到了自己锋利的革命武器！跟随着这一旗帜，运用着这些武器，全世界无产阶级和劳动人民，就能够战胜凶顽的敌人，创造自己和人类真正的璀璨的历史！

马克思和恩格斯的学说被无产阶级伟大的领袖列宁和斯大林光辉而承继下来，并将它发扬光大了。列宁和斯大林擎着马克思主义的旗帜，领导着全世界六分之一的土地上的人民，写就了世界历史崭新的一页。今日强大无比的苏联，就是按照马克思主义的计划和图案，建造起来的。苏联已经进入"新的发展时期，进入完成社会主义社会建设和逐渐过渡到共产主义社会的时期。"苏联之进入这样一个新时期，就是马克思主义不朽的科学学说的有力的证验！

今天，我们纪念马克思逝世五十八周年的时候，全世界人民，除苏联人民而外，正遭受着空前残酷的战争苦痛，帝国主义正在驱使无产阶级和劳动人民，走上毁灭世界文明、毁灭世界的战争，帝国主义战争对资产阶级是下黄金的大雨，对无产阶级和劳动人民，却只能孤人之子、寡人之妻，使他们更加饥寒交迫！然而，资产阶级的帮凶，各国社会民主党的叛徒们却在一旁蒙蔽各国无产阶级，劝诱他们为帝国主义的"祖国"而战，使无产阶级自相惨杀！因此，纪念马克思逝世五十八周年，全世界的无产阶级，应该遵循着马克思"全世界无产阶级联合起来"的伟大号召，紧密地携起手来，澈底粉碎社会民主党叛徒们叛卖革命的邪说，站在马克思主义的旗帜之下，向帝国主义战争和帝国主义猛扑过去，扑灭它，摧毁它！帝国主义时期是资本主义垂死的时期，是无产阶级革命的时期，自由幸福的苏联人民，是全世界无产阶级的榜样，强大无比的、正在向共产主义社会迈进的苏联，是全世界无产阶级奋斗的目标！

在中国，即中华人民正从事着伟大神圣的对日抗战。这战争已经进行到第四个年头了，而大地主大资产阶级的顽固派们，却在这一个时候，企图发动并已部份发动了对中国人民的进攻。中国人民的革命，很有可能遭受更多的困难。在今年马克思逝世五十八周年的时候，中国人民，应该坚定自己胜利的信心，坚持民族民主的革命，不管在怎样复杂和困难的环境下，勇往直前，冲破各种敌人的进攻阵地，取得革命的最后胜利！

（原载一九四一年三月十四日《晋察冀日报》第一版社论）

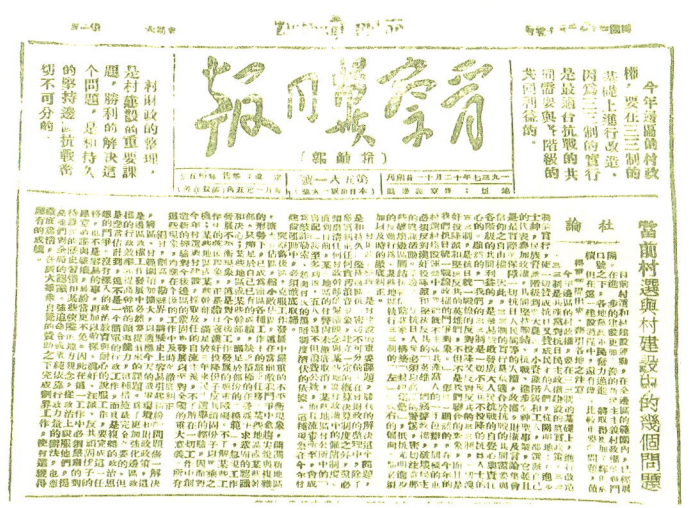

当前村选与村建设中的几个问题

目前村选和村建设运动,在全边区的范围内,已经展开。在进一步的建设更加完善的新民主主义村政权的战斗口号之下,各地党政军民奋力迈进,将取得更加光辉的成绩,但在这一建设过程中,还有几个比较重要的问题,值得重新提出来,藉引各地之注意。

今年边区的村政权,要在三三制的基础上,进行改造。三三制是共产党对抗日民主政权建设的真实政策。三三制的实行,使一切赞成抗日又赞成民主的人们,从开明地主,进步士绅,民族资产阶级到广大农民,小资产阶级和工人,都选派自己的代表参加政权,共同坚持团结、抗战、进步的神圣事业,它并且是最实际的保障一切抗日人民同等的人权，政权，财权及言论集会信仰之自由权。因此，三三制的实行是最适合于抗战的共同需要与各阶级的共同利益的，是最易于启发广大人民抗战的自觉心与责任心的。显然的，"我们的三三制是一切不反共不投降的抗日人士的三三制，是抗日统一战线的反对投降又反对反共的三三制，一切汉奸投降派和坚决反共的英雄们，不但不是我们联合的对象，而且是我们抗日统一战线政权的斗争对象。"（彭真）显然的，在今年的村选村建设运动中，我们既不主张共产党人的一手包办，同样的也必须反对汉奸投降派和坚决反共的"英雄"们的□据政权，破坏民主的阴谋活动。全边区一切抗日人民必须以高度的警惕，密切注意那些破坏边区团结抗战的阴谋家，构筑"封建堡垒"，抵抗光明进步的反动行为。某些地区执行三三制的"左"□或右的偏向，都必须加以及时的澈底纠正。

村财政的整理，是村建设的重要课题，胜利的解决这个问题，是和持久的坚持边区抗日密切不可分的。在村财政的整理中，除了严厉纠正任何贪污浪费现象，建立一定的概算决算制度之外，还必须肃清任何村政干部的雇佣观念与某些地区村政权中的雇佣制度。直到目前，某些地区的村警尚未澈底取消，某些地区村公所中的"书记"甚至多到四、五人，这不但浪费公款，而且流毒所至，会成为敲诈勒索、鱼肉村民的黑暗制度潜伏的依据。这种现象在今年村建设运动中，必须澈底取缔。

突击落后区，克服工作发展中严重的不平衡现象，开辟新地区，扩大我占区，缩小敌占区，这在当前敌我斗争中愈趋尖锐与复杂的形势下，已成为边区各种工作中的严重任务。某些地区或某些干部，只满足于自己已有的成绩，缺乏积极的在发展中求巩固的认识和决心；某些地区或某些干部，满足于部份的"模范"，忽视工作发展不平衡现象，这是对今后工作发展的严重障碍。不了解某些工作中的落后现象，正是给日寇汉奸投降份子反共顽固份子以可乘之机；某些地区或某些干部，满足于三年来民主选举的经验，因而对今年村选与村建设，采取放任的自流主义，不了解在一切工作中创造新的经验对今后边区的巩固与发展以至对全国的重大意义。所有这些现象，均应在今后的工作中及时的澈底纠正。

编村、划区、勘县界，将历史上容易引起纠纷的问题做一解决，将区、村范围稍加扩大，以适应今天的战争环境和财政政策，这是边区政权工作发展中必然要提出来的课题。为了更加强化边区政权的行政效率和提高干部的领导能力，这种措施是完全必要的。但是应当估计到，这不是一个简单的行政工作，而且是复杂的政治思想的斗争。没有深入的政治教育与耐心的说服工作，要完成这一任务，也不是容易的事，再加以敌探、汉奸、汪派、反共顽固份子的恶意造谣与破坏，纠纷当更不免。因此在这一工作中必须严肃的对待农民的历史习惯和某些狭隘的地方观念，从政治上说服他们，提高他们对全局的认识。强迫命令或单纯依靠行政力量的办法，也应澈底肃清，在广大群众自觉的赞助之下完成划界工作，使村选获得应有的成绩。

（原载一九四一年三月十五日《晋察冀日报》第一版社论）

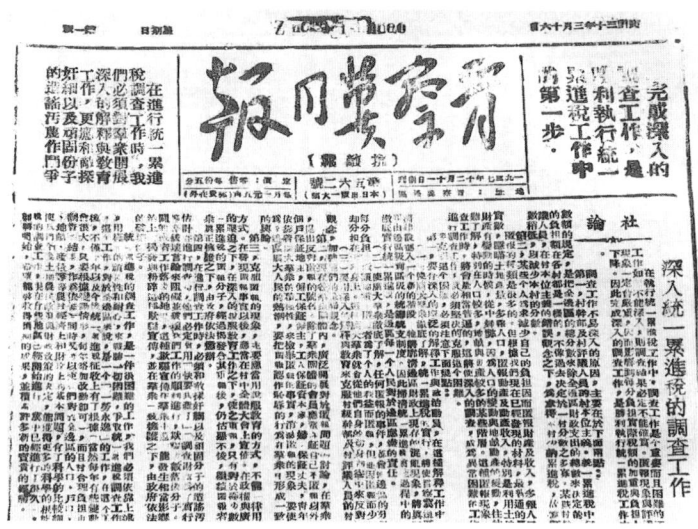

深入统一累进税的调查工作

在执行统一累进税工作中，调查工作是个重要而且困难的工作。调查工作如果不能深入，则调查结果必定不能确实。匿报现象与评议不公平的现象一定会严重，因而影响到每分负担实际税额的加重与负担人口比例的下降。因此完成深入的调查工作，是胜利执行统一累进税工作中的第一步。

调查工作不易深入的原因，主要在于下面两点：

第一，村干部及村评议人员的村本位主义。统一累进税中每分应征收数额的规定，是把全边区的总分数来除全边区财政支出的总数来决定的。因此每分的负担额在各村都是一样的，不像过去决定于一村分数之多寡。某些村干部及村评议人员，在村本位主义的错误观念之下，为求得本村少纳累进税，故意评议得比实数稍低，以减少本村的分数。

第二，某些个人为求减少自己的负担因而匿报财产及收入，多报人口。

匿报的种类是很多的。但根据我们现在已经发现的材料，最普通的是隐瞒土地实数，隐瞒土地产量，多报人口，匿报动产及动产收入，特别是利用土地、人口、财产有变动的时候，从中舞弊，因为人口的变动与地亩动产的变动，往往使外人□难了解，特别在人口较多、地亩与动产较多的某些阶层。这种匿报现象，在开始调查工作时，将会是相当普遍的，这将使深入的调查，成为异常困难的工作，要深入进行调查工作，就必须坚决的克服这个困难。

要克复这个困难，必须注意下面几点：

第一，要有深入的广泛的解释工作与政治动员，在这种解释工作中，应注意：

（一）使广大群众澈底了解，统一累进税的实行，将使晋察冀边区的财政经济建设进入一个新的阶段，它将廓清边区财政上现存的混乱现象，将真正切实的实现由边区级到区级的统筹统支制度。因此扫清统一累进税实施过程中的一切障碍，澈底实行统一累进税，是边区每一个人民对于边区应尽的责任。

（二）使广大群众澈底了解，任何匿报的事件，都会使边区的分数减少，使每分负担的数额加重，匿报者为了个人的利益而匿报，但他因匿报而少出的数额，却分担在大家身上。这样广大群众就会从他们自身的切身利益中来反对匿报。

（三）要用深入的解释与教育来克服村级干部及村评议人员的村本位主义的观念，加强他们的全局观念。

第二，要在各群众团体内，广泛开展对于匿报问题的讨论，在群众团体大会上，提出反对匿报的号召。除了群众团体的会员应当保证自己不匿报以外，还要发动佃户保证地主，雇工保证雇主，工人保证资本家，妇女保证丈夫，青年保证父母，依靠着广大群众的积极性，来检举匿报的事实，消灭匿报的现象，要使反对匿报成为全边区广大人民的热潮，要把匿报认作耻辱的行为在群众中形成一致的反对匿报的舆论。

第三，克服匿报的现象，主要应当用说服教育的方式，不能一律用行政命令的方式。在发现匿报事实以后，应当在村中全体大会上宣布。在政权与广大群众舆论的压迫之下，在深入的说服教育工作之下，使之重报，只有对于极少数蓄意破坏统一累进税的匿报分子，经过揭发令其重报后，仍怙恶不悛，继续匿报者，才能在群众真正拥护之下，由政府依法惩办。

第四，在进行调查工作时，必须和敌探奸细以及顽固分子的造谣污蔑作斗争。估计在进行调查时，他们必定会用"快要共产了""调查财产为了实行土地革命"等等破坏言论来阻碍并破坏我们工作的顺利进行，欺骗少数落后分子。特别在新开辟的或者工作落后的地区，这种欺骗宣传在群众中还能发生相当影响。必须从政治上揭发与粉碎这种欺骗宣传，并在群众一致拥护之下，由政府依法制裁极少数的破坏份子。

统一累进税的调查工作，是一件很困难的工作，我们必须依靠上述的几项原则，用极大的顽强性和耐心，来战胜一切困难，争取统一累进税调查工作的顺利完成，这个工作，对于全边区来说，是一个"一劳永逸"的工作，在这个工作完成了以后，不仅今年以及今后统一累进税征收上有了根据（当然每年有些变动，但变动不会很大，只要根据变动情形，每年略加改动即可），而且村合理负担也可以用这个调查的结果，作为依靠，同时又可以使我们对于全边区的人口、户口、出产、财富、地亩、产量等等农村经济上和财政上的基本问题，有了科学的比较细密的了解，使我们今后土地农民政策与财政政策的决定，能获得更多的科学的根据。统一累进税的调查工作，现在有些地区已经开始进行，冀中已经进行了很久，在许多地区即将开始，希望能够收得确切的成果，并积蓄许多新的宝贵的经验。

（原载一九四一年三月十六日《晋察冀日报》第一版社论）

纪念"三一八"

  今天是三月十八日。在历史上，这一天曾经发生过两件光荣而悲壮的事迹；这事迹，对于中国人民，特别是处于现在的时局下的中国人民，有着极其重大的意义！

  在三月十八日曾经发生过的第一件事迹，是巴黎公社的成立。那是一八七〇年普法战争的时候，法国连战皆败，国运垂危，而当时法国的资产阶级却虽然口头上说着抵御外侮，而实际上却企图着妥协投降，出卖祖国；他们终于在一八七一年的一月二十八日，投降了普国，订立了丧权辱国的条约，割让了亚尔沙斯、劳伦二省的土地，赔偿了五十万万法郎的赔款。法国资产阶级终日处心积虑的，却是对其本国无产阶级的摧残和压迫。他们认为："巴黎工人武装着一天,有产阶级——大地主与资本家——的统治就一天受到危险。"(恩格斯)因此在一八七一年的三月十八日,法国的资产阶级竟派野战联队去夺取巴黎国民军的大炮了!法国资产阶级这种无理的摧残和压迫,逼使着巴黎无产阶级不得不拿起武器来实行自卫,巴黎公社就在这种情形之下出现了,巴黎公社,是世界上第一个无产阶级专政;它第一次打破了历来的国家政治体制,而崭新的建立起世界最新式的政权。虽然它在法国有产阶级和普鲁士的勾结之下,被他们用残暴的手段镇压下去了,虽然它存在了仅仅七十二天,但它对于无产阶级革命的影响,特别是对无产阶级革命胜利信心的提高,意义是非常重大的!

在三月十八日曾经发生过的第二件事迹,便是我国段祺瑞政府对徒手请愿意在援助外交的北京工人学生市民的大屠杀!一九二六年,日本帝国主义为了援助中国的反动势力,支持中国的内乱,当国民军连胜直鲁联军的时候,它便亲自派遣军队,突然炮击大沽炮台,勾引奉舰袭取天津,以为张宗昌李景林应援,并用公使国的□的美教书施行威吓!当此之时,中国广大的民众再也忍不住他们的愤怒了!北京工人学生市民就在当年的三月十八日,激昂地起来,反对日寇的炮轰大沽,反对公使团的最后通牒,举行游行示威,并向国务院请愿。然而当时段祺瑞章士钊等的卖国政府,却竟对此等赤胆忠心的民众,下令开枪了!十余分钟屠杀了五十余人,击伤了一百多人,事后还要下令,诬之曰"暴徒"!

这就是在三月十八日历史上曾经发生过的两件光荣而悲壮的事迹。虽然这两件事,前者距今已整整七十年,后者也十五年了,但在今天的中国却又处于与此极相类似的局面之下。今天的中国,也是处于外敌进寇,形势仍十分严重的时候;今天的中国,大地主和大资产阶级中一部份已经公开投降了敌寇或时刻准备着投降敌寇,今天的中国,大地主大资产阶级的顽固派,也正在日夕筹谋着反对无产阶级和劳动人民,并且已经开始了对中国无产阶级的屠杀,开始了对赤胆忠心遵命北移的新四军的"歼灭",

并下令诬之为"叛逆",而取消其番号!当这样一个时候,遇着"三一八"的来到,我们追怀着在此日曾经发生过的两件光荣的、悲壮的往事,便又更加确切地认识了大地主大资产阶级顽固派惧怕人民,叛卖革命的天性,更加明白的了解了他们卑鄙的阴谋和残酷凶狠的手段,而知所警惕,知所戒备!同时,也应吸取这两次事迹中的经验教训,提高我们胜利的信心;在无论什么环境下,都能同革命的一切敌人斗争下去,直至摧毁它,消灭它的一日!

(原载一九四一年三月十七日《晋察冀日报》第一版社论)

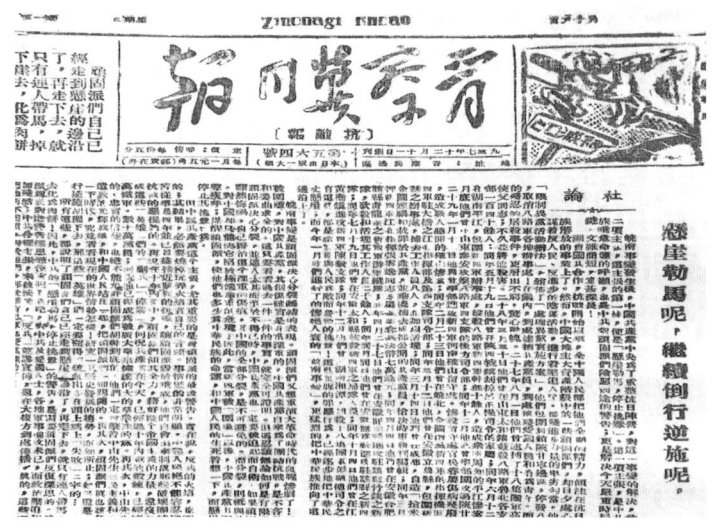

悬崖勒马呢，继续倒行逆施呢

皖南事变发生后，中国共产党中央为了重整抗日阵营，对这一事变的解决，曾提出了十二项主张，这主张的第一条，便是"悬崖勒马，停止挑□"。这一项主张，是中共为中华民族垂危命运的呼吁，也是中共对顽固派们险恶前途的警告；更是解决今天严重时局的重要关键，文虽简短，意甚深长！

溯自国共合作，抗战开始以来，全中国人民都把他们全部的精力，倾注在抗日救国、民族解放的事业上了。然而，中国大地主大资产阶级中的一些顽固派们，却日夕处心积虑，筹谋着反人民、反进步的阴谋活动，进行着压迫人民、摧残进步力量的卑劣勾当。他们发出了"限制异党活动办法"，颁布了"处理异党实施方案"，他们包围封锁陕甘宁边区，停发八路军军饷，取消八路军各地办事处！在国内，到处逮捕共产党员，到处摧残爱国人民和有为青年。而彰明昭著的残忍的屠杀事件，更层出不穷，惊心动魄。二十七年八月一日他们曾逮捕了十八集团军高级参议宣侠父同志；不久并将他杀害。二十八年三月三十日他们□在山东太和镇截杀八路军鲁北各支队受训干部一百四十余人；同年五月十九日他们曾在陕西□镇劫掠吕正操司令的家属；同年六月十二日他们曾在湖南平江，包围新四军办事处，击杀八路军新四军干部十余人，造成众所周知的平江惨案；同年七月底他们曾在山东泰安攻击八路军四支队的后方司令部；同年十二月他们曾率部围攻过陕甘宁边区；二十九年一月十一日他们曾率部进攻新四军河南确山留守处，惨杀留守处官兵眷属伤病残废二百余人，造成骇人听闻的确山惨案；同年二月二十三日他们曾在皖北，企图消灭新四军的指挥机关，进攻新四军驻大桥之江北指挥部及第四支队司令部；同年三月十二日他们曾在安徽立煌县，包围新四军驻该县之办事处，捕去工作人员八人，而加以活埋；同年三月十四日他们曾在成都，自造"抢米事件"，企图嫁祸和栽罪于共产党，并乘机捕去成都公开的共产党员，枪决时事新刊编辑；同年三月他们曾扣押新四军江北指挥张云逸同志家属并劫夺其法币七万余元；同年四月四日他们曾在安徽合肥县进攻驻该县青龙敞之新四军游击纵队；同年四月二十七日他们曾在安徽盱眙县进攻驻该县竹镇之新四军五支队，砍杀和活埋其工作人员二千余人；同年同月同日他们曾在安徽无为县进攻驻该县之新四军游击纵队；同年七月十九日他们曾在安徽太和县截杀新四军之归队人员；同年十月四日他们曾在江苏泰兴县黄桥镇进攻新四军陈毅支队；同年十二月他们曾在湖南湘潭，捕杀十八集团军彭副总司令之家属。所有这些，都是顽固派与人民为敌而发动的挑衅！这些血腥的罪恶行为，已经逐步地把中华民族推向万丈悬崖；而今年一月他们进行了的惨绝人寰的"皖南事变"，更猛烈的把中华民族推向了这个悬崖的边沿上了。

皖南事变是顽固派决心分裂团结的表现。顽固派们又想重演大革命时代的血腥惨剧了！新四军之被围歼，对中国共产党，其创伤确实是非常深重的，中国共产党自来为了团结抗战，是不吝多方忍让和委曲求全的。这只要看看过去一件一件的事实，就完全可证明。但这忍让无论如何是有限度的，当顽固派决心分裂，并逼人太甚而至于不得已时，中国共产党也一定要被迫起而自卫，如果顽固派尚不翻然悔祸，自己医治这个深重的伤痕，那中国的全部分裂，是不可避免的。而分裂，则只与敌人有利。对中国却只能使它陷于极端严重的危境。因此，当新四军被"围歼"以后，中国共产党□而这样大声疾呼；提醒顽固派，使他们也多少为中华民族的命运，和中国人民的生死着想一下，而悬崖勒马，停止其挑衅行为。

但中国共产党这个主张，尤其重要的是对顽固派的最后警告。实在说，反共的火焰，并不是好玩的；其结果，必然要烧掉玩弄火焰者自己的骨头。事情摆的非常明显，中国人民绝不能容忍把他们艰苦从事过四年并已日益接近胜利的抗战，让顽固派毁于垂成，他们自会出来制裁那些破坏团结，破坏抗战的恶棍们的。再说在十年内战中，顽固派们倾其全力，藉好几个帝国主义的力量，还没有丝毫达成这些"英雄"们的"剿共""伟业"，何况共产党在今天，已经过十年内战的锻炼，已经拥有五十万铁军，数十万党员；何况他已经成为被广大群众拥护的大的群众性的党。再其次，中山先生的真正的、忠实的信徒，也绝不能允许顽固派们胡干到底的，他们一定会擎着中山先生三民主义和全部革命遗教的光辉旗帜，和中国人民站在一起，把顽固派们一脚踢开的。再其次，顽固派们真也该多少认识一下时代，究竟看看现在的世界情势怎样！研究一下历史发展的趋势，而知所止；如果还是一味的倒行逆施胡闹下去，那这些"英雄"们一定要碰得头破血出，在头上镌上"失败"二字的！

所有这些，都说明了顽固派们自己已经走到悬崖的边沿了，再走下去，就只有连人带马，掉下崖去化为肉饼！因此，中共的"悬崖勒马，停止挑衅"

的警告，是需要顽固派们反复深思的。然而顽固派到底对这警告深思过没有呢？看吧，对中共及爱国人士，各地军事进攻未已，而政治压迫和摧残又加残酷；中共合理主张，未被接受，"反共"荒谬宣传，还在大后方到处传播，真的，这些"英雄"们如再不回头，对于他们，那就虽有忠厚也爱莫能助了！

（原载一九四一年三月十九日《晋察冀日报》第一版社论）

坚持华北抗战到底

皖南事变发生后，混入或潜伏在我抗日根据地内的汉奸敌探以及特务奸细份子，在其主子日寇唆使下，便突然蠢动，到处散放种种无耻谣言，进行恶意的欺骗宣传。不是说"国共正式开火，八路军即将退出华北"，便是说"华北抗战完了，'皇军'和中央军要来接收华北"。窥其用意，无非是企图以此种无耻谣言，来淆乱听闻，动摇人心，造成我根据地内部的不安，懈怠我抗战军民的战斗意志，以达到其摧毁我根据地的目的。本来，挑拨离间，造谣生事，原是敌寇汉奸以及特务奸细份子的惯技，但少数不明事实真相的人，对于寇奸此种愚弄，竟有受其影响，发生悲观失望的情绪。这是亟需立刻克服的。

我们向全华北同胞郑重宣布：我们共产党八路军是一定要坚持华北抗战到底的。无论国内时局如何变迁，敌寇"扫荡"如何严重，以至敌后困难如何增加，我们是决不放弃华北抗战阵地的。

坚持华北抗战原本是我们共产党八路军的既定的基本方针。在八路军开到华北来的第一天，我们便抱定决心要与华北人民共生死、同患难，坚持华北抗战到底，一直到最后战胜日寇，把日寇驱逐出境。本着这样既定的方针，在太原失守当时，我们便提出了"发展敌后游击战争，创造抗日根据地，坚持华北抗战"的神圣任务。为着实现我们自己的这种主张和方针，我们已经和华北一万万同胞手携手地与日寇汉奸战斗了三年多。在这三年多的抗战过程中，经过我们和敌后人民的共同努力，以无数流血牺牲的代价，到今天已经在华北广大区域创造了近十块的基本上巩固的根据地。在这些根据地上，我们建立了抗日民主政权，进行着初步的经济建设，开拓了大众的文化教育事业；而且，最重要的，在这些根据地上，我们创造了数十万雄厚坚强的主力军，培植了千百万的人民武装。我们在华北生长壮大，华北是我们八路军的家乡。我们和华北以及华北人民有血肉不可分的密切关系，正如父子一样。我们爱护华北像爱护我们自己的生命，我们孝顺华北人民像孝顺我们自己的母亲。在过去，我们为了保卫华北和华北人民，曾经无数次的粉碎敌寇对于我们的"扫荡"，曾经一再击退亲日派和反共顽固派从后面来的对于我们的进攻。在今后，我们也将继续进行不屈不挠的斗争，坚决卫护我们华北光明广大的领土，保卫我们华北千百万人民的生命财产。我们是决不放弃华北的，我们一定要坚持华北抗战到底的。华北抗战是全国抗战的最重要的一部份，没有华北抗战的坚持，全国抗战绝不能继续到底。华北抗日根据地是全国抗战的最坚强的阵地，在今天是敌后抗战的中心，在将来是进行对敌反攻的前进阵地，没有这一基本阵地，抗战决不能得到最后胜利。而且，华北是全中国最进步的地区，是抗日民主的模范地区，它以自己种种建设的实际情形，给全中国一个示范，告诉了全国人民奋斗的方向,没有华北就定不能推动全国的进步,使三民主义新中国在全国范围内实现。华北是抗战的模范,也是建国的模范,我们不仅要在华北坚持抗战到底,而且要在华北首先实行新民主主义的建设。愈是敌寇的进攻加紧,愈是国内的时局严重,便愈加见得华北的重要。所谓八路军退出华北,只是敌寇、汉奸、亲日派的主观的愿望和幻想。我们可以郑重声明:我们是绝不退出华北的。

而且我们可以更进一步的指出:所有今天国内的种种变化,所有今天敌后的困难情形,是我们早就估计到了的。在毛泽东同志的《论持久战》和《论新阶段》两大辉煌文献中,便已经指出:抗战到了相持阶段,必然会有一部份没有民族气节的败类份子,叛变抗战,出卖祖国,并且配合着日寇向我们进攻。敌后抗战的形势会一天天严重,困难会愈加增多。但是我们具备着克服困难,战胜日寇、汉奸、亲日派的所有一切必要条件。今天事态的发展,完全证实了毛泽东同志那种英明远大的卓见。虽然汪精卫已经叛变了抗战,何应等辈亲日派份子正准备公开投降日寇的时候,虽然某些当权的独裁者们对抗战剧烈动摇,决心以内战代抗战,执行新的"安内攘外"的政策,但是我们已经生长起了巨大的坚决的抗日力量,足以击败日寇汉奸和亲日派阴谋家的一切危险阴谋。而且,华北抗战始终不是孤立的,我们有其他敌后地区的配合,有全国抗战的配合,有全国爱国同胞和全世界正义人士的同情和援助。即使当局少数份子叛变抗战,全国广大爱国军民还是当然要与我们华北军民共同坚持抗战到底,并且一定要取得最后胜利的。

最近日寇派遣敌寇畑俊六继任"中国派遣军总司令",在其就任的第一天就说:"将以政治办法来解决战争。"这就是说,日寇将更益加紧其政治上的诱降阴谋。在日寇这种诱降的政治进攻下,一部份没有民族气节的份子,便必然会更加动摇,但这决不能停止我全国军民的抗战怒潮。同时,日寇也必然会日益加紧其对我敌后的军事"扫荡"和政治进攻,必然会造作更多离奇古怪的谣言,施行挑拨离间的鬼□伎俩。我们决不可误听谣言，堕入日寇汉奸以及特务奸细份子的阴谋。反之，我们要时刻高度警觉起来，坚决揭破敌伪这一切阴谋诡计。我们要紧张我们的战斗意志，完成我们一九四一年的建设计划，以实际工作来打击敌寇汉奸的军事和政治进攻，坚持华北抗战到底！

(原载一九四一年三月二十一日《晋察冀日报》第一版社论)

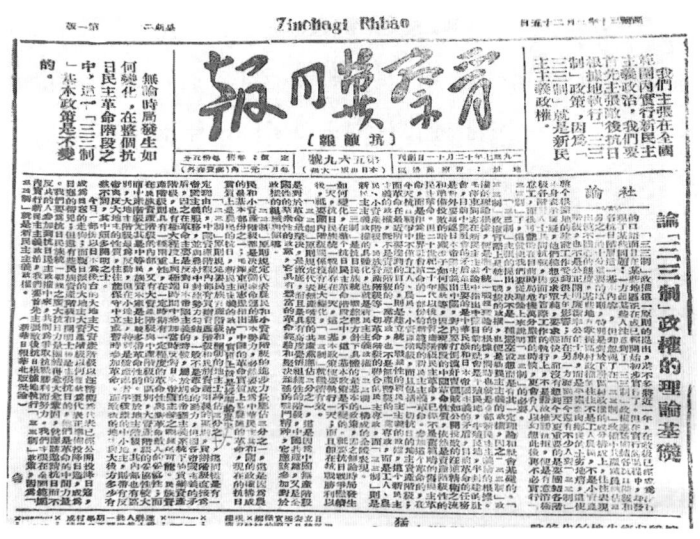

论"三三制"政权的理论基础

"三三制"政权这一原则的提出,差不多将近一年,在敌后已经成为实行的口语而且在某些地区正在或已经开始初步实行了。但在流行的过程中,却发现了某些问题:一方面某些人注意到了"三三制"政权应该团结各抗日阶级和各抗日阶层这一基本内容,但却忽视了在"三三制"政权中共产党员应占三分之一的十分重要的原则,特别是对于下层区村政权的成分构成上,往往表现出漠不关心的态度,某些地方掌握区村政权的往往不是工人农民,不是小资产阶级,也不是公正开明廉洁奉公的士绅,而是平素渔肉乡民的土劣地痞,这使整个根据地的建设工作受到很大的影响;而在另一方面□至今还有不少人对"三三制"

本身表示怀疑,他们总想要求单纯,要求轻快,而没有想到今天更重要的是要团结各阶级各阶层人士共同抗战,因而在实际工作的执行上,不是借故推诿抗拒,便是有意消极怠工,而很可能的在目前时局危机万分严重的时候,更会有人以幻想此后再不必实行"三三制"了,这就使我们要从理论上来说明"三三制"的必要。

"三三制"主张的提出,决不是一种凭空设想而是有其一定理论和社会基础的。"三三制"政权实际上是统一战线理论的根据,同时也就是全部新民主主义论的根据。毛泽东同志在新民主主义论中指出中国目前的社会是个殖民地,半殖民地,半封建的社会,目前中国社会的矛盾最主要的是中华民族和日本帝国主义的矛盾,目前革命的任务是对外要驱逐日本帝国主义出中国,对内要打倒汉奸卖国贼如公开投敌的汪逆精卫之流和准备投敌的暗藏份子如何应钦等,因之现阶段的中国革命性质,依然是资产阶级性的民主革命。但二十世纪二十年代以后的资产阶级民主革命,已经不是旧范畴的旧民主革命,而是作为世界社会革命的一部份的新范畴的新民主主义革命。参加这个革命的,在今天抗日战争中不仅有工人、农民、小资产阶级,而且包括一切抗日的地主资产阶级;而革命在最近所要达到的目的,则是建立统一战线性的新民主主义的政权,这个新民主主义的政权,既不是资产阶级的一党专政,也不是无产阶级的一党专政,而是工人、农民、小资产阶级、民族资产阶级等一切革命阶级的联合的民主专政,而"三三制"则是新民主主义政权的具体化,也就是新民主主义政权"三三制"构成的全体表现。

"三三制"是抗日民族统一战线总方针下具体的最基本的政策,因之无论时局发生如何变化,在整个抗日民主革命阶段之中,这一基本政策是不变的,只要抗日战争继续一天,抗日民族统一战线存在一天,这一基本政策便要执行一天;而且即在抗战胜利以后,只要国内阶级关系没有更大变化,"三三制"就继续有效。

"三三制"原则规定代表无产阶级的共产党应占三分之一，这是因为中国无产阶级是对于革命最坚决，最澈底，而且是具有高度觉悟组织性的阶级，中国共产党，又是全国性的群众性的政党，它具有丰富的革命经验和坚决顽强的战斗精神，它应该参加对于政权的组织与领导。

"三三制"原则规定代表农民和小资产阶级的进步力量应占三分之一，这是因为农民和小资产阶级都是决定国家命运的基本势力，必然要成为中华民主共和国的政权构成的最基本部份之一；毛泽东同志还指出"中国的革命实质上是农民的革命，现在的抗日实质上是农民的抗日，新民主主义的政治，实质上就是授权给农民"。

"三三制"原则规定要民族资产阶级和开明的地主士绅占三分之一，还同样是有一定理由的，中国资产阶级内部有买办资产阶级和民族资产阶级的区别，买办阶级直接为帝国主义服务，并与农村中封建势力勾结，一般不是革命的动力，但因各帝国主义的矛盾，因之在革命主要是反对日本帝国主义的时候，属于别的帝国主义系统下的买办资产阶级，也有极大程度上与极端时间中参加当时反对日本帝国主义之战线的可能。民族资产阶级则具有一种两重性，在一定时期有一定程度的革命性与对革命敌人的妥协性；而在民族资产阶级的内部，又有大资产阶级与中产阶级的区别，大资产阶级的妥协性较大而中产阶级尤其是中等民族资本家是比较多带革命性的。至于地主阶级，其内部也有区别，大地主阶级最为反动，但在小地主，特别是破产或者半破产的中小地主，则带有反帝与反大地主的性质，往往能保守中立或暂时参加革命。而敌后的地主与大后方多少有些不同，其中颇多开明之士。

今日一部份以日本为后台的大地主大资产阶级以汪精卫为代表已经公开投降日寇，成为日寇的走狗；而亲日派的大地主大资产阶级以何应钦为代表正准备投降日寇，成为日寇的帮凶；但还有些民族资产阶级和开明士绅是主张抗日的，他们是革命的中间力量。我们要为抗日民族统一战线之广大抗日力量团结得愈大愈巩固，就应该邀请抗日而不反共的人参加到抗日民主政权中来，共同为争取抗战胜利而努力。我们主张在全国范围内实行新民主主义政治，我们要首先主张敌后抗日根据地执行"三三制"政策，因为"三三制"就是新民主主义政权。

（原载一九四一年三月二十五日《晋察冀日报》第一版社论）

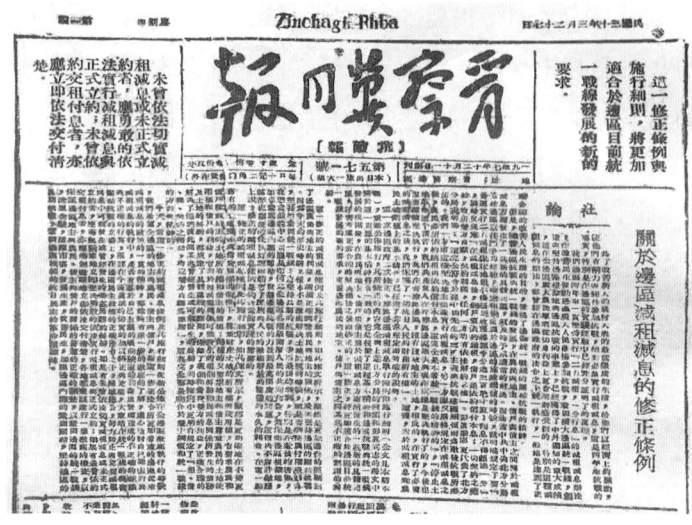

关于边区减租减息的修正条例

为了改善广大的农村大众的最低限度的生活,给他们以经济上的援助,使他们有精力与条件参加抗战,绝对必须实行减租减息,这是四年来抗战的事实,特别是在边区的实践经验中已经充分证明了的真理。

我们边区四年来一贯坚持实行"二五减租,一分行息"的减租减息办法,这在改善民生发动边区广大人民积极参加抗战,巩固扩大边区统一战线,创造与坚持边区根据地与边区抗战的事业上,已经获得了中外周知的重大成绩,这在全边区广大农民群众从切身利益上更会深刻感受到的,特别是这种减租减息的办法,都曾经在边区政府的法令之下统一执行,一般地是达到了正确合理的改善人民生活的目的，发扬了边区统一战线的团结抗战的精神。

但是，随着边区抗战与统一战线的发展，在农民与地主、债户与债主之间关于减租减息方面发生了一些新的具体问题，须及时予以适当的解决。因此当中共中央北方分局总结边区以往斗争的经验，确定和提出适于边区的施政纲领的时候，就明确规定了要"普遍实行二五减租、保证地租不得超过收获数额千分之三百七十五，利息不得超过一分"，同时又规定"在减租减息后，佃户须依约续租，债户须依约偿付本息；一切契约之□结，均须双方自愿，契约期满，任何一方均有依法解约之权"。彭真同志更代表了北方分局说明过："这完全符合于孙中山先生的三民主义与抗战建国纲领而为敌后抗战所必须的。我们一方面这样坚决地主张并实行减租减息，另一方面又严格规定在减租减息之后，农民必须依约纳租与依约偿付本息，这完全是本着统一战线的精神的"，"停止土地革命这个诺言，我们共产党人在晋察冀边区过去与现在同样是坚决执行了的，今后也还要继续坚决执行，我们在晋察冀边区，没有没收地主的土地，相反的，在实行了必要的减租减息之后，我们保护了一切抗日人民的财产所有权"。这里，对于减租减息和农民土地问题上的基本精神，已经做了非常坚定而明确的说明。

这一次边区政府二次修正晋察冀边区减租减息单行条例和施行细则（全文见本期本报），重新公布施行，其所修正的内容完全与上述北方分局的纲领和彭真同志的论文中关于这一问题的基本精神符合一致的，它是根据了这种基本精神和边区抗战与统一战线发展的现阶段，在农民与地主、债户与债主关于减租减息方面所发生的一些新的具体问题，详密考虑正当合理的解决办法之后而修正的。这一修正，将更加适合于边区目前统一战线发展的新的要求，克服边区农民与地主、债户与债主之间某些不正确的无谓的纠纷。

这一修正的减租减息条例及其施行细则，如其条文所示，显然是更加周到的照顾到了边区农民与地主的利益，继续正确调整农民与地主的关系，巩固坚持边区的团结抗战。因为今天的历史时期，根本不是澈底解决土地问题的时候，而是要调整农村阶级关系，坚持与巩固统一战线，以坚持长期的抗战，争取最后的胜利，特别是在敌后的边区，我们当前的中心问题是如何为全边区各阶级阶层人民的共同利益，为保卫边区根据地，加倍巩固边区内部的团结，发扬边区抗战的力量到最高限度的问题，这里决不容许做超越历史阶段的任何幻想而妨害了民族与人民的澈底解放的整个的永久的利益。在这一点上说，修正的减租减息条例是切合当前实践的需要的。

这一修正的减租减息条例及其施行细则，如其条文所示，显然是更明确地在不变更旧有的土地关系与借贷关系的前提下，尊重财产土地的所有权与使用权，它要求农民和债户尊重地主的土地所有权和债主的债权；同样的又要求地主和债主尊重农民的土地使用权和债户的利益，它对于因减租关系可能发生的租佃纠纷和因减息关系所发生的债务及土地的纠纷，都规定了具体处理的原则，保障了租佃和借贷双方的利益，正确合理的解决了他们彼此间某些曾经发生或可能发生的纠纷，同时条例中更明白规定了"租、借、揭、契约之缔结，均以双方自愿为原则"，这些完全都是吻合于双十纲领和统一战线的方针与精神的。

今天，当这一修正的减租减息条例及其施行细则重新公布在全边区澈底执行的时候，我们希望全边区的地主与农民、债主与债户，对这一修正法令所更加着重的边区从来减租减息的政策的一贯的精神，都能够有进一步的澈底的了解，虚心检讨自己过去对于减租减息的执行中，是否有基于自己主观的眼前狭隘的利益出发而造成的不正确的认识与不正确的行为，亟谋在今后真诚的切实的加以纠正与克服，大家站在统一战线的亲密团结抗战的立场上，在边区民主政权的正确法令之下，开诚布公，努力防止与克服减租减息中可能发生或曾经发生的某些局部的纠纷。如果有未曾依法切实减租减息或未正式立约者，应毫无犹豫地立即坚决勇敢的依法实行减租减息与正式立约；如果有未曾依约交租付息者，亦应毫无犹豫地立即依法交付清楚，各地都应该进行一个澈底的检查，以保证边区地主与农民、债主与债户的关系的普遍的正确的调整，以巩固边区的统一战线，流通金融，活跃市场、发展生产、改善民生、加强边区内部的巩固团结、坚持边区的长期抗战，巩固边区模范的抗日民主的革命根据地。

（原载一九四一年三月二十七日《晋察冀日报》第一版社论）

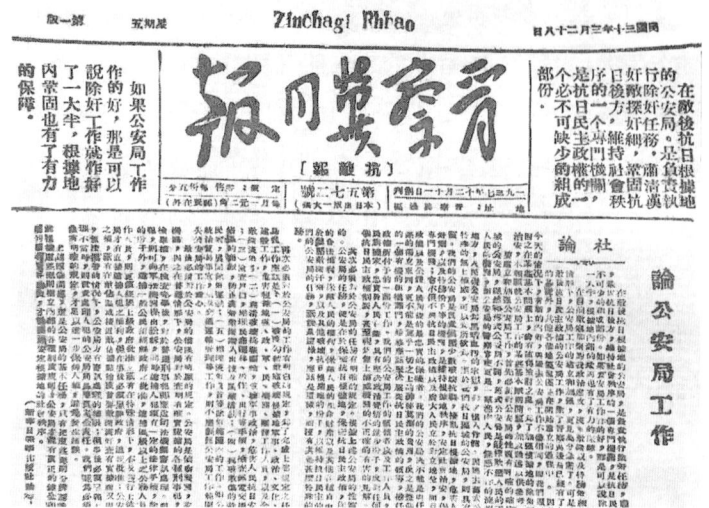

论公安局工作

在敌后抗日根据地的公安局，是负责执行除奸任务，肃清汉奸敌探奸细，巩固抗日后方，维持社会秩序的一个专门机关，是抗日民主政权的一个必不可少的组成部份。如果公安局工作作的好，那是可以说除奸工作就作好了一大半，根据地内部的巩固也有了有力的保障。

在目前敌寇加紧对我政治进攻，□□敌探以及特务奸细份子到处蠢动的情形下，公安局工作的建立和加强，更见万分急需了。可是直到今天，华北敌后抗日民主政权的公安局工作，除了晋察冀边区已经有了初步的比较健全的基础外，其他各个地区还仅仅在开始建立的过程中。因为这一工作，在今天的情况下，有新的内奸，与过去公安局工作不尽相同，而我们还缺乏新的经验，因之在某些基本问题上，尚有值得检讨之处。为了加强根据地的除奸工作，安定社会治安，本报愿就公安局工作的某些基本原则问题，加以论述以供参考。

要建立和加强公安局工作，首先必须对公安局的性质有明确的确定。抗日民主区域的公安局，显然和旧式公安局不同，旧式公安局是敲榨欺压人民的工具，凌虐宰割人民的机关，而公安局的警察官吏更是一群渔肉人民、无恶不作的流氓；所以在那些地方，人民说公安局为黑暗血污的牢狱，对之恨入骨髓。因过去旧式公安局往往具有特殊的无上权威，可以为所欲为。至于我们抗日区域的公安局，则具有完全不同的性质。我们的公安局是负责镇压少数破坏抗战、扰乱抗日根据地、危害人民利益的敌探奸细，以及特务份子等的机关，是维持根据地秩序、安定社会治安、保护人民利益的专门机关；它不但不与抗日民主政权以及广大人民立于对立地位，而且正是抗日民主政权以及全体人民利益的最忠实的保护者，我们的公安局决不能是与任何方面没有联系的独立东西，更不能是驾乎一切之上的神秘莫测的机关，反之是整个抗日民主政权的一个有机的组织部门，始终应该坚决服从抗日民主政权的领导，担任整个抗日民主政权所付予的一部份工作。我们的公安局工作的领导者以及工作人员，必须是忠实于民族国家，忠实于人民利益，具有坚决政治觉悟的进步份子，反对任何把公安局与整个抗日民主政权割裂，甚至视为无上权威机关的不正确的有害的见解。

其次必须对于公安局的任务有明确的规定。根据上述公安局的性质，那是很明显的。公安局的任务，便是在于保卫抗日根据地、保卫抗日民主政权，保障各抗日党派的合法权利，保障人民的权利，保障人民的生命财产以及其他各种自由权利；便是在于镇压敌探汉奸，以及其他破坏抗日根据地的份子，以维持抗日民主的社会秩序。我们的公安局的任务，只能是这样，应该是这样，而没有其他甚么特殊的超越范围的任务。

再次必须对于公安局的工作有明白的规定，为了完成上述规定之任务，公安局的具体工作应该是：（一）破获勾结敌寇破坏根据地军事、政治、文化、经济、交通等建设工作，危害根据地党、政、军、民、机关、团体工作人员，以及全体人民利益的敌探汉奸；（二）肃清破坏抗战团结，破坏军事政治，危害人民抗日安全的奸细份子；（三）检查户口，办理民商迁移、居住、出行等手续，检查邮电交通，盘查往来敌占区的商族，防止汉奸敌探深入出没及匿藏活动；（四）揭破敌伪的阴谋，教育广大民众，展开除奸运动；（五）办理汉奸□首等除奸范围内的工作。如公共卫生事务，统治贸易事宜，以及交通运输管理等工作，则不应划归公安局工作范围；因为这会丧失公安局的工作重心。

最后必须对于公安局的权限有明显的规定。公安局是侦察机关，并不是司法执行机关，因之在普通情形下，公安局对于查明有确实根据的各种刑事犯，仅有侦察逮捕检举权，在检查完毕后，对于普通刑事犯即应送司法机关审讯处理。而对于特殊刑事犯，则可向军法机关提出诉讼，同时逮捕人犯须有一定的法律手续，除已经剥夺公权的份子外，逮捕一般公民须经县政府之批准，逮捕区级以上之公务人员或民众团体工作人员，则更须经过上级政府批准。只有在特殊情形下，不及执行上述手续时，公安局才有直接逮捕人犯之权利，但在事后必须呈报政府，追认批准，公安局无处决人犯之权，只有在敌占区或接近敌占据点捕获首要敌探汉奸查有实据而又因战时敌情紧张，无法□带的情况下，公安局方有审讯处理的权限；但事后必须呈报上级备案，如处理不当时，则负责处理人犯的公安局局长应负完全责任。我们认为必须对公安局的权限有明确的规定，才足以进一步保障人权，避免发生错误。

上述四个问题，这是公安局的基本任务，只有把这些原则分辨认识清楚，然后才能根据这些原则树立内部的各种制度规则，公安局才能有真正的健全和加强，才能正确的执行□□□□，才能□□安定根据地的社会秩序。

（原载一九四一年三月二十八日《晋察冀日报》第一版社论）